乔治·奥威尔

三十年代小说研究

George Orwell

（1934—1939）

丁卓 著

中国社会科学出版社

图书在版编目（CIP）数据

乔治·奥威尔三十年代小说研究：1934 – 1939/丁卓著 . —北京：中国社会
科学出版社，2017. 10
ISBN 978 – 7 – 5203 – 1053 – 6

Ⅰ. ①乔…　Ⅱ. ①丁…　Ⅲ. ①奥威尔（Orwell, George 1903 – 1950）—
小说研究　Ⅳ. ①I561.074

中国版本图书馆 CIP 数据核字（2017）第 231900 号

出 版 人	赵剑英	
选题策划	刘　艳	
责任编辑	刘　艳	
责任校对	陈　晨	
责任印制	戴　宽	

出　　版	中国社会科学出版社	
社　　址	北京鼓楼西大街甲 158 号	
邮　　编	100720	
网　　址	http://www.csspw.cn	
发 行 部	010 – 84083685	
门 市 部	010 – 84029450	
经　　销	新华书店及其他书店	

印刷装订	北京君升印刷有限公司
版　　次	2017 年 10 月第 1 版
印　　次	2017 年 10 月第 1 次印刷

开　　本	710 × 1000　1/16
印　　张	13
插　　页	2
字　　数	202 千字
定　　价	59.00 元

目　　录

前　言

　　本书研究乔治·奥威尔在1934年至1939年创作的"三十年代小说"——《缅甸岁月》《牧师的女儿》《让叶兰飘摆》《上来透口气》。这四部小说的知名度虽然不如奥威尔的代表作《动物庄园》《一九八四》那样高，研究资料也较少，却是奥威尔青年时期的主要作品，小说以四个普通小人物为主人公，通过记录他们与不幸命运的抗争过程，体现了现代人内心的焦虑和渴望。这四部小说表面上像四段个人档案，实际上却是奥威尔的"自画像"，奥威尔将自己波折的生活经历融入小说情节，试图从社会环境的制约中，寻找个人精神压抑和生活贫困的原因，将逃离原有环境的控制，追寻自身解放的可能，作为超越自我的方法。在三十年代小说中，主人公通过感受他人所承载的辛酸苦难和融入异质的文化氛围中，获取对新旧价值观作出判断的能力，由此在某种程度上对现代社会进行了总体性把握，以摆脱体制环境的限囿。因此，奥威尔的三十年代小说是其思想观念走向成熟的标志之一。

　　本书从奥威尔青年时期的生活经历入手，通过分析四部三十年代小说主人公对不幸命运的反抗过程，探究他们追寻自由和幸福的过程和结果，揭示人自由解放的前提是在特定的境遇中对他人的重新发现、理解与关爱。同时，通过对奥威尔三十年代小说的解读，尝试为中国的奥威尔研究提供参考。

第一章　奥威尔研究述略

　　乔治·奥威尔（1903 年 6 月 25 日—1950 年 1 月 21 日），原名埃里克·阿瑟·布莱尔（Eric Arthur Blair），英国作家。他的代表作《动物庄园》（*Animal Farm*，1945）和《一九八四》（*Nineteen Eighty-Four*，1949），被知识界认为是反抗极权主义和崇尚自由民主的经典，并翻译成多国文字出版，其销量远远领先其他同时代英国作家。由于众多学者对《动物庄园》《一九八四》进行了大量研究，加之政治因素和大众传媒推波助澜，欧美学界与文化界逐渐形成"奥威尔热"，尤其是《一九八四》中的"思想警察""双重思想""老大哥""新语"等词语进入大众文化生活，"奥威尔式"成为揭露政治黑幕或极权倾向的标准词汇。奥威尔因其传奇经历和享誉世界的代表作，成为不畏强权和守护真理的文化符号。相较于此，奥威尔在 1934 年至 1939 年发表的四部小说《缅甸岁月》（*Burmese Days*，1934）、《牧师的女儿》（*A Clergyman's Daughter*，1935）、《让叶兰飘摆》（*Keep the Aspidistra Flying*，1936）、《上来透口气》（*Coming Up for Air*，1939），被一些研究者称为"三十年代小说"（thirties'novels, ie Orwell'novels in the 1930s），国内外学术界尚缺少较为系统的研究。三十年代小说是研究奥威尔文学创作方法的基础之一，对厘清奥威尔一生的思想轨迹和作品内涵都有重要作用，因此研究他的三十年代小说是一个有价值的课题。在解读奥威尔的三十年代小说前，有必要梳理国内外研究奥威尔的基本情况，以便为相关论说提供背景依据。

第一节　国外研究

国外知识界对奥威尔的研究资料多，时间长，跨度近 70 年，英美学者是研究主力。一般认为，奥威尔和同代作家有所不同，"中产阶级作家书写中产阶级的英国，而无产阶级作家关注普罗大众，布鲁姆斯伯里的知识分子向人们宣扬的都是这个团体本身。而奥威尔有跨越阶级、文化、意识形态和文学门派界限的天赋。他是个宽容博采的社会学家，他的作品刻画了现代英国社会的方方面面，他因为不属于任何一派而有能力追探整个英国"。[①] 因此，奥威尔在文学界令人瞩目，又评价不一，比如德国作家君特·格拉斯（Günter Grass）在其随笔中对奥威尔揭露极权主义的勇气赞赏有加，英国小说家多丽丝·莱辛（Doris Lessing）赞赏奥威尔的政治洞察力之深刻，诺曼·梅勒和戴维·洛奇都坦承对奥威尔忠于事实的钦佩，而文学家米兰·昆德拉（Milan Kundera）却一直对奥威尔作品中所描述的恐怖未来不屑一顾，英籍印裔作家奈保尔（Vidiadhar Surajprasad Naipaul）早期曾贬低奥威尔，后来称赞奥威尔脱离精英阶层和殖民主义的勇气，并认为他是"英国历史上最富想象力的人，他是向着新方向前进"。[②] 尽管褒贬不同，但奥威尔的观念和作品对当今社会的影响不容置疑，在奥威尔的传记作家迈耶斯看来，奥威尔的"个人品质——正直、理想主义和执着——在其文字中闪耀着光芒，如同清溪中的卵石。终其一生，奥威尔热切渴望能将不同阶层的人团结起来，并在英国建设一个公平的社会。他这种渴望为他赢得尊敬，也为他戴上了光环"[③]，他的小说《动物庄园》《一九八四》已畅销全世界，据迈耶斯统计："塞克和沃伯格出版社出版奥威尔作品所赚的利润，是出版其他名家作品加起来的两倍——这些名家包括卡夫卡、纪德、托马斯·曼、斯维沃、

---

① Jonathan Rose, "Englands His Englands", in John Rodden, ed. *The Cambridge Companio to George Orwell*, Cambridge：Cambridge University Press, 2007, p. 46.

② ［美］杰弗里·迈耶斯：《奥威尔传》，孙仲旭译，东方出版社 2003 年版，第 450 页。

③ 同上书，第 7 页。

穆齐尔、施瓦茨—巴特、卡尔维诺、川端康成、科莱特和三岛由纪夫等，而他在世界范围内的销量和影响比我们这个时代的任何其他严肃作家都要大。"① 大众媒体将奥威尔和他的小说塑造成文化符号，他的《动物庄园》《一九八四》被翻拍成动画片、电视剧和电影；《一九八四》中"老大哥"的全方位监控理念，启发了同名电视真人秀的诞生，该节目在欧美社会长盛不衰。

面对复杂的局面，研究者如何梳理出简明的研究线索就显得尤为重要。本书尝试将奥威尔的研究分作前后两个时期：前期是冷战时期，后期是冷战结束至今。贯穿两个时期的线索，是学者们的研究趋向从"政治批评"逐渐转向"文化批评"。这里所说的"政治批评"，是指批评者从党派的意识形态与阶级对立出发，以文本中的政治观念、政治关系与政治行动为主要研究对象，以解析作家的政治思想为主要研究目的，并相应提出自己的政治主张的批评形态，具有特定的意识形态立场或党派原则；而"文化批评"是指批评者从个体在社会生活中的生存状态出发，分析其不幸命运的深层文化动因，不囿于政治领域，而是涉及社会、历史、阶层等"外部因素"，同时也关注文本结构、创作技巧或叙述规律等"内部因素"。在这里无须过多探讨政治或文化，只是意在指出奥威尔研究的基本特点，冷战时期的"政治批评"多以党派斗争为主，而冷战后至今的"文化批评"在弱化意识形态冲突的基础上，突出文化价值观的可选择性，泾渭分明的党性原则退居其次，研究者更重视奥威尔作品本身及其文化内涵，更关注社会上的不公正、不平等状态是如何渗透入公民的日常生活中。但应该注意的是，这两种不同的批评形态只是大致倾向，在前后两个时期中它们有一定的交融性，而且，对奥威尔三十年代小说较为深入的研究几乎都集中在后期。

1. 冷战时期对奥威尔的研究。

冷战前已经有一些不太系统地介绍奥威尔的资料，对他本人较早的品评语句，出自 1938 年作家康纳利（Cyril Connolly）在其著作中

---

① ［美］杰弗里·迈耶斯：《奥威尔传》，孙仲旭译，东方出版社 2003 年版，第 440 页。

对奥威尔能深入工厂、矿山和农庄进行社会调查，以获得真知灼见的赞赏："我只是计划中的叛逆者，而奥威尔是实际上的叛逆者。"[①] 而最早对奥威尔小说进行评价的文章，是英国文学批评家利维斯的夫人奎妮·利维斯（Q. D. Leavis），在 1940 年 9 月《细察》（Scrutiny）上发表的《体面的文学生命》（The Literary Life Respectable，1940）一文，她在文中认为奥威尔没有写小说的天赋，他写的小说是"干瘪无聊的书"，[②] 并建议他改当文学评论者。她的观点受到美国评论家莱昂内尔·特里林（Lionel Trilling）的反驳，特里林认为奥威尔的作品体现了"一种毫无遮掩的、直视事物的能力"[③]。而普利切特（Victor Sawdon Pritchett）更赞赏奥威尔是"一代英国人的冷峻良心"[④]。可见，奥威尔生前所受评价就不一致。

　　20 世纪 50 年代是奥威尔研究的真正发轫期，"是奥威尔作品传播开来和他个人形象得以树立的关键，并对后世影响深远"[⑤]。有英美传记作家为奥威尔作传，比较著名的有劳伦斯·布兰德尔（Laurence Brander）的《乔治·奥威尔》（George Orwell，1954）、汤姆·霍普金森（Tom Hopkinson）的《乔治·奥威尔》（George Orwell，1956）、克里斯托弗·霍利斯（Christopher Holilis）的《乔治·奥威尔研究：奥威尔和他的作品》（A Study of George Orwell：Orwell and his works，1956）、保罗·波茨（Paul Potts）的《骑自行车的堂吉诃德：追思奥威尔》（Quixote on a Bicycle：In Memoriam，George Orwell，1957）等，这些传记作者几乎都是奥威尔的好友同窗，所以他们对奥威尔的生平记录与思想发展脉络的研究是较为可信的。这个时期的大

[①] Cyril Connolly, *Enemies of Promise*, London：Routledge and Kegan Paul, 1938, p. 163.

[②] Q. D. Leavis, "The Literary Life Respectable", *Scrutiny*, Vol. 9, No. 2, September 1940, p. 176.

[③] Lionel Trilling, "Orwell on the Future", *The New Yorker*, No. 18, June 1949, p. 77.

[④] Victor Sawdon Pritchett, "George Orwell", *New Statesman*, No. 39, January 28, 1950, p. 96.

[⑤] Paula Sofia Ramos de Sousa Sampaio, Reading Literature Today：A Study of E. M. Forster's and George Orwell's Fiction, Ph. D. Lisboa：Universidade de Lisboa Faculdade de Letras Departamento de Estudos Anglisticos, 2007, p. 40.

量传记一直影响着对奥威尔作品的解读，成为分析奥威尔及其作品内涵的基础，这个特点也延续到现在。值得注意的是，奥威尔逝世后每到他"逢十"诞辰纪念日，其传记和研究著述都大量涌现，而公元1984年更因小说《一九八四》的缘故，怀念性的文章呈井喷式增长，这种景象在文学界并不多见。20世纪50年代传记作家们的努力，使奥威尔及其代表作在资本主义世界迅速走红，他被塑造成抵抗苏联极权制度的"圣徒"形象，《动物庄园》《一九八四》作为"自由启示录"获得西方世界广泛的赞誉。但传记因素其实是外在表象，深层原因是冷战思维与国家力量的介入，以美国、英国为最，它们刻意突出奥威尔小说的政治色彩，展开媒体宣传攻势，从著作发行、影视传播、娱乐消费等层面，将奥威尔政治工具化，将他的小说意识形态化，奥威尔被包装打造成"反共反苏"作家，而对奥威尔进行比较公允评论的文献很少。究其实质，这样做的目的就是利用奥威尔及其作品，从行政体制、经济制度、军事组织和人权意识等方面，攻击苏联、东欧、中国等社会主义国家，维护欧美主要资本主义国家政治话语权和统治合法性。因此，对奥威尔研究的大量成果始终脱离不开国家利益和政治立场，较多的政治术语使评论文章概念化，进而使对奥威尔的研究几乎成了对奥威尔作品政治影响或冷战功能的论述。

　　与英美政府及相关文人对奥威尔的利用相比，部分西方左翼评论者因为奥威尔在《动物庄园》和《一九八四》中影射苏联和斯大林，将他视作资产阶级反动作家，如詹姆斯·沃什（James Walsh）认为奥威尔对社会的态度是"歇斯底里的神经质"，"对进步势力采取令人沮丧的仇视态度"，安尼西莫夫（I. Anisimov）指责奥威尔的作品"蔑视人类，意在诋毁"，塞缪尔·西伦（Samuel Sillen）将《一九八四》看作"玩世不恭的一派胡言"，是"反人类的恶意谩骂"[①]。而较有研究价值的评论文献是英国左翼作家和评论家约翰·阿特金斯

---

① 以上皆转引自 Jeffrey Meyers, *George Orwell: the Critical Heritage*, London: Routledge, 1997, p. 27.

（John Atkins）的《乔治·奥威尔：一部文学研究》（*George Orwell，A Literary Study*，1954），虽然没有脱离传记的影响，但该书认为，奥威尔的洞察力"来自他的个人经验"，[①] 其作品基于"第一手研究资料"（first-hand researches），[②] 研究奥威尔不能将他的文学作品和他的生活经历、政治观念割裂开，如果偏据一方面，那么另一方面则成了无源之水，很难具有说服力，奥威尔的文学创作与他的生命是紧紧结合在一起的，同时代没有哪个作家能像奥威尔那样深入到乡村和矿区收集资料，在对社会的实际调查中改变自己的世界观和创作观，奥威尔最关注的是那些社会上的"失败者"（underdog），[③] 这是他获得"现代社会圣徒"以及"有良心的知识分子"[④] 荣耀称号的原因。阿特金斯将奥威尔的创作分为若干个主题：反帝国主义、对贫富分化与阶级对立的反思、向往社会主义和捍卫自由与人权，他认为奥威尔从根本上是个社会主义者，而且奥威尔将普通人的生活是否体面，作为衡量社会进步与否的标志，这也是"他热爱的英格兰传统价值观"[⑤] 的核心所在，而对普通人威胁最大的就是极权主义制度，阿特金斯进而认为，《动物庄园》就是对此发出的警告，而《一九八四》则因为没有《动物庄园》那样高的前瞻性，成就稍逊一筹。

　　20 世纪六七十年代，是奥威尔研究的持续发展期。比较有分量的传记作品和文章是奥威尔的妹妹阿芙丽尔·邓恩（Avril Dunn）的《我的哥哥乔治·奥威尔》（*My Brother，George Orwell*，1961）、英国的理查德·里斯爵士（Richard Rees）的《乔治·奥威尔：胜利营的逃亡者》（*George Orwell：Fugitive from the Camp of Victory*，1962）、奥威尔的遗孀索尼娅与人合编的《乔治·奥威尔随笔、新闻报道、书信集》（*Collected Essays，Journalism and Letters of George Orwell*，1968）和奥登（W. H. Auden）的《乔治·奥威尔》（*George Orwell*，1971），都尽量贴近奥

---

① John Atkins, *George Orwell：A Literary Study*, London：John Calder, 1954, p. 69.
② Ibid., p. 123.
③ Ibid., p. 119.
④ Ibid., p. 114.
⑤ Ibid., p. 1.

威尔本人的经历，叙述较为翔实客观，奥威尔逐渐被认为是"一名有见解、有眼力、有使命感的重要小说家"①。相对于传记，学者们对奥威尔小说的论述更加系统化，并注重将奥威尔从"圣徒"还原为"人"，进行多重意义的挖掘，在他们看来：

> 乔治·奥威尔或许算是他那个时代最自相矛盾的英国作家了。他本人就是个知识分子，却频频谴责知识界。尽管他对政治持有根本性的恐惧，却又是个一流的政治作家。他是个成功的宣传作家，却又不断告诫读者当心他的偏见。他对大多数社会主义者持有极为轻蔑的态度，可是又相信只有社会主义才能拯救英国。在其书中，他痛感现代社会的暴虐，自己却在西班牙内战中差点被打死；虽然长年身体不好，他却从事繁重的体力劳动；虽然敏感有加，面对最恶劣的环境，他却毫无怨言。②

这些观点有助于其他研究者从作家和作品的角度开展研究工作。比较有代表性的学者是乔治·伍德考克和雷蒙德·威廉斯。

受到约翰·阿特金斯的启发，加拿大批评家乔治·伍德考克（George Woodcock）在《水晶之魂》（*The Crystal Spirit*，1966）中认为，奥威尔的小说"虽然因自恋和对社会主义的不当评价而遭到贬低，但小说的艺术性在总体上未受破坏"，③ 从这些小说中，伍德考克发现奥威尔"绝不是一个饱经风霜、死在历经苦难后的苦尽甘来之际的悲情写手，而是一位留下政治遗嘱、警告共产主义噩梦将于未来降临的政治作家"。④ 伍德考克总结了奥威尔的形象和意义后，认为他吸引了"右翼中的保守势力和自由市场主义者，极左阵营中的无政

① Peter Stansky and William Abrahams, *Orwell: The Transformation*, London: Granada Publishing Limited, 1979, pp. 108 – 109.

② Richard J. Voorhees, *The Paradox of GeorgeOrwell*, Indianapolis: Purdue University Press, 1971, p. 15.

③ George Woodcock, *The Crystal Spirit: A Study of George Orwell* (with new introduction by the author), London: Fourth Estate, 1967, p. 104.

④ Ibid., p. 49.

府主义者，走中间道路的社会主义者"。① 而对于知识界，美国《党派评论》（*Partisan Review*）的托派分子和英国"愤怒的青年"都把奥威尔作为偶像，在多重视野下奥威尔被构建成一个复杂的形象，伍德考克认为，一方面，奥威尔的气质单纯又易变，他是"个人主义者，讲义气重节操，不以党派区分他人，也不崇尚空谈"，② 另一方面，奥威尔极为珍视英国传统价值观，天然地反抗不合理的制度，即"把人类规训于'你不可以……'，个体在某种非自然的状态下生存，当人们被要求'爱'或'理性'时，个体就处于持久的压力下，言行整齐划一"③。奥威尔对这种极权制度的憎恶同时也是对英国传统社会文化理想的追求和守护，这种理想形态倡导先天的公正公平，伍德考克认为奥威尔浸润其中，是位翩翩君子，"面对敌手，即使憎恶万分，他也将其视作人，并以公正待之"。④ 因此，伍德考克把奥威尔定义为内心和创作语言如同水晶一般透明坚强的人，而这种品质为其赢得了"自由主义左派"或"左翼自由社会主义者"的称号。

尽管伍德考克的研究立场属于中左翼，但还是不见容于英美左派。康纳·克鲁兹·奥布莱恩（Conor Cruise O'Brien）站在左派批评界的立场，指责奥威尔的政治信仰没有真实性，"对英国左派的信心造成了影响，流毒甚远"，"落伍腐朽的托利党习气萦绕着他"⑤。阿历克斯·兹沃德林（Alex Zwerdling）认为，奥威尔的作品将历史运动和左派中的修正主义联系在一起，这给英国左派事业带来了损害。美国评论者罗伯特·李（Robert A. Lee）更是指出：

奥威尔总是站在他所反对的事物那一面：正统观念和保守意

---

① George Woodcock, *The Crystal Spirit: A Study of George Orwell* (with new introduction by the author), London: Fourth Estate, 1984, p. 49.

② Ibid., p. 51.

③ George Woodcock, *The Crystal Spiri*, London: Jonathan Cape, 1967, p. 153.

④ George Woodcock, *The Crystal Spirit: A Study of George Orwell* (with new introduction by the author), London: Fourth Estate, 1984, p. 51.

⑤ Conor Cruise O'Brien, "*Orwell looks at the world*" in the *Writers and Politics*, London: Chatto and Windus, 1965, p. 33.

识，这些比他夸耀的激进主义更为重要，他的精神意义在他的视野中暴露无遗。奥威尔对社会主义者深恶痛绝，并处心积虑地掩盖他对人民的厌烦，这一点毋庸置疑，而为人民写作本该是奥威尔在写作中反抗体系的一部分。①

　　著名的马克思主义文化批评家雷蒙德·威廉斯（Raymond Williams）在左派批评中最具代表性，从1956年苏伊士运河战争和苏联侵略匈牙利开始，威廉斯就把奥威尔作为反思大国沙文主义的要素之一，在其《文化与社会》（Culture and Society，1958）的最后一章，专门探讨了奥威尔的影响。威廉斯总结了英美三代左派学者——第一代以莱昂内尔·特里林、伊萨克·多伊彻和乔治·伍德考克为代表，第二代包括理查德·霍格特、E. P. 汤姆森和威廉斯自己，第三代人有左派理论家特里·伊格尔顿（Terry Eagleton）和杰尼·卡尔登，然后指出，在三代评论者"显而易见的差异中，对奥威尔的关注是共同的兴趣点"②，即"奥威尔和他所在时代的氛围之间存在复杂的关系，隐喻英国新左派发展中的核心特点"。③ 威廉斯在这里意在揭穿奥威尔对于帝国主义藕断丝连的关系和模棱两可的态度，并以此思考左派的未来命运。威廉斯对奥威尔反帝反殖民的真诚性表示质疑，他要求引奥威尔作品为戒，认为"他的作品可以一读，但读者不能模仿其行事"，④ 奥威尔小说存在三大缺点："没有原创性、想象力困乏、讲述能力差。"⑤ 由于奥威尔与英帝国有撇不清的关系，"奥威尔的危害要远甚于他的政治思想"⑥。威廉斯认为，尽管奥威尔在西班牙内战中站在正义一边，但他仍没有脱离本阶级的局限性，奥威尔的"双重视

　　① Robert A. Lee, *Orwell Fiction*, London：University of Notre Dame Press, 1969, p. 25.
　　② Raymond Williams, *Orwell：A Collection of Critical Essays*, New Jersey：Prentice Hall/Englewood Cliffs, 1974, p. 5.
　　③ Ibid. , p. 6.
　　④ Raymond Williams, *Orwell*, Glasgow：Fontana/Collins, 1971, p. 94.
　　⑤ Raymond Williams, *Orwell in Politics and Letters：Interviews with New Left Review*, London：NLB, 1979, p. 387.
　　⑥ Ibid.

野深深地植根于他对统治者和被统治者地位的模仿"，① 却"根本没有关注社会现实"，② 所以在他的小说和纪实文学里，表现了其内心极为消极的一面，在奥威尔那狭隘的经验世界中，没有分清现实和小说虚构之间的关系，人物的生存状况是单向度的，一旦生活条件改善，他的主人公可能随时被生活"招安"，从这些既有反抗精神，又易于动摇妥协的人物身上，威廉斯第一次提出了奥威尔小说人物双重性的问题。正是因为威廉斯看到奥威尔把"现代社会的表现形式和专制统治的强力控制混为一谈，都归结为社会主义"，③ 所以他要求重新审视奥威尔究竟是个有革命决心的反战社会主义者，还是个守旧落后的顽固"爱国者"。在 20 世纪 70 年代末，威廉斯声称自己已经不能卒读奥威尔的作品，奥威尔只是个肤浅的社会主义信徒，所以他预言，奥威尔日后的影响力虽仍能持续，但必会日渐消减。

奥威尔在 20 世纪 80 年代获得更大的影响力证明威廉斯的预言错了。撒切尔夫人的新保守主义经济政策让英国经济回暖，似乎证明市场经济和自由主义的正确性，在这样的背景下，又逢 1984 年到来，英国举国上下掀起纪念奥威尔的热潮，精神分析学家埃利希·弗罗姆（Erich Fromm）在新版的《一九八四》编后记中认为，奥威尔对极权统治的批判不仅针对苏联等社会主义国家，对欧美资本主义国家同样适用，④ 这是较早公允地评价奥威尔政治观念的观点之一。面对此情此景，左派不得不对自身研究奥威尔的总体状况进行反思，英国文学批评家克里斯托弗·诺里斯（Christopher Norris）的《身陷谜中的奥威尔：来自左派的观点》（*Inside the Myth*，*Orwell*：*View from the Left*，1984）体现了某些新动向：首先，诺里斯指出时代在变化，对奥威尔的研究也应该紧跟时代，在当前的历史社会背景下，学者们应该把关注点放在奥威尔的独立思想与人格上，从这

---

① Raymond Williams, *Orwell*, Glasgow：Fontana/Collins, 1971, p. 18.

② Ibid., p. 38.

③ Ibid., p. 77.

④ Erich Fromm, *Nineteen Eighty-Four*：*A Novel*, New York：New American Library, 1981, pp. 266 – 267.

一点看，奥威尔并非完全意义上的自由主义者或社会主义者，而是个无政府主义者。其次，诺里斯的这本文集进一步从普通人的角度研究奥威尔，认为正是由于其自身的缺点，使他"成为被那些利用他的人的同谋"①，"奥威尔的形象需要被祛魅，以此来看到意识形态的本质常识，并促进其宣传性更切近地被人所接受"②。由此，奥威尔开始走下圣坛，不再以圣徒身份出现，人们不断关注他作品中存在的某些思想缺失，英国学者达芙妮·帕塔（Daphne Patai）和英国社会活动家毕翠克斯·坎贝尔（Beatrix Campbell）首开从女性主义角度对奥威尔展开批评的先河，她们的研究在英国批评家利内特·亨特（Lynette Hunter）那里得到进一步彰显，她批评奥威尔和他的主人公普遍具有"厌女倾向"（misogyny），而且指出这来自奥威尔本人的矛盾性格与形象：

> 有的人称他是理性主义者，有的人则称他是感伤主义者；他支持科学，又反对科学；他是客观主义者，也是主观主义者，或者两者都是，所以又成了唯我论者。与之相似的是，时常有人批评他过于抬高个人，时而又有人批评他过于贬低个人；时而有人批评他无视生命的"先决"性，时而又有人批评他相信制度变迁的确定模式。③

这一观点让人们关注奥威尔观念中的矛盾性，"几乎任何政治类别都能够从他身上找到某些符合它们自身信念的东西，而且颇具说服力"，④ "如果有人仅仅在某一个特定的场合或某一个特定的阶段探究

---

① Christopher Norris ed. , *Inside the Myth*：*Orwell*，*Views from the Left*，London：Lawrence and wishart，1984，p. 7.

② Ibid. ，p. 8.

③ Lynette Hunter，*George Orwell*：*The Search for a Voice*，Milton Keynes：Open University Press，1984，p. 6.

④ W. F. Bolton，*The Language of* 1984：*Orwell's English and Ours*，Knoxville：University of Tennessee Press，1984，p. 16.

他的话，对他必定会产生误读"。①

　　总的来看，冷战时期对奥威尔的研究呈现出以传记研究相始终，以政治批评为主导，以作家研究为焦点的格局。由于冷战的大气候，在对奥威尔的研究中政治倾向性比较明显，人们很少从文学批评的角度对他的小说进行评价，尽管政治性阐述令研究表面上异彩纷呈，但真正对奥威尔的小说进行整体研究的著作或论文尚未出现，所谓的"奥威尔思想"几乎都有"政治误读"的嫌疑，很少有研究者结合奥威尔的政治倾向对其作品进行文本解读，从而忽略了奥威尔小说的创作意图。冷战时期，学者们对奥威尔的研究明显有"左"与"右"、"资"和"社"的政治分界，但他们都忘记了奥威尔讽刺的是一切极权专制统治形式，既有希特勒、斯大林，也有英美政治统治中的极权化倾向，如果人们止步于政治批评，那么就恰好染上《动物庄园》里"动物都好，人都坏"的政治幼稚病，因此，冷战时期的研究者对奥威尔代表作认识的偏差，让他们更不可能去专门论述默默无闻的三十年代小说，只有派系斗争使人们对奥威尔的形象构建不遗余力，左派、左翼观点不一，对奥威尔的评价因此一变再变；而国家层面的政治宣传则步调一致，一直将奥威尔作为贬低和异化苏、东、中等社会主义国家的宣传工具，未表现出此起彼伏的连续构建，这不是说左派或左翼在研究奥威尔工作中占有主动，实际上这正是英美政府中的保守势力以不变应万变的策略之一：任凭左派、左翼如何看待奥威尔，保守势力只要能保持对苏联等社会主义国家的宣传优势即可。

　　2. 冷战结束至今对奥威尔的研究。

　　20 世纪 80 年代末 90 年代初，苏东剧变，冷战结束，意识形态的控制逐渐松动，给奥威尔研究带来研究转向提供了契机。在研究过程中，虽然政治批评仍有重要的影响，但研究者们对奥威尔的评论"范围之广、差异之大、矛盾之深，正体现出他作品的丰富性，以及奥威

---

　　① Bernard Crick, *Essays on Politics and Literature*, Edinburgh: Edinburgh University Press, 1989, p. 193.

尔本人对当代事务复杂性的综合把握"，① 更多地走向文化批评，即以奥威尔及其作品中对现代人生存状态的把握为研究对象，分析他对20世纪三四十年代英国贫富分化、阶级对立、社会发展危机的思考，从中得出规律性的认识，以应对当下社会的矛盾现实。冷战时期的政治批评研究成果并未被忽视，研究者的政治观念也不可能在分析过程中退避三舍，但是人物的生活方式和精神状态成为新的研究领域。因此，在冷战后的研究论文或研究著作中，常常既有对奥威尔政治观念的探讨，也有从文化层面对奥威尔的多角度解读，只不过政治内涵不再局限于意识形态的对立，而倡导理论观念的多元化。美国当代哲学家理查德·罗蒂（Richard Rorty）在《偶然、反讽与团结》（*Contingency, Irony, and Solidarity*，1989）中特别关注《一九八四》中在极权主义下形成的残酷文化对人的影响，在他看来，"奥威尔无意建立一个哲学立场，而是试图回答三个问题，以便使某一个具体的政治可能性看起来更加可信。这三个问题就是：在某种可能的未来知识分子将如何描述他们自己？他们将如何自处？他们将如何发挥他们的才能？"② 1998年，彼得·戴维斯（Peter Davison）编辑的20卷本《奥威尔全集》（*Complete Works of George Orwell*，London：Secker & Warburg，1998）出版，得以让人统观奥威尔作品全貌，也让奥威尔的四部三十年代小说在沉寂多年后逐渐受到关注，应该说，冷战结束才使三十年代小说真正进入学术视野。

（1）政治—文化研究渐成主流。1999年，为纪念《一九八四》出版五十周年，美国芝加哥大学法学院特别举办研讨会，会后结集出版的文集《〈一九八四〉：奥威尔与我们的未来》（*On Nineteen Eight-Four：Orwell and Our Future*，1999），堪称以多重视角研究奥威尔的先声。英国马克思主义批评家约翰·纽辛格（John Newsinger）在《奥威尔的政治性》（*Orwell's Politics*，1999）中进而认为，奥威尔小

---

① Lynette Hunter, *George Orwell：The Search for a Voice*, Milton Keynes：Open University Press，1984，p. 6.

② ［美］理查德·罗蒂：《偶然、反讽与团结》，徐文瑞译，商务印书馆2003年版，第250页。

说中的"世界观是不稳定的"，① 他既反对法西斯主义，又反对资本主义，② 从政治—文化的视角可以将他的小说分为三大主题："反帝国主义、社会主义革命、反斯大林"③，这三类主题都源自奥威尔"对资本主义社会危机的深刻理解，对社会主义力量虚弱的直观把握"。④ 在当年，奥威尔"是用虚构的小说框架与主张暴力革命的左派们论战"。⑤ 而现在，研究者必须赋予他以新的时代内涵，以探索其作品中的真精神，"苏东剧变后奥威尔的意义已转向对自由市场和新自由主义政策的警惕"⑥，"通过接受奥威尔在西班牙内战和反抗斯大林过程中表现出来的革命性，左派应该汲取经验，待之公正"。⑦ 美国学者克里斯托弗·希金斯（Christopher Hitchens）赞同这种观点，他在《奥威尔的胜利》（*Orwell' Victory*，2002）⑧ 中，从语言学的角度进一步厘定奥威尔小说文化内涵的三类主题后认为，三类主题共同指向"对语言的忧虑"，"使人们再一次关注'政治正确'、'官僚术语'、大众文化、所谓的客观真理与生态环境问题"。⑨ 这是希金斯对奥威尔的遗产进行的当代文化解读，他最后主张道，"奥威尔本人对美利坚来说是一个独树一帜的文化符号"⑩，今天的美国文化奉行自私自利、唯我独尊的原则，对犹太人、妇女、有色人种、同性恋等充满了歧视，这是奥威尔的文化观所坚决反对的。希金斯在某种程度上拓展了对奥威尔进行文化研究的当代视野，甚至将奥威尔作为"后殖民主义的奠基人之一"，⑪ 但其泛主题化的研究方式使其遭受了不少

----

① John Newsinger, *Orwell's Politics*, New York, London: St. Martin's Press, Macmillan Press, 1999, p. 19.

② Ibid., pp. 63 - 66.

③ Ibid., p. 47.

④ Ibid., p. 41.

⑤ Ibid., p. 89.

⑥ Ibid., ix.

⑦ Ibid., p. 155.

⑧ 该书在美国出版时名为"*Why Orwell Matters*"，由纽约 Basic Books 出版社同年出版。

⑨ Christopher Hitchens, *Orwell' Victory*, London: Allen Lane the Penguin Press, 2002, p. 8.

⑩ Ibid., p. 9.

⑪ Ibid., p. 25.

批评，特里·伊格尔顿认为希金斯对奥威尔的"亲和力"很不正常，而斯科特·卢卡斯（Scott Lucas）更认为希金斯不过是想借奥威尔出名罢了。姑且不论希金斯遭到的指责内容是否属实，其实这种指责本身就显示出从政治批评向文化批评的艰难转变。

与指责相比，美国学者丹尼尔·李（Daniel Lee）和约翰·罗登（John Rodden）提出了更有建设性的意见。丹尼尔·李在《〈动物庄园〉、〈一九八四〉：批评指南精要》（*Animal Farm/Nineteen Eighty-Four：A reader's guide to essential criticism*，2001）中主张，学者们对奥威尔的研究"应该放在他的政治与个性上，并重视同时代对奥威尔的理论解读，配之以后结构主义和后现代主义的研究进路，可在当前的论述中很难找到这样的研究，这理应引起警惕"。① 约翰·罗登的《乔治·奥威尔：政治文学的声誉》（*George Orwell：The Politics of Literary Reputation*，2002）反思了奥威尔研究中政治倾向过强的弊病，他认为，"为追逐利益的政治斗争将奥威尔身上的光环抹去，对奥威尔这座富矿的开采已接近枯竭，20 世纪 50 年代以来研究者各取所需地'误读'奥威尔，纠缠于政治斗争，忽略了小说研究"。② 他进一步指出，"如果单纯地对奥威尔进行形象'还原'，其政治主张意义不大，他一生的思想变化也不明显，而他的小说那种通讯风格和寓言式语言都难以进入文学主流，除了《动物庄园》和少数散文，其他作品在审美方面乏善可陈"③。这种观点继承了威廉斯的见解，尽管罗登对奥威尔小说的评价更为苛刻，但也纠正了研究中政治氛围过浓的弊端，让研究的天平向文学与文化倾斜，有利于学者从奥威尔的小说文本着手研究，在其中找到能统领全局的文化主题，以揭示他小说创造的基本倾向，进而形成文学解读的有效模式。2003 年，美国韦斯利学院（Wellesley College）举办的"奥威尔精神遗产与持久影响"专题研讨会，与会学

---

① Daniel Lee ed. , *Animal Farm/Nineteen Eighty-Four：A reader's guide to essential criticism*, Cambridge：Icon Books，2001，p. 58.

② John Rodden, *The Politics of Literary Reputation*, New Brunswick, New Jersey：Transaction Publishers，2002，p. 50.

③ Ibid.

者从政治批评视角讨论奥威尔反抗帝国主义、极权主义的意义，并评价他在冷战中的重要性，但也包括奥威尔对当今传媒发展、大众文化、知识分子精神危机等文化领域的议题，这次会议标志着奥威尔对西方文化的影响在新世纪仍具持久性。美国学者布兰尼根（John Branni-gan）在《从奥威尔到当今：1945 到 2000 的英国文学》（*Orwell to the Present: Literature in England*, 1945—2000, 2003）中，将奥威尔视为英国文学的里程碑。而近 10 年以来，对奥威尔的政治—文化研究已经成为知识分子批评国家政治、外交和文化的重要出发点。[①]

（2）对奥威尔三十年代小说的研究。在对奥威尔的文化研究逐渐壮大的背景下，对他三十年代小说的研究结束了仅被简单提及的尴尬境地。印度学者阿洛克·莱（Alok Rai）在《奥威尔及绝望政治：对他的作品的批评研究》（*Orwell and the Politics of the Despair: A Critical Study of Writings of George Orwell*, 1988）中，为奥威尔的小说研究奠定了积极的基调，虽然他继承了威廉斯注重奥威尔作品文学性研究的方法，看到了奥威尔将"帝国主义视为一种福利"[②] 的思想缺陷，但却少有苛责之词，他指出，"传统文学形式脱离了现实，而奥威尔的小说却体现出文学的当代政治指向，与历史具有空间同构性"[③]，"他的作品是一种对历史及文学艺术应该如何解读的建议"[④]，他的小说可以和他的非小说作品形成互文。在研究中，阿洛克莱要求与以前的研究成果保持距离，为当下增添"批评的空间"（a critical space），[⑤] 防止用误读代替真实性的解读。可见，莱试图为奥威尔的小说分析引入更广阔的文化维度，这是后来学者们研究奥威尔三十年代小说的先导：

[①] 这方面较具代表性的著作有：劳伦斯·戴维森《巴以话语中的奥威尔主义和卡夫卡风格》（2004）、詹姆斯·泰纳《战争的交易：被占伊拉克的工人、战士和人质》（2006）。

[②] Alok Rai, *Orwell and the Politics of Despair: A Critical Study of Writings of George Orwell*, Cambridge: Cambridge University Press, 1988, p. 109.

[③] Ibid. , p. 4.

[④] Ibid.

[⑤] Ibid. , p. 5.

　　在奥威尔小说的纯文学成绩与其不可抗拒的文化意义之间，似乎横亘着不可通行的鸿沟，但这种不平衡的状态却是我们开拓新领域的良机，我们完全可以通过对社会与文化规律的表现和掌握，来实现一种更有透彻性的解读模式。①

　　对于奥威尔的第一部小说《缅甸岁月》，英国学者斯蒂芬·英格尔（Stephen Ingle）在《乔治·奥威尔的社会与政治思想重估》（The Social and Political Thought of George Orwell：A reassessment，2006）中认为："这是一个没有英雄的故事，一个关于悲伤、欺骗和伪善的故事，关于种族和社会压迫仇视的故事。总之，这是个关于帝国的故事。"② 主人公弗洛里在白人俱乐部里明哲保身所表现出来的怯懦，在雷蒙德·威廉斯看来是殖民地白人生存现状的写照，他曾经被称为僵直死板的表演，弗洛里就是奥威尔的化身。但这个观点遭到批评家英格尔的反对，他认为，如果弗洛里等同于奥威尔，弗洛里应该成为《印度之行》中菲尔丁一样的角色，那正是奥威尔内心真正的憧憬——拥有改变事态发展的智慧与能力，而弗洛里比菲尔丁相去甚远，缺少仗义执言的勇气和自尊。英国学者安东尼·斯图尔特（Anthony Stewart）在《奥威尔，双重性以及尊严的价值》（George Orwell，doubleness and the value of decency，2003）中注意到弗洛里对其脸上的胎记极为自卑，它使弗洛里成为"准白人"，并有沦落为"欧亚人"（白人男性和缅甸女性的后代）的危险，因此，弗洛里对这种社会地位的过度关注并不完全是在意外貌，更多的是保护他作为白人男性殖民者身份的纯洁，这是典型的殖民思维和种族歧视，"他在所属阶级内生活了15年还没有弄清楚这个阶级的规训"③。英国文学批评者道格拉斯·卡尔（Douglas Kerr）进一步指出："《缅甸岁月》通篇都是

---

　　① Alok Rai，*Orwell and the Politics of Despair*，Cambridge：Cambridge University Press，1988，p. 12.

　　② Stephen Ingle，*The Social and Political Thought of George Orwell：A reassessment*，New York：Routledge，2006，p. 31.

　　③ Ibid.，p. 54.

欧洲中心论，主要写木材商弗洛里的殖民生活经验，他是当地上流社会小组织中的一员。小说极少涉及当地民众的个人生活世界，弗洛里的缅甸情妇、印度朋友和他的缅甸对头都以欧洲意识为主，而且连弗洛里接触到的缅甸环境亦如此。"① 由此可见，国外学者基本都将弗洛里的悲惨结局归结为帝国主义的殖民统治，但并没有进一步将"罪魁祸首"指证明确，让人颇有隔靴搔痒之感，这提示研究者在总结主人公的复杂性格时，必须将其面对的困境阐释清楚，而不能概念化地一笔带过。

对小说中次要人物的分析，不少学者的观点也很有启发性。对于受到读者憎恶的埃利斯，英国语言学家罗杰·富勒（Roger Fowler）在《乔治·奥威尔的语言》（*The Language of George Orwell*，1995）中注意到他的伦敦东区口音："无须在拼写方面注意埃利斯的伦敦东腔……它在俱乐部里极具象征意义，代表着夸大其词、咄咄逼人和猥亵下流。"② 他进而认为，奥威尔之所以突出口音是暗示埃利斯的工人阶级身份，他的粗暴狂躁和顽冥不化，是他对与其他白人地位不平等的补偿，如果他想保住在俱乐部的位置，他必须做得比其他人更符合白人老爷的规矩，从穷白人的共同性看，埃利斯是弗洛里（或奥威尔）潜意识的表征，这体现了人物之间的密切联系。

西班牙学者阿尔伯托·拉萨罗（Alberto Lázaro）主编的《奥威尔之路：他的成就与遗产》（*The Road from George Orwell: His Achievement and Legacys*，2001），汇集了一些较有代表性的欧美学者的研究成果，其中乌厄米拉·西沙格日（Urmila Seshagiri）的《乔治·奥威尔〈缅甸岁月〉中的厌女情结与反抗帝国主义》（*Misogyny and Anti-Imperialism in George Orwell's Burmese Day*）对《缅甸岁月》中女性遭受的男权暴力极为关注，他认为尽管小说时时刻刻表现出霍米·巴巴所说的殖民地的"模棱两可"状态，但女性却成为男性乏味无聊生

---

① Douglas Kerr, Colonial Habits: Orwell and Woolf in the Jungle, *English Studies*, March 12, 1997, p. 151.

② Roger Fowler, *The Language of George Orwell*, New York: St. Martin's Press, 1995, p. 133.

活的原因之一，奥威尔的男权视角隐藏着性暴力的主题。美国学者南希·帕克斯顿（Nancy Paxton）评价得更为激烈，她认为这部小说中的男性世界"没有荣耀、理想和爱情，是一个连遭强暴都不被同情的世界"。① 叙述者对故事中男性角色的放纵表示认可，形成了一张性与文化暴力的网络，白人女子不过就是"白种版"的缅甸妓女，正如斯皮瓦克指出："帝国主义想象是作为建立良好社会的建设者，这种想象把女性作为他者而不将其作为她本身。"②

如果《缅甸岁月》是个体自发地反抗帝国主义和殖民主义，那么《牧师的女儿》就是个体本能地保护自我、建构自我，通过改变内心世界的方式来抵制客观环境的影响。评论界认为《牧师的女儿》是奥威尔最不成功的小说，情节上存在很多不可信的地方，泰勒（D. J. Taylor）的《奥威尔的生平》（Orwell: The Life, 2003）认为，《牧师的女儿》失败的原因是"它太像日记和报道，不过是奥威尔自己流浪经验和教书经历的干瘪杂烩"③，对话贫乏，影射世界过于明显。将奥威尔部分小说译成法文的译者莱姆伯特（R. N. Raimbault）认为，《牧师的女儿》真正精彩的部分是奥威尔对乔伊斯"不夜城"的仿写，但在《牧师的女儿》中表现出的创作活力是乔伊斯所不具备的，"尤其是特拉法尔加广场这一情节，充满幽默，时而尖利，风格突兀，具有原生态，多萝西眼中的人物经过了细致的观察和描绘，具有人情味儿"。④ 他着重指出，奥威尔分三个阶段塑造主人公多萝西在广场的流浪过程：第一阶段表现出她的不满意识，第二阶段是潜意识里罪责和纯真之间的矛盾，第三阶段又回到情感被隔绝的白天世界，生命受到焦虑的压迫。

尽管奥威尔明显在模仿乔伊斯和陀思妥耶夫斯基的多声部构建手

---

① Nancy Paxton, *Writing Under the Raj: Gender, Race, and Rape in the British Colonial Imagination*, 1830 – 1947, New Brunswick, NJ: Rutgers UP, 1999, p. 258.

② Gayatri Chakravorty Spivak, ed., "*Can the Subaltern Speak?*" *Colonial Discourse and Post-Colonial Theory: A Reader*, New York: Columbia UP, 1994, p. 94.

③ D. J. Taylor, *Orwell: The Life*, London: Chatto & Windus, 2003, p. 137.

④ Perter Davison, *Swindles & Perversions: A Brief Retrospect, Britain & Overseas*, Vol. 35, Autumn, 2005, p. 34.

法，希望在小说文本中表现出人物的多重意识层或众声喧哗的局面，但他过度的自怜让莉内特·亨特在《乔治·奥威尔：对声音的追寻》（*George Orwell: The Search for a Voice*，1984）认为，奥威尔是想通过写多萝西的不幸和流浪汉生活的困苦，表现自身所遭受的冷遇，但她没有注意到，奥威尔的这种自怜从《缅甸岁月》就已经存在了，是他不能摆脱自我局限性造成的，对个人的关注重于对社会的批判，使《牧师的女儿》总是在不同的叙述视角中变来变去，或在"他"和"你"的人称中进行转换，"这不是乔伊斯或陀思妥耶夫斯基的多声部手法，而只是混乱的'杂音'，奥威尔的人物最终受制于作者的政治观念，总是有某种政治动机和政治比附，他们都是作者意识的具体化"。[1] 奥威尔不成熟的政治观让他不具备区分不同意识的能力，人物因而缺少澄明鲜活的特质。

20 世纪 30 年代中期的资本主义世界仍未完全走出经济大萧条的阴影，贫富分化、道德滑坡与信仰危机成为当时的社会难题，而苏联的社会主义建设成就有目共睹，英国知识分子对社会主义的向往空前高涨，在《深渊中的人们》《穿破裤子的慈善家》等作品某种程度的影响下，奥威尔沿着《缅甸岁月》中的反抗主题进一步创作了这部《让叶兰飘摆》。对该作持肯定意见的学者们正是看到奥威尔有走向社会主义的趋向才发褒奖之词，但这掩盖不了小说中对工人阶级和社会主义认识上的肤浅，英国研究者塞缪尔·黑尼斯（Samuel Hynes）在《〈1984〉的 20 世纪解读》中（*Twentieth Century Interpretations of 1984*，1971）认为，奥威尔是以一种情绪化的自由主义视角来写无产阶级的，社会主义被简化成单个人活得有尊严，更多的人就会活得有尊严，而世界就因此有尊严，社会主义就自然实现了。里斯在《乔治·奥威尔：胜利营的逃亡者》中将奥威尔的这种社会主义称为"民主社会主义"，"这种观念与《一九八四》保持一致"[2]，它

---

① Loraine Saunders, *The unsung artistry of George Orwell: the novels from Burmese days to Nineteen eighty-four*, Ashgate Publishing Company, 2008, p. 54.

② Richard Rees, *George Orwell: Fugitive from the Camp of Victory*, Carbondale: Southern Illinois University Press, 1962, p. 32.

其实是反抗帝国主义和殖民主义的变形，即从英国被压迫的工人、农民和城市流氓无产者的利益出发，反抗资产阶级的统治和资本主义社会意识形态的控制。在《让叶兰飘摆》及《巴黎伦敦落魄记》《通往维根码头之路》中，奥威尔的平民意识表现得更加鲜明，这是日后人们将其作为公共知识分子加以敬仰的原因。

应该说，奥威尔的"民主社会主义"不像英国工党政治家安奈林·比万在《代替恐惧》中所提的"民主社会主义"那样清晰，更多的只是一个没有接受过马克思主义理论考验的青年作家的感性认识，与其说是一种理论形态，不如说只是一种对公平、正义和自由的热情向往。爱德华·奎恩（Edward Quinn）在《乔治·奥威尔品评集：生平与作品的文学导引》（*Critical Companion to George Orwell：A Literary Reference to His Life and Work*，2009）中指出，奥威尔硬将戈登塞进要么选择拜金主义，要么困守清贫保持尊严的两难境地，令人难以信服，"奥威尔的'地下室人'与陀思妥耶夫斯基超凡的叛逆者相比，既没有那么强烈的叛逆精神，反叛的深度也不够，他表现的是自我意识对希望的潜在追寻"。① 奥威尔将拜金主义作为主人公的对立面，"金钱成了戈登逃避他所鄙视的家族责任的托词与象征，作为家族传宗接代的唯一希望，戈登展开了对家族的报复，他对待茱莉亚的态度就是证据，只有建立新家庭才能让戈登摆脱困境。"② 金钱象征着一个庞大的体系——资本主义制度及其意识形态，包括中产阶级知识分子脱离人民群众的"沙龙的社会主义"，小说中的莱沃斯顿和赫敏就是这种社会主义者。可关键在于，奥威尔把这种对社会主义信仰的分歧描述得过于简单了，他的"民主社会主义"缩水为一种对抗社会的个人主义。

罗杰·富勒在《乔治·奥威尔的语言》（*The Language of George Orwell*，1995）中指出，小说《让叶兰飘摆》存在三种叙述方式，即第三人称视角、自由间接引语和独白。这把研究引向奥威尔思想意识

---

① Edward Quinn, *Critical Companion to George Orwell：A Literary Reference to His Life and Work*, Facts On File, Incorporated, 2009, p. 213.

② Ibid. , p. 209.

的迷宫。美国学者理查德·斯米尔（Richard Smyer）在《元初的梦与罪：作为心理小说家的奥威尔之成长》（*Primal Dream and Primal Crime：Orwell's Development as a Psychological Novelist*，1979）中通过心理分析的方法试图证明，"戈登对女性的敌视其实是一种恋母情结的表现，他不过是一个无助的孩子，连性能力都不具备"①。斯米尔的分析不一定全面，但心理分析的角度却对认识这部小说提供了重要启发。英国学者洛兰·桑德斯（Loraine Saunders）的《奥威尔未被赞颂的艺术：从小说〈缅甸岁月〉到〈一九八四〉》（*The unsung artistry of George Orwell：the novels from Burmese days to Nineteen eighty-four*，2008）将陀思妥耶夫斯基的《地下室手记》和本作比较后认为，"由于奥威尔的民主社会主义，所以《让叶兰飘摆》表现普通人的普通生活——凡人（common man）世界"。② 戈登不是一个"反英雄"形象，而是代表了英国彷徨绝望的整整一代人，受到社会体制的压迫而无法解脱，只能将自己隔绝于社会，这部作品在美国的翻版则是拉尔夫·埃里森的《看不见的人》。

　　与《牧师的女儿》《让叶兰飘摆》相比，《上来透口气》却受到较为一致的好评，但也因此没有产生更多的批评视角，研究资料较为单薄。尽管它写于 1939 年，比前几部作品有了更多的创作经验，但其成功的最大原因，是奥威尔对自己内心的矛盾性有了明确的认识，从而拿出了较为有效的自我救赎方案。小说的主人公是中年男人乔治·保灵，为了缓解生活的焦虑和内心的孤独离家出走，回到儿时的家乡，但工业文明早已将原先的农场、花园和溪流破坏殆尽，取而代之的是外形整齐划一的住宅楼和臭不可闻的垃圾场。整部作品的感情基调是伤感的，但叙述上却伴作轻松，奥威尔对过度扩张的现代工业文明摧毁传统价值观念的焦虑，在这部小说中不是减少或消失了，而

---

　　① Richard Smyer, "Primal Dream and Primal Crime：Orwell's Development as a Psychological Novelist", in Edward Quinn, ed. *Critical Companion to George Orwell：A Literary Reference to His Life and Work*, Facts On File, Incorporated, 2009, p. 212.

　　② Loraine Saunders, *The unsung artistry of George Orwell：the novels from Burmese days to Nineteen eighty-four*, Ashgate Publishing Company, 2008, p. 20.

是更激化了，他选择站在传统的英格兰一边来反抗现代工业文明带来的种种弊端。而这些弊端，不仅是摧毁了田园风光，还制造了政治极端化和政治阴谋，比如德日意法西斯上台和苏德密约的签署。克里斯汀·伯布里克（Christine Berberich）的《对钟爱的 20 世纪进行颠覆：奥威尔捍卫"老英格兰"》（*A Revolutionary in Love with the* 1900*s*：*Or-well in Defence of* "*Old England*"，2001）认为：

> 奥威尔本人作为一个社会主义者，似乎"把一切过往都当成荒诞不经之说"，然而，他却将自己的信念基于"老英格兰"传统，他坚持老套的英国性，即便这和他的社会主义观念相抵牾，甚至要在左派同志们前冒天下之大不韪。直至临终之际，他还关注他的老英格兰的未来。奥威尔不仅是一个爱国者，更是一个英国式的爱国者。①

应该说，无论是"老英格兰"，还是"英国性"，都是一套相对于现代社会的英国传统价值观，其载体是具有维多利亚—爱德华时代风格的乡村田园，与资本主义工业的压榨和贫富两极对立的大都市生活格格不入。易言之，老英格兰就是奥威尔自由意识的寄托和归宿。但是，美国学者乔纳森·罗斯（Jonathan Rose）从《上来透口气》中看到，"奥威尔最终将英格兰描绘为一场噩梦。不可避免地，他似乎已经看到生长于斯的国家的终结。最终这场灾难演变为《一九八四》的世界，英格兰早已不存"。② 所谓"噩梦"也是奥威尔面对困境的隐喻，他看到，20 世纪 30 年代的人们只能用缺少实效的怀旧来表现自己脱离主流社会的合法性，暴力革命虽然有巨大的社会改变力量，却可能将附着于原有制度的英格兰传统文化一扫而光。奥威尔既留恋

---

① Christine Berberich，"A Revolutionary in Love with the 1900s：Orwell in Defence of 'Old England'"，in Alberto Lázaro，ed. *The road from George Orwell*：*his achievement and legacy*，www. peterlang. net，2001，pp. 33 – 34.

② Jonathan Rose，"England，his England"，in John Rodden，ed. *The Cambeidge Companion to George Orwell*，Cambridge：Cambridge University Press，2007，p. 41.

老传统又鄙夷旧制度，既希望改变现状又担心暴力失控的矛盾心境，即使对后工业化时代的西方世界仍具普遍性，关于如何把握传统和现代平衡的问题，是当下国外研究奥威尔三十年代小说中较有新意的方向。

综上所述，国外对于奥威尔的研究重心落在挖掘他政治思想的丰富性上，使用的文本高度集中于《动物庄园》和《一九八四》两本小说，以上整理并阐述的关于三十年代小说研究文献，基本都是冷战后至今的产物，从规模上不能与研究奥威尔代表作的成果相比，即使是这些研究文献，也不是出自专论三十年代小说的专著，且大部分着眼于小说如何体现奥威尔本人的思想观念，文本分析只是阐释奥威尔文化价值的辅助手段。作为反拨或补充，本书拟延续文化批评的路径，但更重视挖掘奥威尔三十年代小说中的核心主题，将研究奥威尔本人的资料浓缩于研究他的这四部小说作品，并进一步认为，动荡的时代造就复杂个性的作家，复杂个性的作家又创造内心矛盾的主人公，国外的大部分资料表明，时代造就了奥威尔的多重形象——既有左翼激进知识分子的特征，又有自由知识分子的气质，但却既不能将他概括为托派的拥护者，也不能将他的民主社会主义与经典社会主义理论简单等同，这就是奥威尔复杂的个性所在。从他的复杂个性看作品，奥威尔将自己的写作目的总结为"让政治写作变成一门艺术"，[①]他创作的小说不是政论文，他旨在塑造人物而不是制造口号，因此，像他这样有丰富经历的人，即使初创期的作品显得稚嫩，但主要人物不可能完全是扁平的，故事情节中一定蕴含着隐喻，环境描写里必然透露着对人生存状态的思考。由此，在充分吸收国外学者研究的基础上，本书提出自己的"问题式"：在四部三十年代小说中，是哪些外部因素制约人物的自由发展？主人公又是怎样摆脱困境的？这是把握奥威尔小说社会价值的关键。带着这样的问题意识，本书倾向于从文学和文化的动态平衡中，寻找研究奥威尔三十年代小说的阐述线索。

---

① ［英］奥威尔：《我为什么要写作》，刘沁秋、赵勇译，南京大学出版社 2008 年版，第 249 页。

第二节　国内研究

对奥威尔三十年代小说的专门研究在中国学界尚属空白，这源于中国对奥威尔的接受历经坎坷，因而有必要从奥威尔的中国接受史层面进行简要回顾。学者任稚羽于 1947 年 8 月将《动物庄园》翻译成中文，1948 年 10 月由商务印书馆出版，这是中国对奥威尔最早的译介，译者在前言中指出不应该将它作为寓言解读，此可视作是中国对奥威尔作品研究的起点。20 世纪 50 年代到 70 年代，中国的"左"倾政治将奥威尔打入另册：1958 年《世界文学》的前身《译文》，刊译了一位苏联学者的论文，该文称奥威尔的代表作是对整个人类的仇恨诽谤，① 这标志着中国学界的奥威尔研究承继苏联话语模式。1959年，翻译家和诗人周煦良在《现代外国哲学社会科学文摘》刊载了他译自《伦敦杂志》的文章，刻意突出奥威尔作品的政治色彩，而配属该文的编者按语更视奥威尔为帝国主义宣传者。此时，中国宣传和学术机构一直将奥威尔和他的《动物庄园》《一九八四》定性为社会主义的对立面，研究者所获资料或转自苏联，或由于政治偏见而有所选择：奥威尔是"资产阶级记者、讽刺作家和传记作家"，其"世界观是典型的资产阶级的"，他"含沙射影地攻击社会主义制度，博得资本主义世界一片喝彩声"② 成为这一时期评论的主流声音，其余音一直萦绕在 20 世纪八九十年代，学者高放在为《基督城》译本作序时，仍将《一九八四》作为仇视人类社会的"反乌托邦三部曲"之一。③ 较早系统地研究奥威尔小说的英美文学批评者侯维瑞也认为，奥威尔"从对资本主义现实不满出发接触社会主义思想，参加社会进

---

① 参见［苏］弗·伊瓦谢娃《五十年代的英国小说》，《译文》1958 年第 6 期，第 183 页。

② ［美］罗伯特·梅宝瑞：《本期说明》，田冬冬译，《科学对社会的影响》1983 年第 2 期，第 4 页。

③ 参见［德］约翰·凡·安德里亚《基督城》，黄宗汉译，商务印书馆 1991 年版，第 1 页。

步斗争，最后却又走上反社会主义、反共产主义的道路，这不能不说是个可悲的结局"①。

改革开放逐渐深入后，在指责奥威尔恶意攻击人类前进方向的声浪中，有部分学者感激他以"先知"的姿态对极权统治提出了警世危言，但人们都把奥威尔和"反乌托邦"相联系。在中国，许多外国文学教科书的编写者不做解释地滥用"反乌托邦三部曲"的标签，更使对奥威尔的研究走向歧途。实际上，"反乌托邦三部曲"只是中国学者的讹传，迄今为止国外都没有这一提法。早在 1978 年 4—7月，翻译家董乐山翻译的《一九八四》②在《国外作品选译》分三期刊登，并内部发行，这是奥威尔作品首次与大陆读者见面。1985 年，花城出版社决定再次以内部发行的方式出版一批有争议的外文著作，该社译文编辑室主任蔡汝良决定，将其定名为"反乌托邦三部曲"丛书，这就是英国作家赫胥黎的《美丽新世界》、苏联作家扎米亚京的《我们》和奥威尔的《一九八四》。1988 年，花城出版社再版《一九八四》，并公开发行，由于改革开放已较大地改变了人们的观念，"自由""民主"成为时髦词汇，对苏东等社会主义国家的批判禁忌消减了很多，所以该书产生了极大的社会反响，奥威尔在中国经过 40 年的"漫长旅行"，终于踏入"世界名著"的名单，包括《动物庄园》在内的部分作品也逐渐引起人们的关注和译介，并且逆向推动"反乌托邦三部曲"概念的走红。

"反乌托邦三部曲"是国内学者对奥威尔及其作品"选择性误读"的代表案例，从中可见，国内对奥威尔作品的研究其实是不同意识形态较量的结果，维护体制与改良体制这两种声音对"反乌托邦"的合法性争论不休，但无论哪种声音都使 20 世纪八九十年代中国的奥威尔形象与国外学界一样具有强烈的政治指向性，比如有人认为奥威尔的小说"反映了世界进入新的历史时期，西方社会的动态和思潮，表现了资本主义社会中个人和社会之间的不协调、日益加剧的社

---

① 侯维瑞：《试论乔治·奥韦尔》，《外国文学报道》1985 年第 6 期，第 23 页。
② 董先生早在"文化大革命"时期即译该书，但却因受政治迫害而全部散佚，他在"文化大革命"结束后的重译本应视为最早的《一九八四》译本。

会异化以及道德和文明的危机；同时也反映了资本主义的思想家们对日益强大的社会主义的恐惧感"。① 与此相对，也有学者对比了"文化大革命"惨痛国殇，质疑强大的社会主义从何而来，认为在奥威尔小说中"确有许多触目惊心的事不幸被他言中"。② 而奥威尔认为语言已受玷污，必须去除浮华、还归古朴的观点，有人认为是"危言耸听，都是一种歇斯底里"。③ 但也有不同意见："有害的政治恶化了语言，恶劣的语言赋予政治以有害的权力。如果我们要反对恶劣的政府，我们就得开始说平淡的语言，而不是装腔作势。"④ 可见，国内研究成果也称得上是"政治批评"，研究者对奥威尔小说的认同，高于对他其他体裁作品的认同；在小说中，对奥威尔代表作的评价，几乎遮蔽了对他三十年代小说的评价。然而，国内政治批评与国外相比有所区别：国外的政治批评涵盖较为广泛，不排除极右翼对奥威尔的利用，但综合来看，主流是将奥威尔及其作品置于公民权利、社会治理、制度建设、统治方式、阶级意识、反压迫、反殖民等维度下进行审视，学者们展开对个体与社会关系、激进与传统的抉择、不同文明交流的反思，并起到批判当下欧美国家治理体制和外交政策的作用，比如有的学者将奥威尔和美国"9·11"之后的对外政策联系在一起，指出美国正借"反恐"之名走向极权统治。⑤ 所以，国外的政治批评是一种"广泛型政治视角"的奥威尔研究。而国内的政治批评则相对狭隘，有较明显的专门实用性特征，研究者的立足点是试图在奥威尔的作品中，寻找对当下中国人的政治生活和精神世界有前瞻性的助益，多数学者关注他的小说代表作中，所构建的恐怖未来与当下中国国情的对照，并由此反思中国国民的政治信仰，所以，国内的政

---

① 沈恒炎：《1984 年和西方社会——西方对预言小说〈1984〉的评论》，《未来与发展》1985 年第 4 期，第 47 页。

② 方汉泉：《二十世纪英美政治小说初探》，《暨南学报》（哲学社会科学）1987 年第 1 期，第 101 页。

③ 吴景荣：《论语言的规范和变化》，《外交学院学报》1988 年第 1 期，第 27 页。

④ 冯亦代：《奥威尔传》，《读书》1992 年第 7 期，第 140 页。

⑤ 参见 David L. Urry, From Wigan Pier to Airstrip One: A Critical Evaluation of George Orwell's Writing and Politics post-September 11, Ph. D. Australia: Murdoch University, 2005.

治批评可称为"专用型政治视角"的奥威尔研究。

在中国学界"专用型政治视角"占主流的形势下，有的学者试图从文化的角度回避意识形态的争论，这项工作从 20 世纪 90 年代初就初露端倪，比如著名作家王蒙认为，"反乌托邦三部曲"的矛头指向是现代工业社会，研究者没必要纠缠于其"姓社姓资"的问题，让人们的精神世界"无能为力"的正是作为总体意识形态的现代化；① 著名学者刘象愚进一步认为，与其说奥威尔写的是政治，莫如说他写的是人。② 进入 21 世纪后，国内对奥威尔的研究更为多样化，诗人林贤治和北大学者李零引介了英国作家普里切特③对奥威尔的著名评价——"20 世纪寒冬中一代英国人的冷峻良心"，学者毕冰宾（笔名黑马）在为翻译家孙仲旭译本《一九八四·上来透口气》作的序中认为，奥威尔的作品："都是从小人物着手，写他们的生活经历和所思所想，两个男主人公都是那么可怜无助的夹缝中人。这样的生活中被挤扁了的人似乎根本无法承受什么重大的政治主题。奥威尔丝毫也没有宏大的叙事结构，声势浩大的全景画面，或铿锵或高亢的叙述语言。他要做的仅仅是把人物置于其特定的人文和社会环境中展开其故事，无论其环境是写实还是虚拟的预言式，在其特定的条件下都是可信的。"④ 学者盛宁在引介奥威尔时指出，奥威尔是"独具只眼的文学批评家",⑤ 为开创英国大众文化批评做出了杰出贡献；在瞿世镜主编的《当代英国小说》中，将奥威尔视为反抗帝国主义和贵族特权、为普通民众辩护的代言人，而他的作品理所当然地成了维护大众文化价值观的宣言书。

---

① 参见王蒙《反面乌托邦的启示》，《读书》1989 年第 3 期，第 44—47 页。

② 参见刘象愚《奥威尔和反面乌托邦小说》，黄梅《现代主义浪潮下：1914—1945》，中国社会科学出版社 1995 年版，第 258—277 页。

③ 普里切特（1900—1997）英国小说家、散文批评家、编辑，为美国《纽约时报》等报刊撰稿，被称为"本世纪最伟大的英语文学评论家"。尽管他的作品极少在中国得到介绍，但他对奥威尔是寒冬之良心的评价在中国被奉为经典，亦成为不少著述必引之句。

④ 黑马：《使政治写作成为一种艺术（代译序）》，奥威尔：《一九八四·上来透口气》，孙仲旭译，译林出版社 2002 年版，第 8 页。

⑤ 盛宁：《动态》，《外国文学评论》1998 年第 4 期，第 137 页。

延续以上学者的论述脉络，中国学者进而从比较研究、主题研究、叙事学、女性主义和后殖民主义等方面，对奥威尔的作品进行了较有建设性的研究工作，形成数百篇论文成果或专著，完全脱离了"专用型政治视角"的限制，基本摆脱了政治批评话语体系的羁绊，使奥威尔"去政治工具化"，学者们更重视从作品文本入手，从文化领域研究主人公（或叙述者）的语言和形象、作品的主题、人和社会环境的关系。从作品比较的方法看，中外作品比较均有涉猎，并向传媒领域进军，范围较广。然而，虽然成果较为丰富，但由于没有对奥威尔三十年代小说的研究储备，研究时只能依赖奥威尔小说的几部代表作，没能完整反映他的思想和作品特点，所以就无法突显奥威尔的独特气质。

第二章　三十年代小说创作与青年奥威尔

　　作为一个生前清贫度日、历经两次世界大战、临终前才为人瞩目的英国作家，只活了46年的乔治·奥威尔的传奇人生在同时代的英国作家中并不多见。生存经验影响着作家的思想及其作品的价值。在20世纪30年代，奥威尔不仅经历了理想破灭、苦闷困惑，而且屡次面临人生方向的选择，刚过而立之年的岁月里积淀了生命的大部分变故和曲折。可以说，"三十年代"对奥威尔来说不是一个简单的时间概念，而是其思想成熟前的关键阶段：他目睹被殖民者的苦难，心中充满无法排解的罪恶感，并且不再相信"白人的担当"；在亲历城乡无产者贫病潦倒的生活后，让他对穷苦的工农大众和卑微的小职员抱以深切的同情，并立志通过调查实践追寻消除贫富两极对立的良方；现代社会以普遍的拜金主义和单调的城市生活，消解了传统价值观和人的平和心境，这更让他急切地探求救赎自我的希望——这些都被糅进小说创作中，成为人物行动和情节发展的原始动因。可以说，亲身经历和文学创作结合在一起，是奥威尔在三十年代创作小说的血脉，其结果是：一方面，由于这四部小说是奥威尔在对工厂矿区、农庄田野和城市贫民窟进行调查后的思想结晶，深入地刻画出两极分化及现代人精神萎靡的实况，表达了作者对社会矛盾的关注和思考；另一方面，由于过多注入了作者本人的经历，所以四部小说都闪现奥威尔的身影，成为作家的"自画像"，这就导致艺术感染力打了折扣，因而社会反响平平。

　　正因为缺少对素材的艺术加工而让作品乏味无奇，大多数奥威尔研究者只是从时间上，将这四部小说简单界定为"三十年代小说"（thirties'novels），其内涵仅指奥威尔在 20 世纪 30 年代创作并发表了它们，也可以说是作家 30 岁以后创作的小说，其比照对象是奥威尔二战后的代表作《动物庄园》和《一九八四》，这种分期标准未能深究三十年代小说的特点。最早提出"三十年代小说"概念的学者是约翰·罗登，他认为三十年代小说是极为边缘化的，"甫一出现就遭到评论家从美学与文学方面的严厉批评，因此备受冷落，常被当成落伍的爱德华时代小说家老套的习作"。① 从艺术品质看，杰弗里·维特克罗夫特（Geofrey Wheatcroft）甚至认为："作为一个小说家，奥威尔从未存在过"，他的作品是"他自怨自艾的投影"，他"在死后获得声誉是文学界一大骗局"。② 但是，英国著名文学理批评家弗雷德里克·卡尔（Frederick Karl）评价道：

　　奥威尔是个伟大的报道者，因为他的报道只是一般的印象，从不歪曲客观事实。他的优异之处就是将历史融合进文学。他报道他亲眼所见，但他也意识到，这种亲眼所见中杂糅了他自己和他所选择看到的东西。然而，我们先忽略奥威尔报道中主观性的东西，我们会被他那引人入胜的真实和鲜明可感的人物所震撼。自然主义风格影响着他的小说和通讯，在成为一个小说家之前他就对社会问题开始关注，并因此对小事情的真实性尤为注目。③

　　奥威尔报道的是他亲眼所见、亲身实感的事实，并体现着"准确得如同新闻记者一样的观察力，并以此形成一种对社会问题考量的精细联系"，④ 尽管奥威尔令人遗憾地没能用更优美的语言和更动人的

---

① John Rodden, *The Politics of Literary Reputation*, New Brunswick, New Jersey: Transaction Publishers, 2002, p. 42.

② Geofrey Wheatcroft, George at 100, *Prospect*, June 2003, pp. 10 – 11.

③ Frederick Karl, *A Reader's Guide to the Contemporary English Novel*, New York: Farrar Straus & Cudahy, 1962, p. 150.

④ Randall Stevenson, *The British Novel since the Thirties: An Introduction*, London: B. T. Batsford, 1986, p. 38.

情节将其展现在人们面前，但对于感受过贫困现实的读者来说，透彻直白的叙述方式和所描摹的日常困境足能引发共鸣。英国学者伯纳德·伯尔贡兹（Bernard Bergonzi）以三十年代小说中的主人公之一乔治·保灵为例指出，"乔治·保灵是奥威尔审视英国生活得心应手的工具，保灵的生活麻烦在奥威尔 1934 年的诗歌有体现……对工业建筑的完全排斥，以及对相关生活方式的拒斥"，① 这是一种质疑现行体制、希望社会向良好方向发展的朴质心态，普通人在遭受更多的制度束缚后，必将以走向更广阔的领域寻找超越的可能，因此，奥威尔的小说必然在它所属的英国文学传统中占有一席之地。克里斯汀·布鲁梅（Kristin Bluemel）认为奥威尔是斯威夫特、狄更斯、萨克雷和吉辛等组成的"反现代主义者"链条中的一环，他们都反对 20 世纪 30 年代流行的现代派主流叙事美学，布鲁梅进而指出："奥威尔被认为天赋平庸，作品反映了社会与交往中的困扰。这种落后的看法低估了奥威尔从事的多样性工作、政治实践、友谊、斗争，以及他的重大关注对文学作品的影响。"② 应该说，奥威尔的"重大关注"，是依据 20 世纪 30 年代的重大事件和历史趋势逐次展开的：英国殖民地的动荡、欧美经济大萧条、英帝国急剧衰落、社会主义苏联崛起、法西斯势力带来的战争阴云、西班牙内战，这一切都是现代社会消极性直接或间接的表现，严重地影响着人的生存与发展。因此，奥威尔没有沉浸在现代派的艺术世界中，而把如实地记录普通人不安定的生活状态，作为三十年代小说的创作目的。由此，他把自己对社会的调查实践作为写作素材，通过表现主人公的困惑和反思，引导他们逃逸出狭隘的自我局限，在不断面向新的人生中探索走出困境的方法，这其实体现了奥威尔恢复自我与外在世界平衡的努力。同时，奥威尔也尝试将虚构性和象征性元素编织进文本，以便能更深刻地揭示他所描述问题的实质。因此，奥威尔的三十年代小说从对人生和社会的思考出

---

① Bernard Bergonzi, *Reading the Thirties*: *Texts and Contexts*, London: Macmillan, 1978, p. 107.

② Kristin Bluemel, *George Orwell and the Radical Eccentrics*: *Intermodernism in Literary*, London Basingstoke: Palgrave Macmillan, 2004, p. 5.

发，以近乎纪实性的描述为主、以虚构性的刻画为辅，具有较为典型的现实主义倾向，当他在纪实性的基础上，进一步以虚构的笔触表现自己对人类未来的焦虑和恐惧时，具有寓言特质的《动物庄园》《一九八四》才问世。

保罗·桑帕约将奥威尔的人生分为五个主要部分，[1] 其中奥威尔的三十年代生涯独占其三，而三十年代小说也是研究他思想和作品的先导。可见，奥威尔在三十年代的生活经历和三十年代小说在他的思想创作中都占有重要地位。因此，通过追溯奥威尔三十年代的生命片断，可以挖掘出他的四部小说中主人公从旧我走向新生的起因、过程与结果，因而是一个较好的切入点。

1922 年 10 月 27 日，刚刚年满 19 岁的奥威尔踏上了缅甸的土地，成为一名殖民地警察，这是他追寻人生意义的开始，也是他小说创作的起点。凭借在伊顿公学良好的教育基础、继承父辈在殖民地的生活经验和英帝国长达两百年狂热的殖民宣传，奥威尔对警察工作得心应手。此外，到殖民地工作还有逃脱家庭控制和学校无聊生活的目的，所以在青涩的奥威尔眼中，远离英国本土的缅甸很有几分香格里拉的色彩，是他建功立业的沃土，这体现出一个英国中产阶级青年发现自我、发展自我的雄心。但是，20 世纪二三十年代的缅甸，正处于争取民族独立的运动高潮期，英国殖民者和缅甸民众的矛盾不断激化，反英浪潮此起彼伏，1930 年爆发了此后持续两年之久的起义。在这样的时代背景下，个人理想和残酷现实的反差极为强烈：一方面是不断爆发的反英骚乱，另一方面是殖民当局的弹压政策，奥威尔很快就意识到白人文明的背后隐藏着自私和残忍，动乱中的缅甸也根本不是世外桃源。在缅甸的 5 年时间，奥威尔几乎都游走漂泊在热带雨林的包围中，先后在渺米亚、湍特、沙廉、永盛、毛淡棉和杰沙 6 个城市任警官之职，主要负责训练缅甸警察、维护城市治安、确保道路畅通。这对一个 20 岁出头的年轻人来说是极为繁重的工作。奥威尔面

---

[1]　参见 Paula Sofia Ramos de Sousa Sampaio, Reading Literature Today: A Study of E. M. Forster's and George Orwell's Fiction, Ph. D. Lisboa: Universidade de Lisboa Faculdade de Letras Departamento de Estudos Anglisticos, 2007, p. 37.

对异域文化的氛围，在陌生的语言和人群中穿行，即使是和平的环境下也令人难以长久忍受，何况当时的缅甸人对英国人的敌视态度和骚乱频仍，更使他时刻深处险境。

奥威尔在同胞那里也找不到安全感。在缅甸的英国人并不多，这里充其量是大英帝国在世界另一头的"边疆区"，约 3 万英国政府职员、家属和军人统治着 1400 万缅甸人，在大大小小的缅甸城市中，由英国人把持的行政机构、俱乐部、酒吧、军营要塞，不仅是当地的权力中心，而且也是欧洲文化的堡垒，在此之外是缅甸人自己的生活世界，可以说，英国代表的欧洲科技文明改变了缅甸社会的面貌，却没有同化这里的文化传统，在榨取缅甸经济资源的同时，英缅关系始终处于矛盾中，只是在初期这种矛盾被掩盖了，而英国的行政制度与文化体制，又在压制缅甸人向英国学习先进技术的同时，也极力限制英国人主动同缅甸人交往。毫无疑问，英国白人在缅甸虽是统治者，但他们不得不在权力和文化的小圈子里踞守，品尝自我孤立的精神苦果。

热带雨林气候、繁重的工作、理想和现实的反差、充满敌意的异邦人、无尽的孤独，这些是奥威尔在缅甸做警察的切身体验，也是他决定逃离殖民地警察队伍的根本原因，现实给他的写作打下了深深的烙印，如何逃脱苦难成为他探索的焦点。在缅 5 年的漂泊生活，为奥威尔把小说和自己的真实经历紧密联系在一起，打下了坚实的基础，许多人物情节都来自真人真事，比如，《缅甸岁月》里弗洛里自暴自弃的生活和饮弹自尽的结局，主要来自奥威尔在缅甸曼德勒结识的英国士兵 H. R. 罗宾逊，此人不堪殖民地的陈腐生活用鸦片麻醉自己，后来开枪自杀未遂，崩出了两个眼球，终身失明；而小说中暴躁的埃利斯对缅甸少年的殴打，则来自奥威尔自己和当地学生的冲突；其他主要人物都可以在奥威尔的漂泊生活中找到原型，唯独女主人公伊丽莎白的形象比较杂糅，很难找到清晰的来源。在更深层次上，5 年的漂泊生活让奥威尔处于理想和现实的矛盾中，他的思想观念发生了较大的变化。

第一，5 年的漂泊让奥威尔质疑英国殖民的合法性。在伊顿公学时，奥威尔为吉卜林作品中的东方情结和征服精神所折服，坚信英国殖民者在缅甸是为改变当地落后的面貌，履行"白人的担当"，但现实情况却是，英国在缅殖民当局的残暴高压政策使缅甸中、低阶层受尽压榨和侮辱，英缅关系濒于瓦解。在奥威尔眼中，现实存在一个显而易见的悖论：英国名义上带给缅甸文明，而这种文明必须依靠武力镇压施行，但诉诸武力又是血腥野蛮的非文明行为，所以大英帝国的殖民从根本上就是一个骗局。

第二，5 年的漂泊让奥威尔忧虑自身未来命运。面对不人道的制度，奥威尔从自身出发考虑他人生的规划，将回到英国作为解脱困境的唯一出路，鲁滨孙的悲剧使他害怕自己重蹈覆辙，而日益严峻的缅甸社会形势，也会让他跌入万劫不复的深渊。所以，逃归故国成为首要所选，而此后这种回归意识，也不断出现在奥威尔三十年代小说及其他作品中。但是，这并不是说奥威尔完全以回国为单一解脱方案，他渴求除了能让自身摆脱险境外，还能让他排解心中对参与镇压、统治殖民地人民的负罪感。可以说，逃离和赎罪是结合在一起的，奥威尔的这种心理诉求和实际行动不断地影响着他以后的探索与创作。

第三，5 年的漂泊让奥威尔对乌托邦理想叛离。在缅甸警察工作的失败，使奥威尔对一切美好理想都产生了质疑，辞职回国象征着奥威尔青年理想的覆灭，代之以直面苦难现实、发现社会真相和寻找精神家园为新的人生指向，这暗示着奥威尔心中质疑乌托邦社会的种子已悄然播撒。乌托邦理想作为想象中的社会蓝图，是以制度的完善和人的全面发展为基点的，但在现实社会，制度和人从未真正平衡过，原本为人造福的制度由于不合时宜使人受到压迫，依赖制度的人又造成其进一步恶化，由此交互作用，造成社会趋于瓦解。从这个层面说，青年奥威尔经过对缅甸社会的认识，确信乌托邦无法成为现实，转而对某些人类理想愿景产生了怀疑。正因为这样，他的三十年代小说的主旨，是关于个人在具体制度和意识形态下的生存状态，即制度之恶导致人的全面异化；而《动物庄园》和《一九八四》则更悲观地认定：在恶制中，有良知的人终将毁灭。

可见，在缅甸的 5 年漂泊生活是奥威尔小说创作的起点，也是他独立思考人生的开始，他和他的人物一样，处在理想和现实的矛盾中。如果把在缅甸的 5 年漂泊生活作为奥威尔小说创作的起点，对应他的思想演变轨迹，《缅甸岁月》则是奥威尔三十年代的第一部小说。出版于 1933 年的《巴黎伦敦落魄记》只是较为粗糙的纪实作品，而非奥威尔的首部小说。理由在于：其一，《巴黎伦敦落魄记》结构不完整，该文本从开始到最后，奥威尔都只是选取事件的横断面，事件之间缺少必要的联系，人物刻画停留在记录层面，没有注重对人内心的探索，使整个文本成为人物侧记或速记片段；其二，《巴黎伦敦落魄记》是奥威尔在小说与诗歌创作接连遭到失败后的产物，当时他并没有明确自己未来的创作主体是小说，只是将自己在伦敦、巴黎流浪过程中搜集的素材进行少许加工，因此将其称为小说实在牵强，似乎应将创作过程较为相似的《巴黎伦敦落魄记》《通往维根堤之路》和《向加泰罗尼亚致敬》统称为"纪实作品三部曲"。

但是，这并不是要否定《巴黎伦敦落魄记》的价值，在这部作品中，奥威尔小说创作的基础和潜质已经显现出来：语言的简洁明晰、注重以人物行动表现其生存状态、习惯用空间位移作为情节变换的标志、对底层流浪汉生活的关注和同情。更重要的是，它和《牧师的女儿》《让叶兰飘摆》在内容上具有关联性。实际上，奥威尔的三十年代小说和他的纪实作品在主题、情节、背景上，形成交错的互文关系：《缅甸岁月》——《观绞刑》（1931）、《射象》（1936）；《牧师的女儿》——《巴黎伦敦落魄记》（1933）、《通往维根堤之路》（1937）；《让叶兰飘摆》——《巴黎伦敦落魄记》（1933）、《书店回忆》（1936）；《上来透口气》——《巴黎伦敦落魄记》（1933）。从中可以看到，《巴黎伦敦落魄记》在奥威尔三十年代小说中的地位和作用，甚至在《一九八四》中，主人公温斯顿·史密斯也是一个大洋国的流浪落魄者。作为本书所讨论内容的补充，较多关注纪实作品对奥威尔三十年代小说的影响，可以为解读提供参照系。《巴黎伦敦落魄记》作为奥威尔回到英国后探索社会的重要成果，开启了面向外部世界的流浪意识。

1927 年 9 月，经过远洋航行，奥威尔回到了英国萨福克郡南伍德家中。南伍德是个偏远的英国小镇，保守的道德风气和鲜明的功利倾向，使其成为塑造《牧师的女儿》背景的重要来源。奥威尔辞职的直接后果是丧失了近 700 英镑的年收入，[①] 面对儿子贸然辞职的变故，奥威尔的父母觉得损失很大，他们多年来对培养儿子所投入的成本都付诸东流。我们不细究这场风波中孰是孰非——家人指责奥威尔任性胡来、忘恩负义，奥威尔执着理想、洗刷罪感，都不能说没有道理，关键是，在奥威尔宣布辞职当作家后，家人毫无余地的拒斥，使他不可能在家里写作，这一点经常被研究者忽视，如果奥威尔可以在家中创作，而没有走向社会、探访底层，那么他的小说完全可能是另一副模样，其人物的气质和特点必然和现在相去甚远。所以，脱离家庭和辞去殖民地警察职务具有同等作用——奥威尔在职业和家庭层面，背叛了他所从属的中产阶级，这是他作为一个作家塑造独立人格、主动探究社会矛盾的起点。

1927 年秋，奥威尔通过亲戚帮助，在伦敦波特贝罗路租了一间公寓，并在市内开始巡游探访，白天观察人们的日常生活，晚上练笔。1928 年春，巴黎，奥威尔来到这个当时云集艺术家的浪漫之都，除了想结交文艺方面的名人雅士外，一战后的法郎对英镑比价极低，能让他的生活略显宽裕。尽管奥威尔在巴黎有了几个朋友，但他和海明威、乔伊斯等作家擦肩而过，就如同后来他在西班牙内战中与海明威等人未及谋面一样。[②] 交友、观察、写作、投稿，是这一时期奥威尔生活的主旋律，但由于所住旅馆房间失窃，几乎身无分文的奥威尔不得不去餐馆打工，10 个星期的劳动让他在忍受饥饿折磨的同时，接触到了流浪汉、服务生、洗碗工等巴黎底层的无产者。

1929 年 12 月，经过巴黎的流浪生活，奥威尔回到英国，在南伍德的父母家和伦敦自己的公寓间往返，尽管他已经打了许多份零工，甚至给人当仆役，但仍感到积累的素材十分有限，写出的作品受人耻笑，频

---

① 按可比价格计算，700 英镑相当于今天约 28000 英镑，2012 年，英国人年平均收入为 30000 英镑左右，在当时的条件下，奥威尔作为一个刚参加工作的青年薪水是比较高的，而后来他也是靠积攒的薪水挨过了早期颠沛流离的生活。

② 奥威尔和海明威的交往在 1944 年 2 月才开始。

频遭拒。这是大多数作家在成名前的普遍状态，奥威尔做出的反应，是进一步探访自己不熟悉的底层无产者的生活，也许他自己还没有意识到，这种积极的探索，是日后他小说中人物寻找突围之策的源泉。

1931 年 8 月，肯特郡。农业发达的肯特郡不仅是狄更斯和达尔文的故乡，而且有大量的啤酒花农庄，20 世纪二三十年代，每年秋季都需要由临时工组成的采摘大军。奥威尔因而有机会和流浪汉在啤酒花采摘地中辛勤劳作了近一个月，然后他回到伦敦流浪了一周，此后又接连当起了学校教师和书店店员。此时的奥威尔已经熟悉在社会底层中沉浮，形形色色的城乡流浪无产者让他见到了英国最贫困阶层的生活状态，结合以前在伦敦、巴黎的流浪经历，奥威尔选择了以贫困的无产者作为写作对象，通过记录他们的艰苦生活揭露社会的不公正，其具体成果就是在 1933 年至 1936 年间，相继出版的《巴黎伦敦落魄记》《牧师的女儿》《让叶兰飘摆》。其后，奥威尔依靠这几部作品取得的稿酬，在朋友的支持下到英国中部的工业区进行实地调研，写出了后来被他的拥趸津津乐道、同时被大部分左翼知识分子批评的纪实作品——《通往维根堤之路》。

1927—1936 年的 10 年城乡探索，对研究奥威尔小说具有重要意义。

一方面，这是奥威尔摸索写作方法、收集创作素材的 10 年，也是他在底层世界沉浮起落、感受英国社会真实贫困的 10 年，揭露贫困和不公正成为奥威尔小说和纪实作品的主题，他继承的是狄更斯、萨克雷、吉辛、劳伦斯、毛姆、亨利·米勒等小说家开创的创作道路，并不断淬砺自己独特的语言风格和小说模式，在思想上也逐渐向社会主义靠拢，可以说，通过 10 年的艰辛探索，奥威尔的小说聚焦于生活方式和阶级构成相异的人群。

另一方面，也可发现奥威尔三十年代小说的局限。从空间看，奥威尔探访的区域并不算小：以伦敦市区为主，以及巴黎的部分市区，肯特郡梅德斯通附近的啤酒花农场，为生计前往海斯镇和厄克斯桥镇的公学，在考文垂、伯明翰、伍尔弗汉普顿、曼彻斯特、维根做实地调查，甚至三下矿井。可以说奥威尔已经遍及了有代表性的城乡空间，接触的广度在同代英国作家中也是相对宽广的。但从时间上看，奥威尔探索的时长偏短，导致探访深度明显不足：除了在巴黎驻留了近两年，他去肯特郡当流浪汉和采摘工仅 20 多天，前往英国中部工业区名义上有 2 个月，但其间在他的姐姐家住过较长时间，和工人阶级的实际接触不足 6 个星期。这就造成奥威尔对底层无产者的认识不可避免地停留在感性阶段，虽然不能说他受到的底层再教育不是震撼性的，但也很难让人认同，这短暂有限的接触能让奥威尔完全摆脱中产阶级的烙印而成为"无产阶级作家"。夸大奥威尔 10 年城乡探索的成果会偏离我们对他小说的正确评价，实际上，奥威尔 10 年城乡探索的局限淋漓尽致地体现在《牧师的女儿》《让叶兰飘摆》中的人物行动上，这两部小说的主人公都经历了城乡的探索，希望找到自己人生的意义，但结果都没有达到目的，只能回到原有的生活圈子中，关键原因之一在于他们的探索只是蜻蜓点水地停留于社会表层，对社会的认知也是浅尝辄止，尽管有触及灵魂的冲击，却没有形成改造世界的力量，正因为没有在世界观上摆脱思想观念和生活方式的局限，主人公的探索行动只是意识到贫困的存在，却没有将中产者和无产者这两个迥异的世界联系在一起，也没有将自我和社会底层的受压迫阶级连接成生命共同体，人物对人生意义的追寻，反而有逃避现实困境的嫌疑。奥威尔思想和小说的这种局限，使他和他所刻意保持距离的布鲁姆斯伯里集团成员有某种相似性，因此将奥威尔 10 年城乡探索作为他"圣徒"光环的依据，是不严谨的。

奥威尔的小说创作有鲜明的转折性，但和大多数人预想不同的是，转折点不是二战。1937 年的奥威尔对苏联已颇有微词，在他看来，纳粹德国之所以能扩张势力、发动战争，不仅有英法的姑息纵容，斯大林苏联一味追逐本国利益也是重要原因。

1936 年 7 月 19 日，西班牙军事强人弗朗哥率领长枪党发动武装叛乱，西班牙内战正式爆发。这场战争不仅是二战的预演，而且极大地改变了知识分子的思想观念，造成了知识分子分裂的公开化。此前，由于苏联的社会主义建设成就举世瞩目，世界范围内的左翼知识分子对社会主义心向往之。尽管右翼人士和部分持自由主义立场的知识分子仍对苏联心怀忌惮和敌视，但在经济危机和战争迫近的 20 世纪 30 年代，苏联成为当时世界前进的新方向。可是，在 1939 年 4 月 1 日法西斯势力彻底击败西班牙共和国后，弗朗哥也许没有意识到，他也埋葬了许多欧洲知识分子对苏联的幻想，不少知识分子为捍卫正义和理想浴血奋战，饱尝伤痛甚至献出生命，结果是对失败的困惑迷惘，对被出卖和欺瞒的愤怒，比如海明威、约翰·多斯·帕索斯、玛莎·盖尔霍恩、聂鲁达、安德烈·马尔罗、罗伯特·卡帕等，而奥威尔在西班牙内战的经历，既是当时充满激情的知识分子的缩影，也是他本人思想发生变化的转折点。

参加西班牙内战是奥威尔一生里最短促却最深刻的事件：相比于青年时代在殖民地的 5 年警察生涯，这场暴风骤雨的战争给他带来的是肉体和精神上的双重创伤；相比于壮年时代急于了解社会而在英国城乡的十年探索，这场血腥的战争让他对政治斗争的残酷性有了刻骨铭心的认识；相比于中年时代苦熬 6 年但没有踏入疆场的二战岁月，这场你死我活的战争让他身处险境、直面死亡。1936 年的仲夏夜，刚刚在沃灵顿村成家立业、勤奋写作的奥威尔，在得知西班牙内战爆发的消息后，心情激动地决定立即加入共和国阵营：其一，他自信在缅甸接受过军事训练可以使自己履行战士的职责；其二，他确信通过捍卫共和国政府将能抵消自己早年作为殖民者的罪恶；其三，帮助西班牙人民切除法西斯这个时代毒瘤，是每一个追求正义与自由的知识分子的应尽之责。

如同海明威和情人盖尔霍恩共赴西班牙一样，奥威尔也把新婚妻子爱琳带到了阿拉贡战场，并且在战争和后来逃难中都遭受到死亡的威胁。1937 年年初，爱琳成为军队中的文职人员，而奥威尔则是一等兵班长，手下有 12 名只接受过基本训练的战士。西班牙内战中的奥威尔有三分之一的时间是在战壕中度过的，其间有漫长的据守，有转移、巡逻和侦察，也有向敌方阵地发动突袭行动，在枪林弹雨中奥威尔两入医院，一次是病倒，另一次则是被敌方狙击手击穿颈部，差点死去。但是，"有种勇士般的精神"[1] 的奥威尔，像绝大部分参战

---

① ［美］杰弗里·迈耶斯：《奥威尔传》，孙仲旭译，东方出版社 2003 年版，第 201 页。

的知识分子一样，根本不了解西班牙左翼内部的残酷斗争内幕。得到苏联支持的西班牙共产党是联合阵线的领导力量，但无政府主义者的组织在革命阵营也占据重要一席，其主要组织是由反斯大林的托洛茨基主义者和其他持异见的革命者组成的"马克思主义统一工人党"，简称"马统工党"（POUM）。这两个组织在革命路线上存在严重分歧：西共要求建立统一的领导机构，先取得反弗朗哥战争的胜利再进行彻底的社会革命；马统工党则认为只有先对私有制进行革命，才能保证战争的胜利。相对于全国规模又有苏联支援的西共，马统工党只有4万党员，3000名民兵，除了加泰罗尼亚的巴塞罗那周边地区，马统工党影响有限，而且其要求没收中产阶层的革命方案，遭到苏联和西共坚决反对，从西班牙共和国政府建立之初，就埋下了双方矛盾激化的种子。奥威尔嘲笑过对政治运动极为冷漠的亨利·米勒，但他自己的政治意识其实也很不成熟，在对革命统一战线中派系林立的内幕一无所知的情况下，加入了马统工党的民兵，并一直为之奋战，用我们熟悉的话说，奥威尔在斗争中"站错了队"。

1937年5月3日，巴塞罗那，昔日的战友西共和马统工党兵戎相见，数日血战后，以马统工党被镇压而结束，苏联在此过程中全力支持西班牙共产党。斯大林式的大清洗在冲突后有了西班牙翻版，包括马统工党领导人在内，许多人昨日还是革命者或在前线抗敌的马统工党民兵，今天都以"第五纵队"的罪名遭到逮捕和处决，从此，革命阵营分裂、削弱，并在对敌斗争中处于完全劣势。伤愈后已经在马统工党中小有名气的奥威尔，理所当然地成为受追捕对象，他只好和爱琳经过一个星期的东躲西藏，侥幸于6月23日逃到了法国，没有成为党派斗争的牺牲品。

从意气风发、奔赴战场，到颈部重伤、仓皇逃归，在西班牙的6个半月时间，暴露了奥威尔的主要优点和缺点：强烈的使命感和正义感、直面艰苦和不怕牺牲的勇气、与普通民众结下的友谊和对法西斯势力疾恶如仇；但政治上不成熟，天真幼稚地理解正义和邪恶，对党派冲突的严酷性估计严重不足，停留于"眼见的真相"，却没有对现象背后的矛盾进行深入分析判断，这又进一步导致了偏执和彷徨。而对于奥威尔的三十年代小说中人物来说，这个评价也是适合的，进一步来讲，西班牙内战是奥威尔的理想、同时也是他笔下主人公们理想的最终失败，所有试图超脱作为中产阶级和殖民者的负罪感的努力，都因为西班牙内战的经历而希望绝尽，如同虔诚信徒发现膜拜的神像只是油彩泥灰的组合一样。如果说参战前，奥威尔和他笔下的主人公在面对现实时，还有逃归精神家园的可能，那么在西班牙6个半月的生死历险，使他们的精神家园轰然倒塌，由此，奥威尔意识到必须改变思维模式和小说主题，因而这之后的《动物庄园》与《一九八四》，就是对西班牙内战中进步势力惨痛失败原因的隐晦揭示和强烈控诉，个人追求与迷惘不再成为小说的主题，极权制度毁灭个体的具体过程，成为他反思与创作的主流方向。

从上面的论述出发，三十年代小说的最后之作——1939年的《上来透口气》成为奥威尔前后期创作中的过渡性作品，也是对10年城乡探索的总结，奥威尔已经对个体的贫穷问题有了进一步认识，在他看来，社会贫穷的原因在于不人道的制度，而个人在从某些制度中逃离后，还受到其他制度新一轮制约，如果此前弗洛里、多萝西和戈登还有逃逸的选项和可能，那么现在则逃无可逃，体制性的压迫力量可以轻而易举地将人的希望和能力毁灭掉。尽管在《上来透口气》中奥威尔还没有说明这就是极权统治，但主人公保灵对原有环境的逃逸之败已经暗示，极权统治迫在眉睫，人类美好的回忆都将失去，只留下意识形态的强制灌输，失去记忆中的故乡标志着独立人格的最终瓦解，自我的危机不仅来自于人自身，更来自于社会统治与压迫。从《缅甸岁月》就初步形成的无家可归感，在《上来透口气》中得到完全显露，并在《一九八四》中泛化为捍卫个人独立和精神家园的反乌托邦情结。从这个意义上完全可以说，奥威尔三十年小说和他的小说代表作是一个完整的系统，体现了他生活经历与反思历程的一致性。

第三章　白人囚徒的追寻之败

　　乔治·奥威尔于 1934 年发表的首部小说《缅甸岁月》，是根据自己在缅甸当警察的经历写成，在这部半自传作品中，主人公约翰·弗洛里是一名在缅甸凯奥克他达（Kyauktada）生活了十五年的英国木材经理，这个穷白人游离于同胞组建的俱乐部和当地原住民之外，唯一的朋友是印度医生维拉斯瓦米。弗洛里孤单苦闷的生活，在偶遇一名从英国来的中产阶级女子伊丽莎白后有了转机，他一厢情愿地将其作为心灵寄托，却因宪兵中尉维拉尔的出现令二人关系破裂。不久，凯奥克他达发生反英骚乱，弗洛里及时化解了危机，赢回伊丽莎白的芳心，但却因卷入政治阴谋而得罪了凯奥克他达的权贵吴波金，惨遭当众陷害侮辱，伊丽莎白也鄙夷并抛弃了他，最终弗洛里在孤独绝望中自杀。小说展现了英国殖民统治下缅甸的社会矛盾，讽刺了英国官员的腐败，抨击了英国的殖缅政策，揭露了殖民统治下的政治黑幕，对普通缅甸民众予以深切的同情。全书语言诙谐机智，结构紧凑，是奥威尔三十年代小说创作中较具文学色彩的一部作品。但是国外对这部作品的文本研究较晚，而国内近年来随着该书中译本的出现才有了一些评述。

第一节　种族隔离制度对穷白人的戕害

　　米切尔·莱维森（Michael Levenson）指出，《缅甸岁月》表明主人公认识到殖民行径的终极目标是剥削和压迫，小说"表达了某种现实主义：残酷、欺骗和自欺欺人"。[1] 卡利姆（Rezaul Karim）认为："这部小说主要针对的不完全是'反帝反殖'主题，重点在于塑造人物。"[2] 可见，主人公和殖民地的关系是这部小说的重点。在小说开始，弗洛里在缅甸已经工作了十五年，他对缅甸的气候给生活带来的不便厌恶到了极点："烈日当头，灼晒持续不断，就好似被一块大的垫木击打一样。"[3] 但是，人对自然环境的情感是对社会环境认知的延伸，弗洛里对缅甸生活条件的厌恶，是他对自身生存困境感到迷惑、压抑的象征：由于无法融入当地的原住民社群中，身边的微型白人社区——白人专属俱乐部——又无法缓解弗洛里对英格兰本土的眷恋，这是许多殖民地白人共同面对的难题，雷蒙德·威廉斯称之为"放逐者的矛盾"。[4] 从人物具体的行动看，"放逐者的矛盾"出现的直接原因在于殖民者拒绝同当地人交流。在凯奥克他达，白人殖民者是 Sahiblog（白人老爷），白人俱乐部是当地真正意义上的权力机关，任何当地人都没有染指白人权力的资格，非白人成为俱乐部会员在殖民者眼中，无疑是夺取"金枝"的谋反行为，必须被坚决制止，白人的领地除了经特许以外，任何非白人都不能涉足。凯奥克他达的白人作威作福，成为拥有特权的上等人。在殖民统治的强盗逻辑中，白人为落后的殖民地带来文明，所以理所当然地有权成为发号施令的白人老爷，而作为白人老爷的对立面——原住民所拥有的一切都是野蛮、落后和愚昧的代名词，应该统一到白人的文明世界中。在这种刻薄强制的"对立统一"关系中，白人殖民者将自己牢牢封闭在由"二十五万把刺刀"[5] 捍卫的小圈子里。在凯奥克他达这个缅北小城，

---

[1]　Michael Levenson，"The Fictional Realist: Novels of the 1930s", in John Rodden, ed. *The Cambridge Companion to George Orwell*, New York: Cambridge University Press, 2007, p. 79.

[2]　Rezaul Karim, "George Orwell: The Plight of the Imperialist", in Niaz Zaman, Firdous Azim and Shawkat Hussain, eds. *Colonial and Post-Colonial Encounters*, Dhaka: The Universtity Press, 1999, p. 102.

[3]　乔治·奥威尔：《缅甸岁月》，李锋译，南京大学出版社 2007 年版，第 15 页。

[4]　威廉斯：《文化与社会》，吴松江、张文定译，北京大学出版社 1991 年版，第 368 页。

[5]　乔治·奥威尔：《缅甸岁月》，李锋译，南京大学出版社 2007 年版，第 69 页。

依靠武力的保护和政治、经济、科技上的全面优势，地区副专员麦克格雷格，地区警长韦斯特菲尔德，木材公司经理弗洛里、埃利斯、莱克斯蒂恩及妻子，地区森林管理官麦克斯韦等7个白人可以统治4000名当地居民，"殖民者与被殖民者之比是质量的比，殖民者以其势力来对抗数量"。①

凯奥克他达俨然成为一个小型国家的雏形，统治者和被统治者在数量上的差距强烈地表现出地位的不平等，良心未泯的弗洛里对此极为不满，有的学者明确指出，弗洛里"反抗的不是殖民主义，而是殖民地官员"，②从对殖民主义的具体化层面讲这个判断有一定道理，但在小说文本中，白人殖民者的强盗逻辑是将自身与当地人分隔开，区别对待，像弗洛里这样抵制殖民价值观的异类，当地人的社群对他却是隔绝的，弗洛里成了一个"夹生人"。作为为殖民统治卖命的普通工作者，弗洛里的物质生活单调乏味，而作为一个身陷殖民地的异邦人，他的精神生活又空虚匮乏，弗洛里成为身心双重贫困的"穷白人"的代表。而这种双重贫困，在殖民主义行径的摧残戕害下，有始无终，所谓的白人老爷，实际上是被限定在殖民地的"白人囚徒"。在殖民地的"巨型监狱"中，穷白人时时刻刻受到殖民主义意识的规训，一言一行都必须符合白人身份特征，处于全景式牢房内，毫无自由可言，更严重的是，他们不仅和同胞没有真挚的情感交流，与殖民地原住民的交往也被切断，白人囚徒处于自己人和异族人的双重注视下，奥威尔在散文《猎象》中凸显了孤独的白人主人公，在射杀大象时的矛盾心态，他不愿向已倒地并奄奄一息的大象开火，但又不能在围观的缅甸民众面前退缩，在个人意愿和白人老爷的角色之间，他的良心备受煎熬，无法倾诉，也无人倾听。英国本土的统治者凭借强制力将不同种族、不同肤色和不同文化的人群区分隔绝，以此保障自身的特权不受侵犯，这种行径正是种族隔离制度的体现。

种族隔离制度（Apartheid），在狭义上专指南非共和国1948年施

① 弗朗茨·法农：《全世界受苦的人》，万冰译，译林出版社2005年版，第17页。
② 南方朔：《奥威尔的"怜悯和死亡"》，《书城》2009年第8期，第81页。

行的一系列种族区别对待政策的合称，它将在南非生活的白人和非白人——黑人、马来人、印度人、混血儿分隔开，以人的种族为标准给予不同的社会待遇，造成了无数人间悲剧，是一项彻头彻尾的罪恶制度，直至 1991 年才废除。然而，种族隔离制度并非专属南非，也不仅出现在殖民地，而是伴随着社会人口迁移不断发展。早至新大陆的发现与西方殖民潮的兴起，殖民扩张成了许多欧洲国家发展资本主义、增强国力的便捷途径，紧跟而来的是如何处理殖民者和被殖民者的关系问题。由于殖民的动机是经济利益，被殖民者必然成为殖民者压迫剥削的"他者"，殖民者为保持全方位的优势，促使身体、意识、制度、文化等方面的广义种族隔离制度出笼，并不断根据殖民统治的需要加强和延伸。只要种族间的不平等、不公正存在，种族隔离制度就必然出现，作为其核心的种族歧视和种族压迫就一定会造成无数人间悲剧。可以说，殖民主义罪恶的具体化之一就是种族隔离制度。在缅甸，1919 年至 1930 年的独立运动风起云涌，使英缅关系急剧恶化，英国对白人与非白人的种族控制也随之加剧。《缅甸岁月》对在英帝国殖民机构施行种族隔离制度的揭露与批判，已经不仅仅局限在被殖民者遭到种族隔离制度的危害，实际上它压迫着被殖民者的同时也操控并戕害殖民者自身，《缅甸岁月》从白人殖民者的角度出发，刻画他们的孤独和绝望，伊格尔顿认为，与其说这部小说人物的悲剧是来自帝国主义的现实，不如说是来自一种"绝望的氛围"，[①]保罗·桑帕约进而认为这种氛围是"殖民者的单调无聊"。[②] 这都是种族隔离制度控制的恶果。

但是，除了在空间上隔离外，研究者们普遍忽视了时间对表现殖民地的"白人囚徒"所遭受折磨的作用。侵入缅甸原住民空间的白人殖民者是一群异乡客，种族隔离制度不仅使他们在空间上疏离于缅

---

① Terry Eagleton, "Orwell and the Lower-Middle-Class Novel", in Raymond Williams, ed. *Geroge Orwell: A Collection of Critical Essays*, New Jersey: Prentice Hall, 1974, p. 10.

② Paula de Sousa Sampaio, Reading Literature Today: A Study of E. M. Forster's and George Orwell's Fiction, Ph. D. Lisboa: Universidade de Lisboa Faculdade de Letras Departamento de Estudos Anglisticos, 2007, p. 277.

甸，而且也造成了他们在时间上的"停滞"。具体从《缅甸岁月》的文本结构来看，小说分为结构十分严整的 25 个小节：第 1 节至第 5 节是开端部分，交代了人物关系、时间背景；第 6 节至第 15 节是展开部分，小说沿着开端部分继续展开情节，各人物间关系更加明晰化，显露出文本的两条线索：弗洛里和伊丽莎白的爱情线，吴波金和维拉斯瓦米的斗争线；第 16 节至第 20 节是递进部分，弗洛里的情敌维拉尔中尉出现，吴波金的阴谋按其计划实施，主人公身处形势最低谷；第 21 节至第 24 节是高潮部分，矛盾总爆发，弗洛里先是成功化解叛乱，并在支持维拉斯瓦米加入俱乐部问题上赢得主动，但正当峰回路转之时，吴波金指使马拉美当众羞辱弗洛里，弗洛里被逼自杀；第 25 节是尾声部分，交代主要人物结局。

从对文本结构总结后发掘出时间信息：小说开始于 1926 年 4 月中旬的某日上午 8 点 30 分吴波金与同党的密谋，9 点至 10 点白人殖民者在俱乐部的争吵，10 点 30 分至 11 点，弗洛里离开俱乐部和印度医生维拉斯瓦米对英国殖民统治进行辩论，下午 4 点弗洛里和马拉美做爱，却气恼和鄙视她的贪婪并驱赶她，然后散步、野浴，又去俱乐部，当天夜晚弗洛里难以入眠，回忆与医生的交往和自己在缅甸的经历。整个开端部分的 5 个小节，都是描写一天内吴波金策划阴谋和白人殖民者尤其是弗洛里的日常生活。随后的展开部分与递进部分开始于弗洛里邂逅伊丽莎白，截至伊丽莎白与贵族维拉尔中尉出双入对，弗洛里痛苦离开，去雨林监督工人劳动。展开部分与递进部分占整个文本篇幅的 2/3 以上，但是时间却是相对模糊的，读者只是大概知道展开部分与递进部分的事件都集中在两个星期内，但具体是哪一天则不得而知。在高潮部分中时间又变得清晰起来，从 6 月 1 日麦克斯韦在凯奥克他达被残杀开始，紧接着 6 月 2 日发生骚乱及平息，6 月 13 日弗洛里的情敌维拉尔中尉玩腻并抛弃了伊丽莎白，6 月 14 日弗洛里自杀，次日即举行了葬礼。

《缅甸岁月》的整个故事被浓缩进 4 月中旬至 6 月 15 日的时间段里，可见，所谓的"缅甸岁月"实质上成了"缅甸两个月"，而弗洛里 15 年共 180 个月的缅甸生活都是以外部闪回的方式由叙述者讲述的，弗洛里生命的最后两个月的人生"岁月"，几乎成为小说的全部内容。这不是弗洛里人生的最后辉煌，弗洛里只是一个平凡的小人物，他唯一的"壮举"是平息了缅甸原住民的骚乱，而那也多半是因为这场骚乱缺乏组织和背后有吴波金操纵。然而，2:180的悬殊比例并没有使小说时间上的短促引发其内涵上的不足，两个月的生活特写完整映照出弗洛里15年的生活经历，易言之，弗洛里在缅甸15年经历作为"潜文本"，得以在两个月的生活中完整展示，这并不是叙述者有意进行淡化处理，而是弗洛里生活的环境造成他生活意义的减损，表现为"过去时间和将来时间只是现在的样式"，[①] 15年的经历与两个月的生活是趋同的，都充满了肉体的放纵、生活的无聊、内心的绝望和面对充满敌意的原住民和白人同胞，毫无变化，更无新意，使"一个体验流内（一个纯粹自我内）的一切体验的统一化形式"[②]被无情地击碎，个体不仅忍受由于空间上被隔离而产生的孤独，同时还要面对时间上被压缩所带来的生命损耗和意义贬值，由于"时间不是孤立的和单独的主体的事实，它乃是主体与他人的关系本身"，[③]所以，个人生活的耗费等同于人际关系的断裂。可以说，种族隔离制度作为帝国主义和殖民主义的具体实现形式，榨取的不仅是殖民地穷白人和原住民的剩余价值，穷白人还要贡献他们的前途及人生意义。

由此可见，在小说文本中，种族隔离制度构造的空间与时间双重牢笼，造成了白人殖民者的不幸命运，在种族隔离制度的暴力下，像弗洛里这样的穷白人只能成为一个殖民机构的螺丝钉，被死死拧在殖民主义这架大机器上，同时造成他焦躁疑虑、精神涣散，意志薄弱，心神萎靡的病态气质，丧失了完整的人格力量，在不同的意识形态撕扯下最终走上堕落和毁灭之路。具体说来有三个方面。

其一，种族隔离制度造成了弗洛里生存环境的恶化。种族隔离表

---

① Kearney, *Dialogues With Contemporary Continental Thinkers: The Phenomenological Heritage*, Maschester: Maschester: Maschester University Press, 1984, p. 62.

② 胡塞尔：《纯粹现象学通论：纯粹现象学和现象学哲学的观念》第1卷，李幼蒸译，商务印书馆1997年版，第203页。

③ Emmanuel Levinas, *Le Temps Et L'Autre*, Fata Morgana, 1979, p. 17.

面上是一项使白人殖民者受益的制度，然而真正的受益者，是制造殖民罪恶而获得丰厚利润的英帝国政客和资本家，在殖民地苦熬苦累的大部分白人充其量只是群"打工仔"，在高级官吏监督下穿梭于殖民地基层，为老板们奉献自己的青春、血汗甚至生命。在凯奥克他达，弗洛里只有微薄的薪金，而且自从进入殖民地以后再没有回过故国家乡，有一次甚至身在返乡途中又被召回。他工作的地点是疫病横行的雨林，每个月有三个星期在营地工作，歇工时才能回到凯奥克他达，而这难得的休闲也只是在白人的小圈子里喝酒、聊天和看书报。种族隔离制度在过滤了他者之后困住的是主体自身，弗洛里必须忍受炎热潮湿的气候和职业病的困扰，无聊单调的重复性劳动和封闭的生存环境，让空虚的生活日益恶化。

其二，种族隔离制度造成了弗洛里生活动力的丧失。由于看不到改变命运的希望，弗洛里丧失了生活的动力，嗜烟、酗酒、嫖妓代替了先前对读书求知的渴望，在舆论压力和不宽裕的经济条件下，还包养了缅甸情妇马拉美，这是一种物极必反的必然行为，貌似是对种族隔离的突破，其实是制度暴力的摧残下人性的扭曲，在没有正常婚娶渠道的情况下，只能以违反规训来变相地达到遵从规训的目的。但是，这种非常规的手段并不能给弗洛里带来解脱，他必须隐瞒保养缅甸情妇的事实，避免白人同胞的"道德指责"，而且欲望与规训的长久的纠结，不断耗干他的元气、折磨他的精神，摧毁他的理想，在繁忙沉重的工作和贫乏无聊的生活中，弗洛里迷失了生活的方向："突然间，他开始显老，也确实觉得老了。他的青春就此结束……热病、孤独，再加上断断续续地喝醉酒，都在他身上留下了印记。"①

其三，种族隔离制度造成了弗洛里生命意义的瓦解。生存现实让梦想破灭，人失去了追求的方向和能力，弗洛里从一个有志向的青年变成安于现实、疲于应付的中年男人：在俱乐部内部他消极冷漠，避免与人争执，成了这个封闭的小团体中的自闭者；在俱乐部以外情况

① 乔治·奥威尔：《缅甸岁月》，李锋译，南京大学出版社 2007 年版，第 68 页。

有所不同：在居室中，弗洛里是发号施令的白人老爷，仆人对他言听计从；在和印度医生的交往中，由于各自秉持的价值观不同，两个人各说各话，无法达成一致；在和当地人交流中，由于文化相异，弗洛里只能被动地接受，多数情况下是一个观察者或倾听者，游离于原住民社交圈外；最后，他只能沉默地走向无言的雨林，在物我两寂的静谧中麻醉自己，成为一个身份模糊、地位不稳、内心装满各种相互抵牾的意识形态，却没有自我独立判断的"精神分裂者"。

弗洛里的生存处境，是殖民地穷白人失落心态的真实写照，他们虽然表面上身为殖民机构中的一员，但实际上却是殖民地的"白人囚徒"，吉卜林宣扬的"白人的担当"已成为自欺欺人的谎言，种族隔离制度让他们不断丧失自我，种族歧视让他们成为殖民统治的奴仆，在孤立中"主体和他者陷入无法对话的困境"。① 这也是弗洛里逃离种族隔离制度、以恢复人的本质力量的原因。

第二节　白人囚徒的自我救赎

弗洛里无法忍受种族隔离制度及其给自己带来的影响，但他的反抗不是对制度的摧毁，而是试图在不引发暴力对抗的情势下，使自己达到身心的自由和人格完整。面对种族隔离制度造成的绝望和压迫，弗洛里在这一体系内寻找同类构建同盟，并将回到故国作为寄托，代表了殖民地穷白人摆脱生存困境的基本方式。然而，弗洛里反抗种族隔离制度，又在这一制度内以白人同胞为"心灵同盟"，即得到白人同胞的情感认同和道德好评，并形成志趣相投、朝夕与共的稳定关系，同时，弗洛里在与白人交往的基础上，将回到故国家乡作为自己的长远目标。在弗洛里看来，"心灵同盟"和故国家乡，既是他的生活期盼和美好理想，也是反抗种族隔离制度的必由之路，二者是统一的，并且也是安全可行、最容易达到的。然而，

---

① Rezaul Karim, "George Orwell: The Plight of the Imperialist", in Niaz Zaman, Firdous Azim and Shawkat Hussain, eds. *Colonial and Post-Colonial Encounters*, Dhaka: The Universtity Press, 1999, p. 109.

弗洛里没有意识到，这种在制度内反抗制度本身的行为，正他说明反抗制度和救赎自我的盲目性和悲剧性，他没有看到白人和故国所代表的真正社会内涵。弗洛里的盲目和悲剧，是殖民地白人所特有思维方式的结果——他只有得到白人同胞的认可，才能实现自身在殖民地的存在价值，白人同胞是殖民宗主国意识形态的具体化，同时也代表英国本土的道德规范和评价标准，弗洛里只有在殖民地白人群体中成为令人瞩目的佼佼者或受颂扬的道德楷模，才能改变不幸的生活境遇，治愈自己的"精神分裂"。

　　弗洛里在生活困境中认为，通过与同等地位的白人结成精神和政治上的同盟，就可以实现自身的价值，而莱克斯蒂恩夫妇、麦克斯韦和埃利斯是弗洛里组建心灵同盟的"候选人"：首先是莱克斯蒂恩夫妇，他们已经在殖民地生活了相当长时间，虽都人到中年，但一事无成，品行低下。莱克斯蒂恩先生酗酒成性、贪淫好色，甚至侵犯自己的亲侄女伊丽莎白；而莱克斯蒂恩夫人是个势利眼，挑唆伊丽莎白在维拉尔和弗洛里中间"骑墙"，以达到自己利益的最大化。酗酒、纵欲和精明算计都是弗洛里唯恐避之不及的，他年轻时在缅甸的生活经历充满了随心任性的胡作非为，尽管没有完全堕落，但也染上了贪杯纵欲的恶习，并时刻提防别人以免自身受到损失。但弗洛里尚有自知之明、弃恶扬善，所以对摒弃旧我、救赎自身的努力也从未放弃，莱克斯蒂恩夫妇作为弗洛里厌恶的"自我映象"，其为人自然让他所不齿。其次是年轻的森林管理官麦克斯韦，其原型是奥威尔初到缅甸时的年轻自我，麦克斯韦毫无工作经验和方法可言，成为殖民地白人腐化风气熏染的对象，也是弗洛里昨日的"影子"，弗洛里根本无法从其那里得到有力的援助。相比于经验老到的其他白人，麦克斯韦行为鲁莽、作风粗率，是殖民政策的坚定执行者，对待缅甸原住民冷酷无情，不自觉地成为种族隔离制度的鹰犬，因为在一次殖民者和被殖民者冲突中，开枪打死当地村民，他惨遭其家属报复，被人用砍刀杀死，尸体被切成了肉块。最后是埃利斯，通过考察小说英文原著中对于埃利斯的直接引语就发现，埃利斯有着明显的伦敦东区口音，这暗示他来自未受过较高教育的英国工人家庭，罗杰·富勒进一步把埃利斯的口音和他的粗鲁暴躁、顽冥不化联系在一起。身为工人阶级一员的埃利斯对原住民不仅没有同情，相反他比小说中所有的白人更憎恨非白人，其用语之恶毒，行为之恶劣，完全是毫无保留地用尽能想到的所有手段尽情丑化、侮辱缅甸原住民。埃利斯是一个极端的例子，哲学家萨特认为，一直以来欧洲的无产阶级根本不理睬殖民地人民受到的压迫，马克思号召的全世界无产者联合起来成了句空话。正因为出身的低微，埃利斯必须比其他白人表现得更"像"白人老爷才能掩饰内心的自卑，也正由于对待殖民地原住民最为凶狠，他才能从中补偿自己受到的伤害。斯图尔特分析道：

> 对于埃利斯来说，最重要的是要让缅甸人"安分守己"，他对维护白人的特权最为热心。他的下等人口音和《通往维根码头之路》中"中产阶级下层"的特点相近，他们去殖民地不是为发财，而是在殖民地有更廉价的消费，并且接受统治阶级的价值观，更服从于统治者制定的社会规范，希望以此提升社会地位，达到理想的身份。[1]

因此，在凯奥克他达这个小王国里，对殖民主义意识形态和"白人神话"最坚定的支持者和维护者，不是有较高职位的麦克格雷格，也不是有权有势的傲慢中尉维拉尔，而正是出身低微的埃利斯。在帝国主义殖民地的大染缸里，任何人毫无差别地都为自身的利益博弈，殖民地已经蜕化为丛林法则的试验场，人在这里只受到争权夺利、自私唯我的欲望驱使，这当然是弗洛里不能与之为伍的原因。

综上可见，麦克斯韦、埃利斯和莱克斯蒂恩夫妇代表了三种类型的殖民地白人形象，如果按他们的年龄和经验划分，正好结成一条殖民地穷白人生存演化史：涉世未深、遭受熏染的年青一代（麦克斯韦）面对的殖民地的花花世界，沉溺忘返；时值壮年、熟悉环境的中

---

[1] Anthony Stewart, *George Orwell, doubleness and the value of decency*, New York: Routledge, 2003, p. 65.

坚一代（埃利斯）更加颐指气使，处处显示自己的白人老爷地位，纵欲无度以填补空虚的内心世界，打发孤单无聊的重复生活；人到中年、历经风霜的衰败一代（莱克斯蒂恩夫妇），感受到前途暗淡，却又沉沦恶习，难以自拔，只能取巧算计，聊补绝望带来的恐惧和焦虑。由麦克斯韦、埃利斯和莱克斯蒂恩夫妇等形象，既展现了一幅穷白人身陷殖民地泥沼而苦苦挣扎的残酷画卷，也成为殖民者集体命运的真实写照。弗洛里试图逃离种族隔离制度并超越宿命的束缚，就是要反对麦克斯韦、埃利斯和莱克斯蒂恩夫妇所代表了殖民地白人的思维习惯和生活方式，因此在世界观和价值观上和白人同胞拉开了距离，使自己游离于白人群体之外，所以组建心灵同盟只能以落败告终。

在一般的理解中，殖民国的地位高于殖民地，英国是政策的起源地、利益的占有者、文明的输出国，这些优势是殖民地所不可能具备的。但辩证地看，殖民地也可以成为"主人"，而殖民国反而作为"奴隶"而存在。如同在狄更斯的《远大前程》中，皮普的"远大前程"是和殖民地息息相关的，在英国从一个欧洲一隅的边缘国家迈向"日不落帝国"的征程中，对成功人士的评价也逐渐以在殖民地拥有的财富为标准，反过来进一步刺激了英国对各殖民地的剥削，因此让殖民地成为英国本土衡量一个人事业腾达与否的硬性指标。弗洛里对家乡的思盼和不愿回家的情形，构成殖民地穷白人的生存悖论，经济因素在这里发挥了主要作用，可以想见，穷白人见到同胞却"不敢问来人"的直接原因，不是"近乡情更怯"，而是对全社会都以拜金主义为评价标准的忌惮、焦虑和恐惧，由此，绝大多数白人殖民者离开祖国之际，就是永远失去家乡之时。

在追逐利益的动机驱使下，殖民地颠覆了殖民国的主体地位，成为支配英国人价值观念的核心要素之一，这不是殖民地本身的原因，恰恰是英国殖民者残酷剥削殖民地民众的自酿苦果。殖民地加强了它自身的主体地位，成了新的主体，而越是这样，英国越不能放弃殖民地，必须加强殖民地的殖民化程度。而在这一进程中，穷白人必须离家在外，服从国家的殖民政策，为殖民地献出一切。殖民国家将使个体连回到故国的能力都丧失了，这证明，殖民主义是一种彻头彻尾的罪恶行径，不仅对殖民地原住民来说意味着灾难，对本国民众亦是贻害无穷。在小说中，作为凯奥克他达的"最高统治者"，白人实际上成了弃儿，无论是作为官员的麦克格雷格，还是作为眷属的莱克斯蒂恩夫人，都成了有家难回、有国难投的异乡客。而对于伊丽莎白来说，从故乡逃离后，来到殖民地讨生活，殖民地作为异国他乡成为她唯一的希望所在，预示着他不幸的未来。对于弗洛里来说，他身处殖民地不能回家的境遇，让他和故国故乡割断了精神联系，只留下无尽的彷徨和忧虑。

由此可见，弗洛里所面对的困境已逐渐溢出了殖民地的构架，他所眷恋的祖国并不是理想的安身之地，在艾罕默德（Aijaz Ahmad）看来，全球化时代殖民所反映的深层次矛盾是"阶级问题"，[①] 在殖民地，原住民受到的殖民者的阶级压迫自不必说，在殖民者内部也同样存在阶级压迫，《缅甸岁月》揭示了这一问题。作为凯奥克他达实际统治者，在白人小圈子里最有实权的是麦克格雷格和韦斯特菲尔德，前者控制着凯奥克他达的"党政军"大权，后者则拥有实际的"武装力量"，似乎这两个人才是本地的统治核心。但是行政官员的职权在阶级划分中仍是有限的，当区区一个宪兵队中尉军官维拉尔到来，凯奥克他达的权力立刻旁落到这个有后台的年轻贵族手中，这就说明，英国资产阶级的权势与政治统治的梯次，没有因为远离本土而消失，在相隔遥远的缅甸仍然发挥着重要作用，继续维系着特权体制和阶级压迫。维拉尔的到来不仅让俱乐部成为他个人跋扈独裁的专属地，而且还夺走了弗洛里的心上人伊丽莎白，如果弗洛里在殖民地都是一个失败者，那么他回到英国与在殖民地一样，都是毫无希望的自我救赎。小说文本中所揭示的殖民国与殖民地关系表明，殖民地不仅成为殖民国的牵系依赖，而且操控着殖民地白人的精神意识，追寻白人的认同或故国家乡都不是可选的通途。

---

① Aijaz Ahmad, "The Politics of Literary Postcoloniality", in P. Mongia, ed. *Contemporary Postcolonial Theory: A Reader*, London: Arnold, pp. 276–293.

第三节　白人囚徒的选择错位

弗洛里在结识伊丽莎白、维拉斯瓦米，并与殖民地贱民交流后，使他放弃了单纯寻找白人认同的救赎方式，在新的境遇中，弗洛里希望在稳定的情感、坚定的信仰和异族的文化中重塑自我。在小说中，弗洛里邂逅伊丽莎白后就一直将其作为救赎的希望，甚至维拉尔横刀夺爱，弗洛里在悲伤欲绝时仍抱一丝幻想。可见，弗洛里认为与伊丽莎白的结合是自己的头等大事。从弗洛里的角度看，他生长于英国一个寻常的中产阶级中下层家庭，接受的是一种粗糙低劣的教育，只读到中学毕业。在心智成长发育的关键时刻，他领会的是弱肉强食的丛林法则，树立的是追逐享乐的价值观念，这就是英国的普通教育在青少年的弗洛里心中打下的全部烙印。奥威尔在小说、散文、杂文中展开了对英国学校教育体制的抨击，在其后的小说《牧师的女儿》和1947年的《所谓快乐，不过如此这般》中，都精彩犀利地讽刺批判了其阻碍个体健康成长的消极作用，而早在《缅甸岁月》中，奥威尔简洁明快地勾勒出青少年时代的弗洛里所受到的精神损害：

> 离开那所学校后，他又去了一家收费便宜的三流公学。这可是个劣等的冒牌之地，却也模仿人家大的公学里的那些高贵的圣公会传统，教什么板球和拉丁诗文，该校校歌名叫《人生的争斗》，上帝在这首歌里成了伟大的公断人。然而这里却缺乏知名公学的一些主要优点，比如人家的文化学术氛围。孩子们在这儿几乎什么也学不到，他们挨的鞭子不够多，因此吞不下那一堆堆枯燥的课程，而那些倒霉不幸、收入可怜的老师，也绝非那种让学生不知不觉间就可以吸收知识的人。弗洛里离校时，依然是个野蛮粗俗的年轻人。①

---

① 乔治·奥威尔：《缅甸岁月》，李锋译，南京大学出版社2007年版，第65页。

就是这样一个"野蛮粗俗的年轻人",靠父母挖关系、"走后门",在交了一笔家里几乎无法承受的费用后,来到了缅甸殖民地,肩负起吉卜林大肆宣扬的"白人的担当",践行着将文明带给落后愚昧的殖民地的"伟大使命"。刚进入缅甸殖民地,弗洛里还是个不到二十岁的青年人,但却很快染上堕落的生活习气,在学校形成的不良观念和习惯,都被运用到殖民地的现实生活中,似乎不久就要"顶着个严重损坏的肝脏和成天坐藤椅坐出来的菠萝背回国,在某个二流俱乐部讨人厌烦、了此一生"。[1] 在缅甸的雨林中沉沦萎靡下去,直至父母病逝,自己孤身一人,"他所有念头的核心,也是毒害一切的想法,就是对自己生活于其中的帝国主义气氛感到愈来愈深的仇恨,随着思想的成熟,他逐渐看透了英国人以及大英帝国的真实面目"[2]。但"对于那些受过半拉子教育的人而言,可说是一大悲剧,因为他们成熟得较慢,等到明白的时候,早已走上了人生的歧途",[3] 这就意味着,弗洛里再想抗争已然力不从心了,只能梦想着有一种立竿见影的方法彻底解救自己,因此他选择了伊丽莎白作为恋爱的对象,作为牵系一切的希望。

伊丽莎白的来到给凯奥克他达平添了一抹亮色,是弗洛里心灵复苏、走向新生的契机,弗洛里真诚地赞叹道:"你能来实在太好了,我说不出见到你有多高兴。你的到来,对于我们在凯奥克他达而言真的很重要。"[4] 这"高兴"与"重要"体现在:

首先,伊丽莎白成为弗洛里心灵新的寄托。作为第一个在这个缅北小城邂逅伊丽莎白的绅士,又是从水牛的冲撞中救下她的白人"英雄",弗洛里和伊丽莎白首次相见都给对方留下良好印象,为下一步爱情的发展奠定了基础。殖民地种族隔离制度最恶劣的危害,莫过于切断人和人之间的情感认同和体验交流,造成人与人之间的隔膜和敌视,无论对于白人殖民者还是被殖民者,这都是毁灭性的。然而,由

---

① 乔治·奥威尔:《缅甸岁月》,李锋译,南京大学出版社 2007 年版,第 69 页。
② 同上书,第 68 页。
③ 同上书,第 69 页。
④ 同上书,第 90 页。

于伊丽莎白的出现，弗洛里沉浸在对爱情的畅想中，僵死的人际关系开始有了复苏，他关注周围的白人与非白人，并极为关心伊丽莎白的情感变化，从得过且过、草率生活，变得注意自己的仪表和谈吐。这一方面是因为要在异性面前表现男性的气质，另一方面也是对伊丽莎白的尊重爱护。可见，伊丽莎白取代了麦克斯韦、埃利斯和莱克斯蒂恩夫妇，成为更适合弗洛里的心灵同盟。因此，弗洛里看到了将心灵寄托于完整的感情世界，以摆脱单调无聊的绝望氛围的希望。事实上，由于伊丽莎白的出现，弗洛里与白人俱乐部中英国同胞们的关系有所改善，排解了空虚和焦虑，恢复了社交中的自信，这不能不说是一种重新建立完整人格和健康心态的开始。

其次，伊丽莎白的到来实现了弗洛里"道德"的性选择。弗洛里没有恋爱的经历，年轻时在妓女身上纵欲、人近中年又包养了马拉美，这些都是性欲的宣泄。因此在弗洛里看来，如果他与伊丽莎白的结合，是一种白人对白人的"合理"选择，同时也可以让性压力得到"正确"的释放，符合殖民地种族隔离制度的道德规范，在得到性欲的满足时不会再遭人诟病。可见，小说中青春年少的伊丽莎白，一方面，连接着一整套男权话语体系——男人的性欲、殖民地白人的繁衍和活力、统治者性别的平衡和治理体系的长治久安，这套男权话语的背后，是男性对女性的压迫，是殖民者对被殖民者的剥削；另一方面，伊丽莎白代表殖民地白人囚徒们的性道德与性自律，她代替了马拉美，实现了弗洛里的本能欲望和殖民地的道德意志的统一。

最后，伊丽莎白满足了殖民地弗洛里和穷白人对故国的憧憬诉求。伊丽莎白来自英国，游历过法国巴黎，表面上喜欢高雅的阅读、远足出游、骑马、划艇，完全是富足的中产者小姐做派，这是弗洛里梦寐以求的理想生活与身份象征，也正是凯奥克他达穷白人们憧憬的生活方式：走出雨林，摆脱夹在宗主国和殖民地之间的越界生活，没有负担地回到故国家乡，在浪漫之都感受艺术气息与异国情怀，并过上受人尊敬的富足生活。伊丽莎白带来了一股英格兰的现代气息，唤起殖民地白人洗去殖民地"模棱两可"的尴尬身份、恢复符合英国人标准的精神风貌和生活旨趣。

　　总之，伊丽莎白的出现标志着弗洛里与殖民地堕落迷失生活的决裂，在弗洛里眼中，伊丽莎白也是父母双亡，与在世的亲戚都较为疏远，只能在殖民地讨生活、找机会，同是天涯沦落人的相似经历，有望让他们结合后的生活迈入一种新境界，其核心是稳定的家庭生活，这非常有利于营建可靠的社交生活，以此安居于"正常"的白人世界，和凯奥克他达的肮脏混乱的野蛮世界永远告别，最终让弗洛里达到精神上的完整和人格上的统一。

　　然而，弗洛里和伊丽莎白内心世界之间的差距是巨大的，注定不能结合。伊丽莎白所向往的是安逸虚荣、讲求实际的阔绰生活，一心要成为有地位的白人"女老爷"，因此，她人生的方向和弗洛里正好相反，而弗洛里只能提供：

　　　　他们共同的家，如在幻觉中一般，但却清晰得令人痛楚；他仿佛看见伊丽莎白在喂尼罗和畜群身上的鸽子，旁边是长得齐肩高的黄绿色草夹竹桃；还有客厅，墙上挂着水彩画，瓷碗里的香脂映在桌面上，一排排的书架、黑色的钢琴。①

　　实际上，伊丽莎白只把阅读当成一种装点门面的消遣，而且也根本不会弹钢琴，这些细节表明：在反抗种族隔离制度的过程中，弗洛里将想象与现实相重叠，按照自己梦幻里的指标，把伊丽莎白幻化为构建自身的首要存在，伊丽莎白就是弗洛里的理想自我。弗洛里通过追寻一个幻想中的理想自我，作为反抗现实的全部希望，而伊丽莎白却和他想象的完全相反，弗洛里想逃避种族隔离制度，而伊丽莎白却想在种族隔离制度的保护下成为白人统治者，即使出卖自己的灵魂也在所不惜；弗洛里意识到自己在殖民地的未来，除了行尸走肉地生活，就是身心的完全毁灭，而伊丽莎白却根本没有意识到她的所谓"成功"，必须向种族隔离制度献上自己的一切。因此，有的学者一

---

① 乔治·奥威尔：《缅甸岁月》，李锋译，南京大学出版社 2007 年版，第 294 页。

针见血地指出："伊丽莎白是阉割了的男人，弗洛里是长着阴茎的女人"，① 当然，这里的男人、女人都应该是打着引号的帝国主义殖民话语符码。弗洛里没有认识到自己和伊丽莎白不是天生一对，而是云泥之别，伊丽莎白的懵懂不是天真，而是因为缺少经验、智慧和良知的庸俗，是堕落和邪恶的前兆，易言之，伊丽莎白的未来，就是加入到麦克斯韦、埃利斯和莱克斯蒂恩夫妇所代表了殖民地白人的思维习惯和生活方式中去，而这恰恰是弗洛里深恶痛绝、唯恐避之不及的。由此可见，弗洛里对伊丽莎白的爱恋是对恢复精神完整性的幻想，他将一个臆造出来的"梦幻他者"作为获得白人标准身份的唯一拯救力量，导致自己在追寻理想生活过程中出现了选择错位，进而跌入彻底毁灭的深渊。

然而，直到生命的终点，在性欲的膨胀和一厢情愿的幻想下，弗洛里仍然将伊丽莎白作为最重要的"他者"，他饮弹自尽正是因为这个最重要的"他者"无法让他完成自我的身份构建，反而让他的心灵世界和人际关系更加破碎，永远被抛在规训与本能的对峙中。弗洛里和伊丽莎白的关系，隐喻着殖民地白人群体内部的交往矛盾：一方所希愿的正是另一方所愤恨的，一方欲索取的正是另一方无法给予的。种族隔离制度让弗洛里和伊丽莎白这对儿冤家相遇纠缠在一起，所以进一步看，白人面对的交往矛盾，又是殖民地种族隔离制度下，白人生存困境的总体表现。总之，作为种族隔离符号的伊丽莎白，没有成为拯救弗洛里的天使，反而造成了他精神上的死亡，进而又促使弗洛里消灭自己的肉体。这样看，白人囚徒即使没有因被殖民者的反抗而被杀死，也会惨遭自己同胞的荼毒，这是所有普通殖民者的共同宿命。

相对于弗洛里和伊丽莎白，吴波金和维拉斯瓦米是被殖民者内部矛盾关系的代表。缅甸的被殖民者并非单一的群体，而是由不同民族组成的杂合体。从具体的历史看，缅甸是一个多民族国家，缅族是主

---

① Paula Sofia Ramos de Sousa Sampaio，Reading Literature Today：A Study of E. M. Forster's and George Orwell's Fiction，ph. D. Lisboa：Universidade de Lisboa Faculdade de Letras Departamento de Estudos Anglisticos，2007，p. 283.

体民族，占总人口的 70% 左右，而掸族、克伦族、克钦族和孟族等是少数民族。1886 年 1 月 1 日，经过三次英缅战争的打击，缅甸王国与英国签订了丧权辱国的条约，缅甸沦为英国殖民地，与印度等地区合并为英属印度，英国实行少数民族治理主体民族的统治政策，克伦族成为英国官员的主要助手，是实际统治者，缅族处于政治上的无权地位，是权力金字塔中最低阶的被统治者，这给缅甸殖民地造成了无穷祸患，也是后来缅甸一直处于民族矛盾和内战深渊的主要肇因。然而，英国殖民主义的罪恶远未截止，由于统治需要，除了驻防缅甸的印度士兵外，随之而来的还有相当多的印度平民，此外因为人口流动，其他国家尤其是华人也来到缅甸。这样，缅甸的人口组成就极为复杂，成了一个多民族的会聚地，但殖民者出于攫取特权和暴利的目的，施行分而治之的种族隔离制度，严格限定不同种族的活动范围，使缅甸多民族聚居地没有成为各民族的大熔炉，严重阻碍了各民族人民之间的交往，从而引发了冲突矛盾。以缅甸新首都仰光为例，城中 2/3 的人口是英国人、印度人和华人；20 世纪 20 年代末，仅占缅甸总人口 7% 的在缅印度商人如同控制欧洲金融的犹太人，几乎完全掌握了缅甸的经济命脉，以至于引发了英国殖民者的恐慌和缅甸其他种族的仇视，在《缅甸岁月》里英国人埃利斯和缅甸人吴波金对印度医生维拉斯瓦米的辱骂，并非空穴无风，而是奥威尔对动荡时期缅甸社会真实情况的记述，尤其突出了缅甸克伦族与印度人的矛盾冲突。

　　从文本层面看，小说《缅甸岁月》使用了双线结构，即弗洛里与伊丽莎白的爱情作为主线，印度医生维拉斯瓦米和缅甸官吏吴波金的斗争作为副线。在副线构成的空间中，吴波金和维拉斯瓦米成为主要人物。缅甸人没有姓只有名，吴波金的"吴"是尊称，表示叔伯之意，可见他作为土生土长的缅甸人在亲族中获得的认可。信仰佛教的他儿时起就对 19 世纪 80 年代侵入的英国殖民者佩服得五体投地，最大的理想是成为殖民地统治集团中的一员：

　　　　吴波金最早的回忆是在八十年代，可谓挥之不去，当时他还
　　　是个衣不遮体、大腹便便的小孩，望着英军雄赳赳地开进曼德

勒。这一队队身高马大、专吃牛肉的人脸色通红，身穿红色戎装，肩上扛着长长的步枪，脚上的靴子落地有声，也不乏节奏。他还记得自己当初对此有多么恐惧，瞧了几分钟后，他慌张地撒腿跑了。在其幼稚的内心里，他已然断定，自己的人根本不能和这个近乎巨人的种族相比。要同英国人站到一处、依附它们的势力，尚且还是个孩子的他，就已经将此当作了自己的最大抱负。①

小说中，吴波金打击对手的方法是诋毁其声誉，用报纸、舆论的力量进行造谣，制造强大的社会压力，引起对手自行崩溃。吴波金打击面很大，只要妨碍他攫取利益，任何人都会登上他的黑名单，成为他凶狠报复的对象——从传播副专员麦克格雷格有私生子的小道消息，到耍阴谋警告弗洛里远离印度人以免引火烧身，再到污蔑维拉斯瓦米贪污腐败、失职渎职。吴波金是被殖民者中恶的总代表，阻碍弗洛里逃离种族隔离制度和救赎自我的顺利开展，但从吴波金行事的方式看，他不惜一切代价攫取经济利益、政治权力和思想话语权的做法，使之成为前资本主义时代进行原始积累的"官商结合体"。吴波金打击他人的方法，不仅是他自己卑劣行径的暴露，也是资本主义社会党派政治至今无法根治的顽疾。英国政治中的投机、党派倾轧、以利益为核心，熏染着缅甸的政治生态，毫无道德原则的吴波金就是英国政客在缅甸翻版。

维拉斯瓦米是吴波金的"反面"，作为印度人，他是虔诚的印度教信徒，但同时他又对大英帝国充满愚忠，将之视作文明的榜样和正义的象征。维拉斯瓦米身上表现出传统文化和现代文明的奇妙组合。尽管维拉斯瓦米的本职是医生，还兼任凯奥克他达监狱的最高长官，掌握了一定的权力，但他也想通过加入白人俱乐部，获得更多的政治影响力和社会人脉资源。但是，维拉斯瓦米不是吴波金式的奸佞小人，他的行为是为他的理想服务，他希望在得到更多权力的基础上实现他改造缅甸和印度的愿景目标，白人俱乐部的会员资格不是攫取个

---

① 乔治·奥威尔：《缅甸岁月》，李锋译，南京大学出版社 2007 年版，第 2 页。

人利益的工具,而是他推进改革的护身符。当然也应该看到,维拉斯瓦米热衷于改革,这不仅是他获得事业更大成功的必然,也是一个印度人"模拟"大英帝国白人绅士的重要步骤。因此,维拉斯瓦米和吴波金的明争暗斗,既是两个买办官员的竞争,又是两种势力、文化、意识形态的争斗,更是西方殖民思想对被殖民者思想塑形的真实再现。

小说中,维拉斯瓦米本性淳朴,是殖民地良知的象征,相对于弗洛里,维拉斯瓦米的最大优势是拥有知识分子式的执着:他深处缅甸的文化环境中,决心要将凯奥克他达塑造成他心中英国标准样式的城市,拥有自由民主、公正廉洁和发达进步等种种美好特征,考察这种人格理想,正是东方对西方启蒙话语体系的借用。维拉斯瓦米认为,按照英国白人的价值观可以改变缅甸民众的基本素质,实现思想启蒙的一切宏愿。在人心叵测的复杂现实社会,维拉斯瓦米仍然在自己执着的信念下顽强地生活,这正是弗洛里面对种族隔离制度中的不利因素所缺乏的精神境界。如果弗洛里想从伊丽莎白那里获得爱情、性满足、家庭生活和有利的道德评价,那么他从自己与维拉斯瓦米医生的友谊中,则可以医治因信仰缺失造成的"软骨病"。但是,想在凯奥克他达生存下去,弗洛里和维拉斯瓦米都必须在吴波金的围堵陷害中冲出重围,但是"争斗愈演愈烈,全镇分成了两排,每个土著人,从地方官一直到集市清扫工,都加入到其中一派,而且只要时机一到,他们全都愿意作伪证。但就这两派而言,支持医生的人数要少得多,而且在诽谤手段上也比对方略逊一筹"。① 由此可见,随着形势的发展,维拉斯瓦米已经无法控制局面,如果他的本性不在权力斗争中走向反面,他根本不是狡诈的吴波金的对手。这既是维拉斯瓦米的困境,也是弗洛里生存悖论的体现,他们都必须通过变得比恶人更邪恶,来维护自身理想和社会正义,然而,如果他们比恶人犯下更多的罪行,他们又如何证明或坚守心中的理想和正义?

应该说,面对不利局面,弗洛里比维拉斯瓦米有更清醒的认识,

---

① 乔治·奥威尔:《缅甸岁月》,李锋译,南京大学出版社 2007 年版,第 2 页。

至少他对白人俱乐部里的同胞不抱希望，因而不像维拉斯瓦米那样迷信白人的文明，所以，弗洛里不断提醒朋友权力斗争的险恶，并许诺为他加入白人俱乐部提供援助，由此来看，类似于英国作家福斯特的《印度之行》中菲尔丁与阿齐兹，《缅甸岁月》里弗洛里与维拉斯瓦米的关系，表面上都是白人拯救印度人。但是，弗洛里获得的解脱力量，来自维拉斯瓦米的理想和信仰，也就是说，维拉斯瓦米是弗洛里主体力量的他者，因此印度医生是殖民地白人的拯救者，而不是相反。更进一步看，弗洛里实际上根本没有实力拯救维拉斯瓦米，他和维拉斯瓦米的友谊，又跌入他和伊丽莎白交往的窠臼，作为一个穷白人，弗洛里既不能扶助印度医生克敌制胜，又不能两边安抚，使争斗双方和平共处，他感受到吴波金比白人殖民者更邪恶，因此不敢与吴波金公然对立，同时他也不敢在俱乐部为维拉斯瓦米辩护，与埃利斯等人彻底决裂，这就最终导致维拉斯瓦米一步步被吴波金击倒、溃败和被驱逐。尽管在反抗制度中，弗洛里将维拉斯瓦米作为拥有强大信念的"精神知己"，填补自身知识与信仰的缺失，但殖民地种族歧视的罪恶观念，终致两人的友谊无法正常发展。一方面，维拉斯瓦米将弗洛里尊为高贵的白人，弗洛里俨然是维拉斯瓦米心中道德和文明楷模，而他自己只是一个谦逊好学的仆人，永远不能超过主人，被殖民者天生就要在殖民者的教导下走向文明，即使是暴躁凶狠的埃利斯，也不过是个别不体面的白人，白人老爷总体上是好的，一个埃利斯丝毫不影响白人殖民者的高贵性和西方文明的优越性；另一方面，弗洛里的白人身份，凸显出与非白人的差异，差异是产生权力的源泉，所以他与维拉斯瓦米之间的友谊被权力关系裹挟，带来由地位、观念和思维方式所形成的身份鸿沟，难以达到心灵的契合。这就是说，无论是否有来自吴波金的威胁，一方天然的身份限定和另一方对西方文明的执迷不悟，导致弗洛里和维拉斯瓦米都无法真正实现平等的交往，从某种程度说，反而是有了共同的威胁，他们才携手反击，拥有了相对牢固的交往基础，吴波金竟成为他们友谊的纽带和中介。但是，这种建立在敌人威胁的基础上的友谊，不能掩盖其因缺少共同旨趣和真诚理解带来的缺憾，因此，弗洛里与维拉斯瓦米的关系，没有能在他和伊丽莎白感情纠葛与不幸结局中起到任何调节或挽救的作用，小说中通过双线结构，深入地刻画了弗洛里离生命终结越来越近的紧迫危机。

相比于弗洛里幻想臆造的伊丽莎白和存在隔膜的维拉斯瓦米，缅甸原住民，尤其是妓女、仆役和欧亚混血儿尽管在和弗洛里的关系中处于绝对弱势的地位，而且在弗洛里眼中是最末流、最低贱的人群，但他们希望摆脱困境的欲求和不知如何挣脱压迫链锁的处境，与弗洛里苦闷焦虑的生活现状是一致的，也就是说，原住民的生活状态变相地成为弗洛里的生存写照，他们所代表的文化形态是对种族隔离制度和殖民统治的最好控诉。在文本中这类人包括马拉美，柯斯拉，欧亚混血儿塞缪尔、弗兰西斯（还有只出场一次的玛森嘉蕾、犹太老妓女和其他白人的仆人）。

马拉美是弗洛里从她父母买来包养的妓女，严格意义上说更像情妇，他们两人曾经有过短暂的美好时光，马拉美满足了弗洛里的性欲，而弗洛里几乎每次都送她钱财，满足了马拉美的金钱欲。但是，金钱与性欲的交易不能掩盖两人意识和生活上的巨大差异，弗洛里厌恶马拉美的虚荣、无知和贪婪，并且不敢面对白人殖民者对自己私生活的道德评判，弗洛里和马拉美的关系是种族隔离制度所禁忌的，在这个"没有荣耀、理想和爱情，甚至连遭强暴都不被同情的世界"①，殖民者的优越性与合法性，正是建立在对被殖民者野蛮性和愚蠢性的固定描述上，霍米·巴巴论述道：

> 作为殖民地话语中文化、历史、种族的差异符号，固定性（Fixity）是一种两相矛盾的表现模式：它意味着严厉而无法更改的秩序和混乱，堕落与恶魔般的重复；它那拼凑起来的主要策略是陈规旧俗，这是一种知识和身份，这二者总在左右摇摆中，其摇摆范围如下：从已知的合乎规范到某种必须不断让人感到焦虑

---

① Nancy Paxton, *Writing Under the Raj*, New Brunswick, NJ: Rutgers UP, 1999, p. 258.

的东西。在话语中，亚洲人擅欺瞒的本质和非洲人有动物一样的性欲似乎无须证实，赫然自明。①

　　种族歧视意识造成殖民者和被殖民者对自身和他者叙述的固化，他们认同于种族隔离制度的"元语言"，将彼此对立起来，根本无法看到对方身上有着与自身同样的困苦和酸楚，因而难以产生自由平等的对话和互尊互爱的交往。可以说，弗洛里和马拉美的关系，最鲜明地凸显了种族隔离制度下"殖民地不同群体间交流的失败"。② 与此相似，弗洛里和自己的仆人柯斯拉的关系，与欧亚混血儿塞缪尔、弗朗西斯的关系都体现了不平等：柯斯拉跟随了弗洛里十几年，却要一直看弗洛里脸色小心伺候；塞缪尔和弗朗西斯总在弗洛里面前强调自己的欧洲父亲和白人特征。从白人的价值观来讲，这三类人是种族隔离制度制造的"贱民"，即没有任何政治地位和人格尊严的人群，受到所有其他社会阶层的排斥和歧视。

　　从自我和他者关系角度出发，在凯奥克他达这个权力斗争和利益争夺的"角斗场"，按照社会地位和象征意义，以白人老爷为顶点，沿着吴波金和维拉斯瓦米等非白人的权力派向下排列，底层是缅甸原住民，而最底层的则是贱民。因此可见，在种族隔离制度把控的殖民地，存在着一条奇异的"他者链条"，把被隔绝的不同群体又牢牢锁在一起：白人以非白人为他者，非白人中有政治特权和经济垄断地位的人，又以没有地位和钱财的人为他者，直至最后没有任何他者的"贱民"成为所有人的他者，在此过程中，剥削和压榨层层下沉，不幸和悲惨也逐级累积，因此《缅甸岁月》浓缩了英国殖缅过程中的全部罪恶，同时也体现了阶级社会的压迫本质。然而，最底层的"贱民"却在成为所有人的他者时，构建着所有人，将自己的卑贱的身份与地位毫无保留地加入到那些有他者的群体中，因此，弗洛里在构建自我身份时，面对着这些政治上没有权利、经济上没有固定收入、舆

---

① Bhabha Homi, *The Location of Culture*, London: Routledge, 1994, p. 66.
② Robert A. Lee, *Orwell's Fiction*, London: University of Notre Dame Press, 1969, p. 19.

论上遭人谴责、生活方式上被当作反面典型的人们，必然将心比心地感受到他们身上的恐惧、挣扎和无尽的苦痛，作为他者存在的妓女、仆役和欧亚混血儿的境遇，正是作为主体的弗洛里极力逃离的境况，可以说，他对未来命运的担忧正是这些贱民经历的现实。弗洛里反抗种族隔离制度的核心，就是竭力避免妓女、仆役和欧亚混血儿所遭受的阶级压迫，他最终自杀前所患得患失的，正是已近在眼前的宿命成为现实。

　　然而，尽管在追寻理想生活的过程中，弗洛里在一次次与妓女、仆役和欧亚混血儿们相遇，他的自我意识与作为他者的"贱民"紧密地联系在一起，但是，弗洛里每次都是从自身的利益出发，这就让他又不断疏离贱民的苦痛。这一点在小说中集中体现在弗洛里脸部的胎记上。弗洛里像伤疤一样的蓝色胎记，几乎覆盖了他半张脸，从童年被人称作"青脸""猴屁股"，到在凯奥克他达刻意地遮掩，胎记就是心灵的伤疤，伤疤也是无法抹除的胎记，作为心灵创伤的象征，胎记时刻提醒他在白人中是个没有纯然白色皮肤的异类，强烈的自卑感是弗洛里和他人交往的障碍，在一个以肤色区分等级的环境中，弗洛里自己也随时有成为被害者的可能，他肤色的杂糅让他处于不纯洁的矛盾混乱中，身体上的生理特征已成了甄别政治身份的标准，最后"他被英国同胞孤立变异"。① 由此，胎记成了如同该隐般的记号，它使弗洛里受到某种无法挣脱的诅咒，而降临这诅咒的是殖民地无所不在的殖民话语体系，所以并不像伊格尔顿认为的那样，"《缅甸岁月》与其说是批判帝国主义，不如说是探索个人的罪责、孤单和身份的丧失"，② 弗洛里必然沿着胎记带给他的伤害逆向反推回去，对帝国主义、殖民主义和种族隔离制度愤恨难平。由此，胎记将弗洛里推向原住民一边，提醒他的尴尬身份，让他比其他白人能真切地感受到贱民内心的伤疤和"胎记"，事实上，弗洛里对缅甸地方戏曲的兴趣、包

---

　　① Mitzi M. Brunsdalc, *Student Companion to George Orwell*, London: Greenwood Press, 2000, p. 55.

　　② Terry Eagleton, "Orwell and the Lower-Middle-Class Novel", in Raymond Williams, ed. *Geroge Orwell: A Collection of Critical Essays*, New Jersey: Prentice Hall, 1974, p. 17.

养马拉美、同情"混血儿",种种让白人同胞觉得他不合时宜、不可思议之处,都是他不同程度地以肯定贱民来反抗制度的表现。但是,由于弗洛里自身的懦弱、对身份地位的留恋、耽于幻想而没有更多的行动、能力不足且思想力贫弱,以及殖民地种族隔离制度对平等思想的吞噬,这一切都造成他仅仅将逃离制度的限囿作为人生的目标,他没有也不可能看到,无论是逃向热带雨林,或是逃回故国家乡,抑或是逃进情人的温柔乡、友人的医疗所,都只是满足自我诉求的表现,而不是对社会整体状况的改造,因而是不可靠和没前途的,他为自身的逃离就成了自私的溃逃,在全社会都以金钱、地位、等级为衡量标准的情况下,弗洛里追寻的幸福只是镜中像、水中月,甚至他争取到的一切也会化为乌有。

弗洛里真正应该追寻的,是以某种可能的方式,与像他一样的受苦受难者进行对话和交往,结成稳固的心灵同盟,通过发掘、记录和反思他人的困难,解脱自己的苦难。这一点在奥威尔其后的小说中有所体现。但在《缅甸岁月》中,弗洛里还没能认识到这一步,尽管他尝试过向缅甸原住民敞开心扉,去了解他们的生活状况,但在制度的控制下,他只能浅尝辄止,失败而回。应该说,从弗洛里的行为看,他是一位在种族隔离制度下追求理想生活的先行者,预示着殖民主义终将完结,体现了奥威尔对人类社会战胜殖民罪恶的坚定信心。可是弗洛里的失败也是《缅甸岁月》渲染的悲剧性所在——人即使意识到自我救赎的方法,也会因各种原因难以逃脱悲剧的宿命。由此可见,奥威尔在他的小说处女作中,探讨的已不仅是种族隔离制度的罪恶性,更在一定程度上反思了人与制度的关系,究竟是人的行为导致制度的好与坏,还是制度的钳制导致人的善与恶;究竟是以人的发展促使制度的改变,还是由制度的改变促进人的发展;在人与制度的纠缠中,人能否通过逃离制度而追寻到新的希望。

第四节 与现实对比 追寻怎样的希望

先杀死自己的猎犬,再将枪口对准自己的心脏,用自杀逃避做

"贱民"的恐惧，弗洛里走到了人生的尽头。奥威尔也完成了自己的第一部悲剧。但是在奥威尔的原始手稿中，还有一篇弗洛里的墓志铭：

约翰·弗洛里

生于 1890 年　卒于 1927 年

这里安葬弗洛里，他的故事久远长。钱，酒，女人和纸牌，让他长眠于此中。他曾挥汗入爱河，与那蠢女共温存；宿醉落魄有真意，过往忧伤在心间。啊，远方的旅人到这里，向你致意请收泪；碑铭权当献薄礼，请君勿蹈我覆辙。[①]

学者奎恩认为，这首拥有异国情调的墓志铭其实透露出奥威尔真实的写作目的。如果将墓志铭不仅作为对弗洛里一生的总览，同时也视作奥威尔对在缅生活的总结，那么，奥威尔是想用这部小说引起全社会对在缅白人内心世界的关注。1924 年，奥威尔曾写了一首以白人殖民者寻花问柳为主题的小诗，风格与弗洛里的墓志铭极为相似，体现了他对缅甸生活反思的总体基调：

浪漫曲

奥威尔

年少轻狂懵懂心，

远离曼城一方天，

真情一片致少女，

日日欢愉溢我心。

发如黑墨肤如箔，

皓齿白玉似象牙，

甘金只为博伊笑，

---

① Edward Quinn, *Critical Companion to George Orwell: A Literary Reference to His Life and Work*, Facts On File, Incorporated, 2009, p. 89.

美人安能伴我眠？
伊人清眸伴忧伤，
人间尤物世无双。
轻启朱唇声徘徊，
银钱未够君莫尝。①

　　但对于后来发行的小说通行本，奎恩指出奥威尔的关注焦点已经转向，尽管草稿与通行本的总体脉络是一致的，关键的转变在于，写作这部小说的目的已经从一个小人物在殖民地的醉生梦死、虚掷人生，到凸显他悲剧结局的原因。从前三节的分析中可见，弗洛里之死根本原因在于殖民地的种族隔离制度，直接原因在于错将与伊丽莎白的爱情作为唯一的救赎希望，在追寻中选择错位。小说中穿插了大量关于弗洛里个人的外部闪回和内部闪回文本，直接或间接地将悲剧根源指向英国，主人公在国内浅薄庸俗的童年与少年时代，与在缅甸空虚绝望的青年和中年时代形成明显的因果关系——正是由于前半生的波折起伏导致了后半生的坎坷，直至走上不归路。弗洛里的个人悲剧有其个性因素，但更与国家社会的思想塑形紧密联系在一起，因此可以说，造成他不幸人生的根源来自英国社会体制。

　　20 世纪二三十年代，英国社会劳资矛盾尖锐，频繁爆发工人罢工，但当时的保守党政府依靠事先储备的大量物资，常常迫使力量耗尽的工会和筋疲力尽的工人就范，而这些物资储备大部分来自英国的殖民地，因此，殖民地关系到英国政局的稳定和经济的发展。然而，20 世纪上半叶，也是英国殖民政策改变的年代，由帝国制向联邦制转向，自治领相继出现，这激发了民族主义浪潮，对英国的殖民势力予以沉重打击，并给英国国内政治经济带来深远影响，殖民统治体系的分崩离析，大大降低了为英帝国的"造血能力"，这也是造成英国"饥饿的三十年"的重要原因之一。英帝国与殖民地之间的矛盾已经

---

　　① Urmila Seshagiri，"Misogyny and Anti-Imperialism in George Orwell's Burmese Days"，in Alberto Lázaro，ed. *The road from George Orwell：his achievement and legacy*，www. peterlang. net，2001，p. 105.

积重难返，而英国国内的统治集团加大弹压力度，以维护国内外的秩序，保护既得利益不受损害。因此，个体对种族隔离制度的反抗，必须联系英国国内政治压迫的现实，也就是说，对英国社会制度的反抗，是打碎殖民政策和种族隔离制度的先导，消除殖民政策和种族隔离制度，是维护殖民地白人精神完整的前提，殖民地的白人只有把自我的诉求与时代的解放需求结合起来，个人的救赎才能实现，自我的身份才能完整，以此体现的主体性才是真正的人的主体性。弗洛里没有认识到这一点，所以他追寻自由的行动失败了，奥威尔认识到这一点，所以他回到英国不是以此为追寻的终点，而是以文学创作来反思殖民主义的来源。正因为奥威尔深刻理解了殖民行为的罪恶性是来自于英国的社会制度，为此，他牢牢树立了一个信念，即任何好人在恶制下都有变坏的可能，如果英国国内的制度不更改，处于任何时空的人们面对的生存困境都是相同的，而调查制度的黑暗程度，要从受压迫最深的人群开始，在缅甸是原住民中的"贱民"，在英国则是无产者，他们的生活状态就是对不公正制度的申诉。

通过将小说文本与历史现实对比后发现，弗洛里的不幸和失败，是他未能将原住民，尤其是贱民作为平等的另一"主体"，从而没有看到种族隔离制度的社会根源。而奥威尔则在以后的三部三十年代小说中，更注重让主人公进入与自身原有处境有巨大差异性的社会环境中，尤其是《牧师的女儿》中的多萝西，脱离中产者社群而进入城乡流浪无产者的世界，以此寻找新的人生方向，最终以她可以接受的方式，把自己与他人结成心灵同盟。尽管其他三十年代小说的主人公为摆脱困境的追寻未能取得最终成功，可他们在逃离原有环境后实现了一定程度的超越，避免了身心俱毁的惨烈结局，从而保留了进一步追寻的希望，这是奥威尔探索之路的经验结晶，也是弗洛里未能发见的救赎之途。

第四章 对中产者社群的逃离与回归

奥威尔在 1935 年发表第二部小说《牧师的女儿》,^① 主人公多萝西·黑尔是偏远小城尼普山镇一个穷牧师的女儿, 由于家道中落, 母亲早亡, 父亲冷酷自私, 她自己又没有稳定独立的经济收入, 生活困顿, 前途暗淡。此外她还受到镇上浪荡子沃伯顿的性侵犯, 令她原本毫无自由的身心更加苦不堪言, 对基督教的信仰也产生了动摇, 竟突发失忆症, 恍惚间踏上流浪的旅程: 到乡下的啤酒花采摘地当起了临时工, 在伦敦与流浪者为伍, 忍受着饥寒交迫的折磨, 后来又在女子学校当教师, 在受到校长和学生家长的非难后, 被扫地出门, 只能回家。然而, 几个月的流浪生活让多萝西在历经磨难后体悟到, 通过关爱教区信众的精神信仰能超脱贫困和庸俗的人生, 由此她开始以平和淡泊的心态迎接生活的挑战。

奥威尔对这部作品的质量不满意, 不允许出版商对其重印。在小说中, 作者自身的经历过多地侵入小说文本, 降低了小说的虚构成分, 传记作家们甚至用《牧师的女儿》来补充或验证奥威尔的现实经历。这也是研究者对这部小说批评的主要原因, 他们认为, 主人公多萝西缺少鲜明个性, 是个不真实的人物, 如学者奎恩就指出: "这部作品最大的不足, 是没有认识到一个宏大的主题和一个心理与精神都需要深入刻画的人物的差距和错位。"^② 雷蒙德·威廉斯认为: "人

---

① 由于《牧师的女儿》没有中译本, 书中所有引用均出自本书作者翻译, 责任也由本书作者自行承担, 特此声明。

② Edward Quinn, *Critical Companion to George Orwell: A Literary Reference to His Life and Work*, Facts On File, Incorporated, 2009, p. 110.

物本应有自己的经历，但在《牧师的女儿》和《让叶兰飘摆》却截然不同，二者的人物是消极的，多萝西和考姆斯托克的身上，事件被发生，这种模式表明奥威尔自己的经验——事件在他身上发生——不仅解释为什么会发生，而且还是一种被干涉和被侵入的意识。多萝西是最消极的一个人物。"①

然而，这个"最消极"的人物并非毫无意义。多萝西所处的社会环境威胁到她的生存，不管她逃逸到哪里始终都受到压制，因此在文本中，多萝西的自我构建一直受到叙述者的影响，在作者看来，如果不通过叙述者的"增援"，文本世界中的多萝西根本无法逃离原有的生活环境。这样做的结果，一方面，如威廉斯所言，消减了多萝西的主体性，让她缺少个性和思想，成为作者的木偶；另一方面，叙述者指挥或代替多萝西面对离家出走后的陌生环境，并共同发现了新生活的方向，最后让她结束了流浪。简言之，《牧师的女儿》的特点之一，是强大的叙述者与制约主人公的强大环境在文本中"对决"，推动着多萝西走上追寻精神自由的旅程，让她在流浪无产者和职业女性的视域下反观自身，最后使这"最消极的一个人物"有了精神复活的可能。这当然只是奥威尔在文本中的虚拟胜利，他以此来缓解自己在乡镇间辗转漂泊、看不到未来的焦虑。尽管如此，在奥威尔看来，他为多萝西设计的逃离与追求路线不能说是完全失败的，主人公流浪后尝试着在关爱教区信众的工作中显示自己的人生价值，这就使她回到原点的行为不是绝望的象征，而是开启新生的前奏。

第一节　人格逻辑悖论下的失忆和走失

主人公多萝西和创作这部小说时的奥威尔处于同一时空，都是 20 世纪 30 年代中期的英国现实社会：一方面社会危机重重，英帝国已经颓势尽显，上一次大战的创伤尚难恢复，经济大萧条的阴霾又笼罩不散，而下一次大战的乌云正隐秘酝酿；另一方面，社会上盛行表面的

---

① Raymond Williams, *Orwell*, Glasgow: Fontana/Collins, 1971, p. 47.

道德说教，而实质上充斥崇尚物质利益的伪善风气，这种风气已经侵蚀了人的灵魂，造成社会整体上的道德滑坡。戴维·罗伯茨在《英国史：1688 年至今》中认为，伪善已经深入到人们的骨髓。而对于精神信仰，"是低层阶级的人置之不理，漠不关心，而高层阶级则假冒为善、虚于应付"。[①] 维多利亚时代的风气原本既有认真、务实、宽容、追求崇高，又有专横、庸俗和虚伪，但进入 20 世纪 30 年代，随着国民消费能力的提高，再加上英国庞大的经济基础和科学技术的进步，这种风气沉淀积累了过多的消极效应。原先勤奋简朴、尽责守纪、谦恭严谨和洁身自好的道德原则被逐渐遗忘，人们将物质享乐作为追求的唯一目标，工具理性倡导的"算计"使宗教关怀、人生信念、真挚情感都被搁置一边，无论城市还是乡镇，情况大都如此。英国现代性在扩张的过程中，普通人的精神丧失了活力、逐渐走向萎靡沉沦。奥威尔将自己的家乡南伍德混合着他流浪过的周边乡镇，形成小说中的尼普山镇。尼普山镇其实是英国社会的缩影，小镇居民大多沉迷于俱乐部聚会、地区议员的选举、制造和散布小道消息，机械地打发死气沉沉的日常生活，人们心中的"欲望机器"所生产的是一成不变的生活俗套，但观念中却"一切向上看"，把金钱当成衡量人的唯一尺度。商品经济的交换原则遮蔽了学识、信仰和情感的力量，结果使人际关系成了交易行为，人以单子状态存在，与他人的精神联系被切断。

　　从文本看，尼普山镇的居民基本属于"中产者"，所以，尼普山镇本质上可称为"中产者社群"。"中产者社群"集中反映了当时英国社会的生活方式或思维定式。在这里用"中产者"而没有用"中产阶级"，除了避免旧有的阶级分析方法，还考虑在分析时有较明确的针对性。"阶级"是特殊利益的集团，偏重于对利益的维护和自身的封闭性，而用"者"则尽可能打开阶级带来的界限，以涵盖更广泛的人群。不是无家可归的流浪者和从事体力劳动的工农者，也不是社会统治者及其家眷的人群，都可以归入中产者这一范畴。18 世纪英国社会出现了以乡绅、约曼、富有商人、专业人士等为代表的新精

---

① 钱乘旦、许洁明：《英国通史》，上海社会科学院出版社 2012 年版，第 272 页。

英集团，并迅速构成了一个极具实力、富有活力、影响力强的社会阶层，通常被人们称为中产阶级（或中等阶级）。革命导师恩格斯在《英国工人阶级状况》中认为，"英语中的 middle-classes，它同法文的 bourgeoisie 一样是表示有产阶级，即所谓的与贵族有所区别的有产阶级"。[①] 这说明，确定中产阶级不仅由产业来区分，还要依靠身份 - 职业：他们以辅助统治阶层调配统治资源、制造统治阶层统治社会的精神财富为谋生手段，这就意味着，中产阶级从事交易、咨询、培训、联络、研究等种类的工作，其实体由（非垄断性的）商人阶层、农村中间阶层、专业人士三类人组成，他们的家族成员不代表这个阶级的本体。随着社会分工的扩大，至 20 世纪，中产阶级在向"高等阶级"和"低等阶级"扩展，囊括了后两者的部分成员，并且也不再局限于在职群体，中产阶级的家族成员、有一定不动产的人群、无工作却能依靠遗产生活的人、扩大的国家暴力机器和行政机器中的中低阶层人群，纷纷添加进来形成中产者，实际上，中产者就是市井百姓中主要从事非体力劳动、有少量产业、不掌握政治特权和经济垄断地位的人群。中产者包含中产阶级，中产者价值观是非贵族及统治阶级、亦非底层人群价值观的一套话语形态和判断原则。

中产者价值观塑造着尼普山镇居民的形象和层级，参与竞选地区议员的工厂主布里菲尔·戈登是中产者中经济实力雄厚、政治地位较高的强者，但他还只是处于向统治者圈子前进的"起步阶段"，也并没有被赋予行政治理权，所以仍在中产者范围内。而比较重要的人物，如多萝西的父亲黑尔牧师和曾性侵犯过她的浪荡子沃伯顿，虽未从事体力工作，但经济收入较为有限，社会地位不高，属于中产者中的弱者，按照奥威尔的区分就是"下层中产阶级"。但无论是强者还是弱者，中产者社群中不同成员的生活方式和价值观基本趋同，从人际关系角度看，中产者其实是一种"内生型个体"——对小群体的内在一致性较为看重，对个人的利益极为关注，走向极致就简化为强调

---

① 恩格斯：《英国工人阶级状况》，《马克思恩格斯全集》第 2 卷，人民出版社 1995 年版，第 280 页。

家庭观念和个体意识，虽然这样对保护个人自由有益，但也形成了新的等级制度和不公正、不合理的生活状态，最鲜明的就是形成性别 - 经济的划分方式，女性和经济条件差的群体成为弱势的受压迫者，这与中产阶级的身份和职业特点是一致的，正如艾瑞克·霍布斯鲍姆（Eric Hobsbawm）所言，"资产阶级的家庭结构与资产阶级的社会结构是完全矛盾的"，"资本主义是建立在不平等的基础上的，这种本质上的不平等在资产阶级家庭中找到了必要的表达形式"。① 简言之，由"内生型个体"组成的中产者社群，其价值观的核心是对经济利益的无限追逐，可以说，中产者社群价值观是自私唯我倾向的具体形式之一，而对平等自由的守护就成了一纸空谈。

在中产者社群中，人与人之间的不平等让女性受害较深，而相对于职业女性来说，没有稳定经济收入的居家女性情况更糟，约翰·穆勒曾经指出"规范两性之间的社会关系的原则——一个性别法定地从属于另一性别——其本身是错误的……我认为这个原则应代之完全平等的原则，不承认一方享有权力或特权，也不承认另一方无资格"。② 但这不过是难以兑现的承诺。在 20 世纪 30 年代的英国，对女性，尤其是居家女性的不公正待遇仍然普遍存在。在小说文本中，多萝西就生活在这样的环境下，在家统治一切的父亲和经济实力强的其他社会男性都是她的统治者，中产者的家庭生活模式和现代社会的运作模式是一致的，都是服从与被服从的关系，个体在幼年就早早地臣服于设定好的统治程序。由于多萝西忠实虔诚地信仰宗教，生活方式上显得和拜金势利的小镇居民格格不入，所以无法融入当地社交圈。同时她又无法获得足够的遗产，从而缺少安身立命的能力。中产者社群对女性的不公正待遇，其实是现代社会对人的压迫的极端表现，多萝西成为不受重视、可有可无的"多余人"的代表，同时这种无法向人表述内心真实想法的"哑巴"，日后一定会变形为僭越中产者社群价值

① 艾瑞克·霍布斯鲍姆：《资本的年代：1848—1875》，张晓华等译，江苏人民出版社 1994 年版，第 325—326 页。
② 玛丽·沃斯通克拉夫特、约翰·斯图尔特·穆勒：《女权辩护、妇女的屈从地位》，王蓁译，商务印书馆 1995 年版，第 255 页。

观的"怪人"。实际上,《牧师的女儿》是奥威尔向他的前辈——小说家吉辛的致敬之作,吉辛的小说《奇怪的妇女》(*Odd Women*)给奥威尔以很大启发,在这部小说中,吉辛塑造了生活艰辛的三姐妹,标题中的"odd",既有性格古怪不合群的意思,也有单独、孤寂和凄凉的含义,一语双关,道破了维多利亚和爱德华时代相当一部分中产者女性的生活状态和内心特质。多萝西也可以归入这类"古怪的妇女",可见,在中产者社群中,长幼不和、生活清贫、形单影只、前途渺茫的女性不是个案,而是一个普遍现象。

　　中产者社群使多萝西陷入一种相互矛盾的生活模式。一方面,她想按照理想的应然状态生活:在富足的生活中捍卫信仰,在信仰中自由生活,得到他人的理解和尊敬,获得父爱和家庭温暖,并有和谐的性爱生活;另一方面,她又必须面对现实的实然状态生活:操持单调的家务,照顾冷酷无情的父亲,处理繁重的教区事务,同时强迫自己接受黯淡无光的未来,还要在遭受沃伯顿性侵犯后仍要与其保持肉体关系,由此缓解对性生活的渴望。这是现代社会没有独立经济能力的居家女性,在物化现实中形成的"人格逻辑悖论"——人按照理想而生活,却必须在与理想完全相反的情况下挣扎,由此产生两种对抗的生活状态,它们之间形成的张力撕扯主体完整统一的人格。主体为生存下去,不得不形成理想和现实的两种人格逻辑,理想因现实的反差更显得弥足珍贵,而现实因理想的美好则更显得残酷绝望,二者互为依存,无法独存,每一种人格逻辑都有存在的必要,因而形成悖论。应然与实然的严重错位与对立,造成多萝西思维和情感的扭曲,她忍受现实的苦难,正是要保存她那无法实现的生活理想,这就是她自虐行为的根源。更严重的是,两种生活模式的对抗使她怀疑自己的宗教信仰,跌入精神分裂的深渊,最终导致"失忆走失"。在这里,不少研究者在论述时混用"出走"与"走失",但我们认为,前者是意识到压迫性力量的控制而主动远离原住地,虽然在空间上不一定有明确的目标,可在意识里却有明晰的目的性,即远离原住地的威胁、摆脱既存的不利因素;后者则是在失去意识的情况下恍惚离开,没有任何目的性和方向感。从行动主体将要遭到的威胁看,后者甚于前者,也因此更需要叙述者的介入。多萝西走失的原因是失忆（amnesia），这其实是她精神崩溃（collapse）的表现症状。小说中多萝西在教堂祭坛旁低吟的渎神话语表明，她已经出现精神分裂症的征兆，所以在尼普山镇压迫性的环境下，多萝西精神出现问题是迟早的事情，而失忆既是环境压迫的结果，也是她的本能进行自我保护、以免受到更多伤害的无意识行为。可以说，"失忆"是多萝西人格逻辑悖论的必然结果，"走失"则是摆脱悖论重塑自我的唯一出路，多萝西以非自觉的方式选择了逃离，既是奥威尔通过自身经验得出的结论，更是那个时代人的普遍精神状态。从这个意义上讲，多萝西的人格逻辑悖论是现代人自我完整性丧失的象征，对多萝西的具体影响表现为三个方面。

　　首先，亲情纽带的断裂。多萝西自幼失去母亲，与仅存的几个亲戚也毫无往来，只能和父亲相依为命，但这位深受伪善风气侵蚀的牧师父亲，冷酷吝啬地只给她 18 英镑作为全家一个月的生活开支，在多萝西因赊账太多而遭受肉商刁难时，父亲竟然要求多萝西换家远一点的肉店把赊账进行到底，18 英镑在他看来应该能攒出更多的油水儿，俨然一副商人的嘴脸；而对于自己的本职工作，牧师因为那不多的报酬更不愿多费心思，不但布道词由多萝西代笔，连为夭折的婴孩做弥撒都以影响进餐为由拒绝，这种冷酷到邪恶的行径，让多萝西战栗不已又痛苦不堪。无论对外人还是对多萝西，牧师都一如既往地像资本家一样榨取剩余价值，他不断将积蓄投入到只赔不赚的股票投机中，而不肯多给多萝西一个子儿还欠账，多萝西每天独自操持家务和代替他奔走教区，在他看来理所应当。侯维瑞在《现代英国小说史》中总结牧师的性格是"凶悍自私"，[①] 但牧师恶劣的行为已经不能仅仅用个人品质的原因来解释，作为宗教信仰的维护者，牧师的身份与其行为毫不相配，体现了社会风气的严重败坏。从对牧师的家世来看，他是家中的庶子，没有继承权，米兹·M. 布兰兹戴尔指出："在英国阶级体系内，继承法剥夺了这种人的继承权，使其边缘化，但他们却只知道自己所从属阶级的生活方式，而这也是他们必需的。英国

---

① 侯维瑞：《现代英国小说史》，上海外语教育出版社 1985 年版，第 362 页。

的阶级体系同时也剥夺了这种人通过劳动获得尊严和生存的信念。"①经历过困顿的牧师对自己的女儿更加苛刻，俨然把自己当成其所崇拜的查理一世。在父亲的经济控制和精神专制下，多萝西如同寄人篱下的孤儿，毫无家庭温暖，不敢稍有反抗，只能逆来顺受，默默隐忍。

其次，个人幸福的丧失。在小说中，多次出现多萝西内心阴郁的象征：用凉水洗澡、节制饮食，还用针扎皮肉的方法强迫自己转变关注的焦点。针扎痛感是多萝西将现实生活中遇到的苦痛转换成身体的疼痛，从而减少内心受到的折磨，避免精神崩溃，心理学上将这种通过伤害满足精神需要的做法作为自虐症的临床表现。此外，在领圣餐时，多萝西对老小姐梅菲尔嘴唇沾过的杯子很反感，但又无可奈何地用它继续啜饮圣水，这种洁癖和隐忍实际是她无法处理自我和外部世界关系的写照。另外，维多利亚时代对性的压抑态度也影响到每一个英国女性，叙述者追述了多萝西9岁时，见到了"父母之间那可怕的场面"，从此内心被蒙上阴影并一直影响到她的性心理，因此在成年后她拒绝了一个青年的求婚，后来那个青年伤心离去，不久又染病而亡，这更增强了多萝西的负罪感和性冷淡，她对勾引自己的沃伯顿身体的印象是"毛茸茸的大腿"，而在她眼中，所有异性都是神话传说中半人半兽的塞梯。但是，如同维多利亚时代对性的禁锢背后是对性的放纵一样，多萝西对性的态度同样是充满矛盾的，她竟然冒着成为尼普山镇谣言主角的危险，长期和沃伯顿保持性关系。这种交往在观念和年龄上存在差距，而且面对尼普山镇的舆论压力和沃伯顿有3个私生子的事实，多萝西既不能拥有和谐的性关系以获得人生的幸福，又无法斩断与沃伯顿注定不能幸福和被人诟病的情欲纠葛。

最后，社会认知能力的欠缺。尽管从小受到了良好的宗教教育，但多萝西对政治活动却一窍不通，在镇上糖厂主布里菲尔·戈登为竞选议员拉票时，多萝西表现出迷惑不解，躲闪回避，而沃伯顿自称是社会主义者时也让她感到困惑。这都是个人与社会隔膜造成社会基本

---

① Mitzi M. Brunsdale, *Student Companion to George Orwell*, New York：Greenwood Press, 2000, p. 61.

常识的缺失，其原因不仅是家庭教育，也是中产者社群不同阶层间的差异造成的，实力处于上升期的新兴中产者商人和工厂主，利用经济优势进一步获取政治利益，而停滞没落的中产者下层则越发困顿，与前者差距不断拉大，参加政治生活短期内无利可图，他们对政治也就愈发漠不关心。面对招摇过市的拉票行为，多萝西无法意识到竞选活动是竞选者对经济利益的追逐，她也看不清尼普山镇的交际活动只是物质利益的交换，最终只能失去话语权，她对社会的认识完全处于茫然无措的状态。

　　总之，作为一个没有独立经济能力、又处于中产者社群低层的个体，未来对于多萝西这样的女性充满绝望，以至于多萝西厌恨自己的存在，不得不用自虐来摆脱精神上的痛苦，从而暂时忘记孤独贫穷的残酷宿命。这象征现代人对不公正、不人道的社群生活进行的最后反抗，诚如乔治·伍德考克所言："奥威尔的创作主题是关于人的异化，其根源来自阶级统治"，① 但阶级统治并不能直接作用于个人，更普遍的是统治阶级的意识形态通过思维方式和生活习惯，隐秘地影响人的行为与意识，最终将个体按照统治者满意的方式完成塑形，而尼普山镇中产者社群的生活状态，正是阶级统治在日常生活世界的反映，个人沉溺于拜金主义和享乐主义，导致整个社会走向分裂、异化、低俗和堕落。

　　多萝西在这样的生活境遇中逃离了尼普山镇，以摆脱人格逻辑悖论、寻求完整自我。她的逃逸对象是中产者社群的生活方式和价值观，她木能追求的就是她人格逻辑悖论中的理想生活。多萝西以进入陌生的无产者世界和职业女性生活为追寻方式，对这二者的认知成为多萝西完善自我意识的重要内容，流浪无产者与职业女性隐喻着多萝西的两种可能未来。从这个意义上看，《牧师的女儿》主人公在追寻过程中，叙述者加入到她的追寻行动中，他既讲述多萝西的故事，也不断用评论的方式侵入文本，表现自己的存在，多萝西在逃逸中通过实践与感受，认识了社会的本来面目，为精神的新生奠定了基础，叙

---

① George Woodcock, *The Crystal Spirit: A Study of George Orwell*, Boston: Little Brown, 1966, p. 103.

述者则通过议论和评述，来反思多萝西的经历，帮助她总结经验，同时又宣扬了自己的观点。

第二节　在流浪无产者中的倾听与失声

多萝西逃向与自己原有生活环境不同的世界，文本的焦点从对她生存困境的刻画，转变到寻找克服人格逻辑悖论的方法，其成功的关键在于多萝西所追寻的新生活在多大程度上能满足她的身体欲求和精神自由。

在逃离和追寻的开始，多萝西已经恢复了部分神志，她意识到自己身处伦敦，但对怎么流落到此却一无所知，而且也无法记起自己是谁。很快，她遇到了诺比、弗劳和查理组成的"流浪汉三人行"，并一同去肯特郡当啤酒花采摘工。但是，一路风餐露宿，忍饥挨饿，到了肯特郡的农场却发现，采摘工早已人满为患，工作并不如想象中的那样容易找到，四个人只能以乞讨为生，靠残羹冷炙、茶叶和偷窃水果填饱肚子。弗劳和查理忍受不住这份辛苦溜之大吉，剩下诺比和多萝西苦苦寻找工作，最后他们侥幸加入到由流浪者组成的采摘大军，在另一处农场找到了工作。多萝西每日天不亮就随着从宿营地出发的人流进入啤酒花田地，劳作 12 个小时才被允许收工，却只能挣得很少的工资，但多萝西咬紧牙关坚持和流浪者一起劳动，并在劳动中逐渐恢复了记忆，在结束了采摘工作后，多萝西又随他们一起漂泊。这些流浪者既像普通工农那样没有产业，又四处游荡没有栖息之所。第一次世界大战结束以后，英国经济经历了大起大落，战后初期的短暂繁荣后就开始了长期的经济大萧条，失业率大增，到 1930 年达到近 300 万人的高峰。大量的失业人员成为流浪者，当时的英国还未施行最低生活保障制度，没有工作的人就无法维持基本生活需求，只能以流浪乞讨为生。在 1931 年的失业人口中，没有技术和文凭的纯体力劳动者一直拥有庞大的数量，成为社会最"货真价实"的无产者。多萝西遇到的流浪者就是这样一群人，如小说中的查理以前有个不错的工作，新近失业只能流浪；而弗劳则因为被人诱奸，惨遭家人驱逐，因而四处游荡；至于采摘工营地里的吉卜赛人，更是哪里有工作就把大篷车驻扎到哪里。但是，这些流浪者与一般人平常认为的好逸恶劳、到处闲荡的人不一样。奥威尔笔下形形色色失去生活保障的流浪者们，在游荡过程中尽可能保持自己那所剩无几的体面，并希望找到工作，恢复过平常人的生活。"一无所有"是流浪者的最大特征，因此可称之为"流浪无产者"。这个人群既不同于威尔斯、萧伯纳、赫胥黎笔下用以讽刺社会不公正的穷苦人，也不同于同时代的英国工人小说家们通过写阶级斗争，刻意净化提升的无产阶级英雄人物，而是受中产者社群文化排斥的"边缘人""多余人""下等人"。他们生活在社会底层，是边缘人中的边缘人，属于最彻底的被统治者，在社会等级秩序中，他们受到中产者的歧视，他们的生活方式是中产者文化的对立面，他们成为多萝西在逃离中产者社群时发现的他者。流浪无产者既与多萝西有相似的困难，也能在一定程度上满足她内心的诉求，多萝西对理想生活的想象和流浪无产者生活实际有相应的重合。在流浪无产者群体中，多萝西认识到：

首先，流浪无产者之间也有等级划分。尽管流浪者们属于社会的最底层，但这个地下世界也有自身的等级秩序，比如弗劳、查理加入流浪队伍的时间都很短，他们此前属于伦敦东区居民，尽管缺少在地下世界生活的经验，但他们看不起地位比他们低的诺比和多萝西，在花光多萝西随身携带的零钱后就不再理睬多萝西，这说明在流浪中他们还不能普遍地和同伴建立起稳固的情谊、学会相互帮助。而诺比的形象就相对高尚，他不但有丰富的乞讨和偷窃经验，还愿意把成果与同伴分享，并由于有被警察抓捕和"四进宫"的经历，被采摘工宿营地的人们捧为夜间偷盗行动的首领。在"地下世界"，流浪者根据各自地位和技艺作为区分标准。"地位"实际上是他们成为流浪者之前的生活标准，能让他们在流浪中聊以自慰或引发无限憧憬，并引来他人的羡慕和同情，比如在特拉法尔加广场聚集的流浪者中，高宝先生尤其愿意唠叨自己到中国西部去传教、组织男生板球俱乐部的老皇历。"技艺"是流浪者在当下生活中的生存本领，以及能给同伴们带来的实际利益，弗劳在中途逃散后，由于没有"技艺"，回伦敦成了暗娼，因此遭到其他流浪者的鄙夷。地位高或生存本领强的流浪者在地下世界受到同伴的尊重，而地位低或缺少谋生手段的流浪者在地下世界受到同伴的蔑视，这种状态其实表明，现代社会的丛林法则和政治地位带来的人身歧视，并没有因为底层流浪者的经济困乏就不发挥作用，地下世界同样像镜子般反映着社会主流意识形态的规训。

其次，底层流浪者在松散的群落内部相互扶助。流浪者通过从事的工作和流浪的状态结成松散的群落，奥威尔在小说中主要描写了两个这样的群落：采摘工和特拉法尔加广场群氓。在采摘工营地，各种流浪无产者聚集到这里，都是为在采摘啤酒花过程中多攒些积蓄，让以后的日子好过一些，所以无论以前的地位如何，无论生存技能的高下，流浪者都是临时工，在采摘过程中相互扶助。比如，多萝西常能够得到同伴在劳动和生活上的接济和照顾，当她因为诺比被捕神情恍惚时，其他工人默默施以援手，帮她完成每日的劳动份额。这种朴实的阶级情感和男女无差别的共同劳作，弥合了多萝西内心的创伤，得到某种类似家庭温暖似的抚慰，并在一定程度上破除了男女性别壁垒，恢复了人的自然和谐本性，这是她在尼普山镇的中产者社群中从未体会过的。特拉法尔加广场的寒夜，流浪者们一起唱歌、围抱取暖，"人们挤在一起，但此时温度接近零摄氏度，阵阵寒风如割肤，人们头挤在圈子里面，像簇拥着母猪的猪崽儿。睡不得睡，有几个人干脆侃谈起来，还纵声大笑，他们用这种方式竭尽全力忍耐寒冷，抵消寒痛。高宝先生突然忍受不住了，猛地起身，取暖圈子散了，有人还保持原位，有人跌出圈外，撞到了矮墙或其他人的膝盖"。[①] 由此可见，尽管地下世界仍存在等级秩序，但共同的生活难题和困境迫使流浪者结成一体，形成最底层社群内的互助关系，也只有这样他们才能在共同的困难中求得生存。

最后，流浪无产者对压迫自身的力量有不同反应。对流浪者而言，其他任何阶级的人都可以欺辱他们，在小说中，流浪者最凶恶的敌人表面上是警察。当时的英国，乞讨是犯罪行为，在采摘营地和特

---

① George Orwell, *A Clergyman's Daughter*, London: Penguin Classics, 2000, p. 177.

拉法尔加广场，警察对流浪者轻则斥责，重则逮捕，暗地里还有充当密探的便衣警察配合，伺机对流浪者的违法行为取证以便"抓现行"。但实际上，流浪无产者最害怕农场主的经济剥削，作为临时工，劳动的流浪者们只能拿到一半工资，而且遇到阴雨天或体弱多病等误工误时的情况，他们的报酬还会被一再降低，至于劳保福利更是一无所有。流浪者对警察的反应是表面应付、暗地里辱骂诅咒，比如在特拉法尔加广场，绰号叫"包打听"的沃特森就把密探史密斯比作犹大，其他流浪者对警察也起哄调笑。但对于农场主的经济剥削，流浪者们却无可奈何、忍气吞声，可见经济剥削更具有控制力量，如同缅甸社会的贱民一样，流浪无产者也是商品社会最低廉的劳动力和最低等的"贱民"，社会的一切不公正都积压在他们身上，社会的一切压榨剥削都在他们生存中得到体现。

多萝西在与流浪者为伍的过程中，经历了流浪无产者的"原生态"生活，让她看到中产者和社会底层的流浪无产者，在经济、地位、生活方式等方面的巨大差异。这种冷冰冰的现实背后是赤裸裸的经济剥削和政治压迫，之所以有这样的文本深度，是由于奥威尔将自己在底层社会的生活经历搬进了小说里，他的纪实作品《巴黎伦敦落魄记》和散文《采摘啤酒花》，就是专门记录这段流浪劳动经历的。米切尔·莱维森总结了雷蒙德·威廉斯对奥威尔的研究后指出：

> 奥威尔小说中两种特质：虚构性和档案报道性。威廉斯提醒我们奥威尔的日记、信件和报道中的记录出现在小说中，射杀大象、教堂杂役和啤酒花采摘都是如此。奥威尔将主要人物作为他的传声筒，传递作者的声音，赋予他们自己的部分人生经验……对于档案式的散文，剥除了虚构的传声筒，奥威尔以此来表现对发生过的事情的所观所思所感，直接表达自己的声音的创作方法，被威廉斯认为是他这十年来最大的成就。[1]

---

[1]　Michael Levenson, "The Fiction Realist: Novels of the 1930s", in John Rodden, ed. *The Cambridge Companion to George Orwell*, Cambridge: Cambridge University Press, 2007, p. 65.

　　然而，"最大成就"也凸显出奥威尔的不足，文本中的多萝西对作为弱势群体的流浪无产者的认知，更多停留在感性阶段，无法认识到流浪者不幸命运的根本原因是不合理的社会制度。简言之，政治经济利益的不同诉求，使多萝西在逃逸中"面对"了与自己原有身份不同的他者，却没能"走进"和"融入"他者世界中，造成多萝西在流浪无产者的多声部中"失声"。"失声"现象集中出现在多萝西在特拉法尔加广场和流浪无产者的交流过程中。从文本的角度看，这种交流呈现出一边倒的态势：多萝西几乎丧失了话语权，成为旁听者，流浪者谈话内容与形式令人感到陌生；从接受的角度看，情节的演进形式也使阅读出现了障碍，形成了文本内外的"旁观者"共同的缄默状态。如下原因造成流浪无产者群体"文本信息"的意义延宕。

　　首先，交错复杂的表达状态构成多声部的语言迷宫。流浪者在夜晚的特拉法尔加广场忍饥受冻，却没有让他们集体沉默，而是展开了自由的诉说，这其中包括双人对话、多人对话和自言自语三种形态，但是想厘清他们对话的脉络是极为困难的，在他们的言语中出现的称谓很少，主题变换也较快，并且常常夹杂俚语和省字丢音现象，更重要的是作者对流浪者共时表达形式的模仿，给确定言语意义带来了极大的不便，尤其是给不了解那个时代社会特点和语言习惯的非英语读者，增加了理解难度，如坠迷宫一般。通过文本分析，读者只能大致从年龄和性别作为走出语言迷宫的线索：中老年男性基本上是在自语，三位中年女性经常和多萝西交谈，几位年轻男性则相互成对儿闲聊。细察文本，作者对流浪者话语进行的是声音记录，残缺不全的句子单元组成表达片段，这似乎缺少认知价值和文学美感。但是，这种片段却营造出现场感，因为在接收信息时读者处于信息集中、同时的"轰炸"，不可能完全分辨出所有信息的发出者和确切含义，正是由于言语意义上的不确定才带给人身临其境的真实感；此外，这样的多声部形式也给人以审美距离，读者必须将可能是在进行对话的人们连接起来，搜寻出他们的谈话主题，总结他们的谈吐特征，对流浪者的对话或自语在整体上按照历时性原则阅读，在某些局部则必须按照共时性原则理解，这种历时性和共时性结合的阅读形成陌生化的效果，这和文本中其他部分的写实性描述泾渭分明、别具一格，令人耳目一新。这部小说中让人物自己诉说代替作者的直接塑造，不能不说是一种成功的尝试。道格拉斯·卡尔赞赏道：

> 当衣衫褴褛的男男女女挤在一起取暖如同一大堆蛙卵，他们如此贫困不堪、怨天尤人，在寒夜中发抖打战，这是奥威尔作品中令人震撼和至关重要的地方，这群人是伦敦的最底层，多萝西与之截然不同，他们除了声音以外一无所有，奥威尔让他们自说自话，叙述者的声音沉寂了，复调产生了。①

其次，流浪者个体的潜文本穿插出现。流浪者进行通过对话和自语的同时，也在不经意间透露出他们自己的故事，我们从他们的故事中可以追查到更多人物信息，包括他们的往昔生活、年龄、爱好、性格特征和身份职业，这些可以称为潜文本。具体看，这个多声部的语言迷宫中有代表性的人物有：高宝先生，其身份是位副牧师，从头至尾基本沉浸在回首往昔好时光的迷梦中；"本地狗"太太，对负心的丈夫大加痛责，是位受遗弃的怨妇；麦克爱丽高特太太，对心上人念念不忘，和"本地狗"太太的情感遭遇正相反。这三位都人过中年，历经坎坷，由于原本富足的家境由盛转衰，故而更留恋过去。从他们的对话和自语中让人看到整个时代信仰的失落和女性情感生活的波折及悲惨的现实状态。值得注意的是高宝先生那辉煌的牧师生涯：开设母亲联谊会、组建童子军、筹组男生板球俱乐部等，兴办的一大串社会公益组织令人目不暇接，这位曾经到中国西部传过教的牧师如今却落魄不堪，而对比多萝西在尼普山镇的教区工作，两人的工作内容颇为相似，小说似乎在暗示，如果一个曾经有显赫地位和传奇经历的饱学之士都晚景凄凉，那么作为女性的多萝西前途更加堪忧。相对于这几位流浪界前辈，金杰、查理、凯科、"长鼻子"和"包打听"沃特

---

① Douglas Kerr, *George Orwell*, Tavistock：Northcote House，2003，p. 27.

森，堪称流浪汉"小五义"，偷窃、卖唱、乞讨，底层世界的营生几乎样样精通，相互结伴而且都有前科，对社会怀有敌意。"小五义"早已让卑贱的生活打磨成处乱不惊、得过且过的老油条，部分社会青年无所事事，沉沦堕落，甚至成为反社会的存在，这是潜伏的社会隐患和危机的显现。

最后，流浪无产者以多种形式表达一致的生存主题。尽管流浪者们的经历各不相同，但他们交谈围绕着一致的生存主题：饥饿与寒冷。这是由于流浪者的基本生存资料极度匮乏造成的。当时的英国要比现在气温更低，小说的时间背景是1934年，当年10月伦敦气温降到零摄氏度以下，还不时飘起微雪。在这样的环境下，处于露天的特拉法尔加广场的流浪者们在食不果腹的情况下，处境就更加堪忧了，找到饮食和住处是漫漫寒夜的首要问题。所有人的谈话内容都包含饮食问题，而女性流浪者对低温比男性更敏感，因而抱怨寒冷的次数也更多。这一夜流浪者们根本没有食物可吃，唯一的饮品就是金杰弄回来的茶水，但是每个人分到的很少，凯科为此埋怨道："我的天，你连半杯都没有给我倒满。"[1] 而就是这点儿茶水，连当了暗娼的弗劳也来分享，惹得"本地狗"太太和麦克爱丽高特太太对她冷嘲热讽。茶水不解饿，也不抵寒夜之苦，在喝茶时流浪者们相互祝愿，只为第二天能有个遮风挡雨的地方睡个好觉，这种本能的要求是他们最现实的生存理想，冻饿自然难以成眠，睡眠不足又加重流浪之苦，如此恶性循环、周而复始，身体和精神上都会遭到严重的摧残，健康无从谈起，甚至活下去的希望都更加渺茫，生存的意义和美好的愿望对于他们来说早已淡如云烟、恍如隔世。流浪者打闹、唱歌、聊天，用精神层面仅存的交流抵抗身体层面的苦痛。

但在相同主题下，流浪无产者却有回忆、咒骂、小曲儿和俗话等多种表达形式。表达形式的多样性反映流浪体验的丰富性，而流浪经验的丰富性则折射出流浪生活的无限酸楚。高宝先生对自己壮年的往事流连忘返、不能自已；"本地狗"太太边回忆边诅咒自己的负心丈

---

[1] George Orwell, *A Clergyman's Daughter*, London: Penguin Classics, 2000, p. 159.

夫；其他流浪者既有对警察密探的精神胜利法，也有对不如意生活的自慰。高宝先生文绉绉的一席忆往昔之言可看作是对流浪者们命运的倾诉：

> 亲爱的兄弟们啊，咱们在上帝的旨意下聚集一堂，参加这个毫无尊严的集会。上帝折磨咱们，他让咱们面对肮脏和寒冷，经受饥饿与孤独，身负疾病和痛苦，浑身尽是跳蚤与虱子。论饭食，只有饭馆的残羹冷炙，辛苦讨来，勉强果腹；论娱暇，只能困坐陋室，粗饮糙食，老掉牙的老妇伴左右；吾等命，不过区区一方穴、廉价一棺椁，困苦一生终永眠。这是咱的命，早早天注定，怨天恨地诅咒主，吾等甘赴地狱路……①

像高宝先生这样有文化的流浪者是极少数，绝大多数人都没有受过良好的教育，他们大量使用脏字、俗语、口语诉说流浪的遭遇，比如，"本地狗"太太脏字不离口，在咒骂弗劳时道："她就配跟黑鬼和中国佬上床，这头小母牛！"② 流浪者们精神上的空虚和匮乏，体现出人在艰苦生活和底层人群的熏染下会不断变得粗鲁低俗。在唱歌方面"小五义"大都非常擅长，查理不仅自己唱还教其他流浪者，而金杰的曲子有几分伤感："泪珠在我眼，含泪舞翩翩。臂弯里的她，非是意中人。"③ 年轻的流浪者们歌曲中大都和性、女人、挨饿受冻分不开，流浪者笛福从开始就一直梦魇般地唱着淫邪的小曲儿，成为特拉法尔加广场之夜的"背景音乐"。而对于老一辈人，高宝先生用德国国歌《德意志高于一切》的曲调唱起了"让叶兰飘摆"，一个受过教育的英国人在落魄后唱起了德国国歌，这让人匪夷所思，虽然不必擅自揣度作者的用意，但是流浪者多声部表达的自由多元特质则显露无遗。高宝先生又引用莎士比亚的十四行诗给这个广场之夜平添了几分高雅气质，可是这里毕竟不是文艺沙龙，"包打听"沃特森用一

---

① George Orwell, *A Clergyman's Daughter*, London: Penguin Classics, 2010, p. 174.
② Ibid., p. 162.
③ Ibid., p. 164.

段顺口溜痛骂欺负他的警察："密探史密斯，整人有一套，谁去告诉他，他是爷的崽！"[1]

　　总体来看，在《牧师的女儿》中，奥威尔对流浪无产者生活世界的揭示，是他自身沉入社会底层调查实践的结晶，而他用多声部表现流浪无产者的生命体验，则是对乔伊斯《尤利西斯》第十五章的借鉴。对于后者，引来众多评说。学者奎恩认为："奥威尔在1933年读过乔伊斯《尤利西斯》并深受启发，作为影响源泉，乔伊斯的小说带来的启迪是多方面的。"[2] 尽管有的评论者对这种模仿不以为然，但语言学家罗杰·富勒认为这是奥威尔进行的多声部实验，用于表现同时出现的多种对话，如果按照直线读的话，就丧失了文本营造的效果，无法感受到同时发生、相互交叉的对话。"这种总汇同步效应产自同一空间许多人的混音杂语，可称为鸡尾酒效应。所有东西都是模糊的，除非你集中关注其中一点。"[3] 奥威尔建构特拉法尔加广场流浪者多声部的主要意图，是造成流浪无产者与多萝西、流浪无产者和读者的双重陌生感，在此过程中，奥威尔让叙述者的声音退隐，多萝西的声音降格到和其他人物的声音平等的位置，叙述者和主人公的位格降低，叙述的视角从前两章主要设置在多萝西身上，到现在逐渐扩展囊括了更多的流浪者，凸显了流浪无产者的形象、个性和观念，这就极大地增强了广场上群氓的独立性。在洛兰·桑德斯看来，这种多声部的表达归根结底是："人物的声音代替了全知全能叙述者的声音"，[4] 这既是奥威尔在视角和声音方面从单一性向多重性的突破，也是在塑造人物方面从单人独语世界向多人众语世界的突破，体现了人物和人物的对话性、多萝西和人物的对话性、奥威尔和人物的对话性，最终是不同文化的对话性，更体现出"生活的本质是对话，思维

---

[1] George Orwell, *A Clergyman's Daughter*, London: Penguin Classics, 2000, p. 156.

[2] Edward Quinn, *Critical Companion to George Orwell: A Literary Reference to His Life and Work*, Facts On File, Incorporated, 2009, p. 99.

[3] Roger Fowler, *The Language of George Orwell*, New York: St. Martin's Press, 1995, p. 117.

[4] Loraine Saunders, *The unsung artistry of George Orwell: the novels from Burmese days to Nineteen eighty-four*, Farnham: Ashgate Publishing Company, 2008, p. 54.

的本质是对话，语言的本质是对话，艺术的本质是对话"。① 在《牧师的女儿》中，"作者将人物本有的主体性还给人物，人物与作者一样具有独立自主的主体地位。相对于独白型小说，人物的艺术功能在复调型小说中得到了提升，而作者在独白型小说中的独断独裁的意志受到了节制"。② 这一切的最终目的，是宣扬奥威尔自己的观念，正如洛兰·桑德斯强调的那样，"奥威尔的人物是世俗的，而不像乔伊斯那样怪异神秘，这是现实主义和超现实主义的区别，奥威尔的小说如果在宣传社会主义，他就要用社会政治美学来表现真实和日常生活，而不是超现实和脱离日常生活"。③ 因此，流浪无产者的多声部，无论怎样使"整个情节具有梦的气质"，④ 都体现奥威尔的创作观念："无产阶级文学是从工人阶级的观点出发，它被认为与富人的观点决然不同，它要申诉工人阶级的主张，其声音混合着社会主义的宣传。"⑤ 在奥威尔看来，无产者不可能与中产者脱离关系，他们不是完全对立或绝缘的，如果经济环境持续恶化，中产者也会转变为无产者。奥威尔对此认为："我们必须祛除伴装的误导恶习——只有无产阶级才是体力劳动者，看看办事员、技术员、个体户，这些身居底层的中产阶级，还有那些杂货商和低等的公务员，毫无疑问，他们也是无产阶级。"⑥

　　然而，小说中多声部的表达状态，有奥威尔提请人们注意无产者的生活困境和社会的不公正的作用，却并不意味着他要呼吁中产者和无产者的相互认同或走向联合。在奥威尔心中，个人的道德意志衍生出的改良诉求要高于革命激情。由此，奥威尔还进一步意识到，一旦

---

　　① 程正民：《巴赫金的文化诗学》，北京师范大学出版社 2001 年版，第 10 页。

　　② 周启超：《复调》，赵一凡、张中载、李德恩《西方文论关键词》，外语教学与研究出版社 2006 年版，第 151 页。

　　③ Loraine Saunders, *The unsung artistry of George Orwell: the novels from Burmese days to Nineteen eighty-four*, Farnham: Ashgate Publishing Company, 2008, p. 42.

　　④ Terry Eagleton, "Orwell and the Lower-Middle-Class Novel", in Raymond Williams, ed. *Geroge Orwell: A Collection of Critical Essays*, New Jersey: Prentice Hall, 1974, p. 23.

　　⑤ Loraine Saunders, *The unsung artistry of George Orwell: the novels from Burmese days to Nineteen eighty-four*, Farnham: Ashgate Publishing Company, 2008, p. 9.

　　⑥ Ibid.

堕落到底层世界，无产者就贫穷得只剩下自己的声音，此外一无所有。他们自身并不认识所表现出来的阶层属性，流浪无产者根本不能依靠自身发现自己，更遑论自觉地进行革命。造成无产者不能享受人类文明带来的益处、处于物质与精神的双重贫困的原因，正是由于统治者剥夺了他们正当的人身权利造成的，这种社会不公正的现象猛烈地拷问中产者的价值观和生活方式的合法性。

奥威尔对底层流浪者生存世界的探索，直接丰富了流浪无产者形象的内涵。多萝西通过流浪无产者的多声部了解他们的不幸，认识到这个地下世界的矛盾冲突，大为触动并深受启示。

一方面，无产者团结互助、相互扶持、共对压迫，让多萝西可以大胆敞开自己、反思自我，当她见到的特拉法尔加广场流浪者，在严酷的环境下相互扶助，为了取暖，他们开始自发地举行广场狂欢，查理首先清清嗓子，吼了一曲，人们迸发出笑声，大家继而开始合唱，还跺脚拍手，人们坐在一起，相互依靠，打着拍子，顾不上牙齿打战，进而手舞足蹈，跳起舞来，冻僵的多萝西、维尼太太和高宝先生都起身加入载歌载舞——在这种"狂欢"中，多萝西意识到，自己的不幸经历在流浪无产者遭受的生活折磨和苦中作乐的苦楚面前不值一提。因此她对自身的认识有了进一步的提升，因为"思想只有同他人的思想发生重要的对话关系之后，才能开始自己的生活，才能形成、发展、寻找和更新自己的语言表现形式，衍生新的思想……恰是在不同的声音、不同意识互相交往的联结点上，思想才得以产生并开始生活"。[①] 流浪无产者直面侮辱、压迫和死亡的生活状态，是最惊心动魄的生存考验，在这些迥异于中产者的人群面前，多萝西感受到生命的宝贵，因而她对流浪无产者心存敬意和怜悯。

但另一方面，无产者又是等级分明、缺少信仰、难以交流，让多萝西与流浪无产者存在交流障碍，因此她治愈了在中产者社群中患上的"失忆症"后，却又沉入流浪无产者的地下世界中患上了失语症，

---

① ［俄］巴赫金:《巴赫金全集》，白春仁、晓河译，河北教育出版社1998年版，第114页。

这就是说，多萝西在新的境遇下仍然处于弱势地位，更多地以沉默作为对话的"语言"，这导致她不可能真正深入到无产者的世界，更无法认同他们的价值取向和生活方式，这就使等级分明、缺少信仰、难以交流的流浪无产者群体成为中产者社群的翻版。多萝西逃出中产者社群，就是要求精神自由，而无产者作为时代的弃儿，遭受着非人的待遇，不知反抗、不会反抗，也无法反抗，这些"深渊中的人们"陷入万劫不复的厄运，他们的生活现状正是多萝西往昔生活的隐喻，他们在经济上的贫困和精神上的匮乏更让人难以忍受，这样的流浪生活不可能给多萝西带来精神上的解脱，反而只能让人更加萎靡堕落。因此，多萝西在流浪无产者的多声部中"失声"，不仅体现出她与流浪无产者的差异鸿沟，也进一步表明她的流浪生活必然无法持久。正如学者保罗·桑帕约所言："多萝西作为流浪者的生活被描述成梦魇，这和她的无意识相一致。多萝西接受所有事情：睡觉和苏醒，都成了混沌的事情，饥饿和劳累使她成了梦游者，或者像在做梦。当个采摘工，让问题更加严峻，正像叙述者表述的那样，采摘工作反而更加缩小了多萝西的视野，尽管艰苦的劳动能带来身心的愉悦，但也会让人丧失意识，沦为愚蠢的牲口。"①

第三节　在中产者罗网中的进入和挫折

在意外地得到叔伯相助后，多萝西结束了流浪，脱离了流浪无产者的世界，在经过短暂休养后，多萝西应聘英木女校教师。成为职业女性使多萝西获得了独立的经济能力，身份地位也有所提高，但是，职业女教师的新身份却没有让她获得应有的尊重和自由，而是前一阶段困苦遭遇的重演，并增加了新的不幸经历。造成多萝西不幸的直接原因，是英木女校校长克里维的专横统治，她不学无术，治校无方，通过讨好家长捞取金钱。每到学生入学，克里维立即将学生按照其家

---

① Paula de Sousa Sampaio, Reading Literature Today：A Study of E. M. Forster's and George Orwell's Fiction, ph. D. Lisboa：Universidade de Lisboa Faculdade de Letras Departamento de Estudos Anglisticos, 2007, p. 185.

长的经济实力分成三等:"好主顾""中不溜""讨人厌",以此确定巴结、冷遇和排斥的对象,"好主顾"的家长的要求就是她制定课标的金科玉律:家长需要她教什么她就设置什么课程,家长厌恶什么她立即严加禁止、改弦更张。为了贪图便宜,英术女校使用的课本不仅老旧落伍,而且错误百出。在这种情况下,学生视野狭窄,所学知识都是一些简单的应用技能,只能成为她们日后勉强维持生计的基本手段,至于真正的学识修养,女生们根本接触不到:

> 学生们对知识一无所知,就像那些搞达达主义艺术的家伙。班上只有两个女生知道地球是绕着太阳转的,但没人知道现在的国王是谁,《哈姆雷特》的作者是谁,去美国要跨过哪个大洋等问题。智识上,15岁的大姑娘跟8岁的小孩差不多,只是前者能完整地读出篇文章,或书写时字迹工整。女生们的知识很零散,能背出某首诗歌的片段,或鹦鹉学舌般说几句法语。算术是相对较好的,她们能做加法和减法,大部分人还会算乘法,但只有几个人对除法一知半解。总之,女生们对知识的掌握很有限,每个科目都不甚了了。①

教学水平低下,赚着黑心钱,克里维却容不得别人干扰她的"教育事业",尽管女校只雇用了多萝西一个女教师,但克里维仍然在经济、饮食和住宿上对多萝西百般刁难,一门心思地想从她身上多榨出几个小钱,甚至在早餐时克里维连佐料都自己独占,只是在多萝西服从她的权威时,才作为奖赏象征性地分给她一点儿。

虽然多萝西在克里维的蛮横统治下吃了不少苦头,但她任教后为学生开新课、授新知,激发了学生的求知欲,受到学生的爱戴,而她自己也在这一过程中享受到了被需要、被尊重的满足感,整个人的精神状态也焕然一新。然而,学生家长却因新课不像计算课和抄写课那样有实用价值而横加指责,克里维不问青红皂白,当着众多家长的面

---

① George Orwell, *A Clergyman's Daughter*, London:Penguin Classics, 2000, pp. 208 – 209.

羞辱多萝西并终结新课，随后又因与人暗中进行生源交易而将多萝西赶走。至此，多萝西短暂的教师生涯也惨淡收场。

但是，多萝西作为职业女性的尝试之所以受挫，不是简单地由一个克里维造成的，必须从文本内外的环境找原因。克里维的原型之一，是给奥威尔造成童年创伤的圣西普里安中学校长夫人威尔克斯太太，童年的奥威尔因为尿床等原因遭到过威尔克斯夫妇的羞辱和毒打，长大后对此仍记忆犹新，中学管理者的粗暴管理让学生们噤若寒蝉，即使竭力迎合讨好，仍免不了当众受辱和皮肉之苦。克里维的形象和英国小说家伊夫林·沃《衰落与瓦解》（*Decline and Fall*，1928）中的费根也十分神似，费根是主人公的雇主，其遴选教师的标准不是教学能力，而是能不能使家长满意，教师必须配合他一起欺骗学生和家长。可见，克里维不是个案，英木女校也并非仅此一家，奥威尔在小说中一针见血地指出：

> 像这样二流、三流、四流的私立学校，伦敦城内外大量存在，至于邻近地区则更是有上万所，其中不到一千所是政府主办。所有学校都居心不正，全都以金钱为目的，开学校就像开店铺一样。想象一下这样的场景，一个小生意人在某个早晨对自己的老婆叫嚷着要开所学校。①

学校不再是教书育人的圣地，而是像公司或店铺一样的交易场所，学校的管理者从不关注教学质量和学生培养，而是念起了生意经——生源就是财源，家长成了欺骗对象，教师要么与校长同流合污，要么惨遭压榨后被扫地出门。学校管理者成了唯我独尊的老板，教师成了奴隶，英木女校是让人精神不自由的中产者社群的变形，只不过它在加重经济压迫之余提供给多萝西微薄的薪酬，作为再次压榨的保障。因此，多萝西被辞退，不仅由于克里维排挤打击，更是因为她对独立自主精神的追求必然遭到整个社会的拒斥与围剿，

---

① George Orwell, *A Clergyman's Daughter*, London：Penguin Classics, 2000, p. 239.

她逃逸出尼普山镇，却逃不出中产者社群的架构，英木女校唯利是图、一切向钱看的氛围和尼普山镇没有本质区别。所以，多萝西进入英木女校只不过是又钻进了中产者社群的另一张罗网，只要社会上工具理性、拜金主义、追逐物质享乐的种种倾向存在下去，多萝西到哪里都会被"辞退"，一次次挫折将如影随形，作为个体的她遭受到的是整个社会体系带来的伤害。20世纪30年代的英国，女性的地位虽然已经大大改善，但社会对女性的平等关爱和权利保障仍然十分有限，人们在道德上推崇温惠驯良的淑女，在思想意识上要求女性服从男性的绝对权威，这就使女性必须付出比男性更多的努力，甚至因生活压力走上歧途。可以说，英木女校校长克里维也是这种社会观念的牺牲品，她不择手段地行骗捞钱，只有表现得比男性更"男性"才能生存下去。

但在文本中，多萝西对所遭受的社会体系伤害并没有明确的认识，在英木校门口，她踯躅犹豫，不知是回到流浪无产者中去，还是再找一家女校继续做教师，结果巧遇浪荡子沃伯顿，在他护送下多萝西回到了尼普山镇，这样突兀的情节设置意在突出多萝西和尼普山镇无法割裂的关系。帮多萝西脱离流浪无产者世界的叔伯，尽管和多萝西的父亲早年不和、互不往来，但其根脉出自尼普山镇；浪荡子沃伯顿没有固定职业，行游四方，但每年都回尼普山镇住上一段时间，所以其浪荡的"老窝"仍在尼普山镇。因此，尼普山镇的居民作为中产者社群的模型，如章鱼的蛇臂向四外扩展，通过像多萝西的叔伯和浪荡子沃伯顿等游动的"触手"，控制着像多萝西这样的"叛逃者"，多萝西逃逸出尼普山镇的物理时空，却逃不出它的关系网，中产者社群生活习惯和思维方式的触角所及，远超出多萝西的逃逸范围。当多萝西在被亲戚发现后，她的逃逸行动就完全处于尼普山镇的监控下，即使她冷酷无情的父亲误认为，女儿不辞而别是与沃伯顿私奔而要断绝亲情，但他却对多萝西的一举一动了如指掌，并可以随时干涉。所以，多萝西走出流浪无产者世界后，就立即受到了中产者社群的实际控制，深陷由父亲—叔伯—克里维—沃伯顿这四个人合织的罗网中。由此可见，多萝西从居家女性向职业女性的转变没有成功，教师生涯提供了经济收入和学生的认同感，却抵不过中产者社群强大专横的压迫体系，易言之，多萝西从居家女性向职业女教师的转变，遭到中产者社群价值观的阻截，只要身陷中产者社群的罗网中，她为自己设定的社会角色注定要遭到挫折。

第四节　在叙述者启导下的认识与回归

在上面两节的分析中，漂泊在外的多萝西陷入与尼普山镇相似的困境，面对没有信仰的流浪无产者世界不仅饱受身心之苦，而且让自己处于"失声"状态；进入英木女校成为教师，没有人身自由，深受拜金主义胁迫，遭到羞辱并被辞退；而回归到尼普山镇又可能重复旧有的生活模式，回到应然生活和实然生活造成的人格逻辑悖论中。多萝西自身没有找到解脱办法。此外，她起源于"失忆走失"的逃离行动所表现出的被动性，以及流浪过程中不断间接体现出的回归意愿，直至在被叔伯找到后她急不可待地写信给父亲，澄清自己不辞而别的原因，这一切都说明多萝西的自我意识仍部分地依赖于中产者社群。在易卜生的著名戏剧《玩偶之家》中，主人公娜拉的结局是要么回来，要么堕落，而从多萝西的处境看，她的回来就是堕落，她的堕落体现于回来——她没能从中产者社群中成功逃离就是一种"回来"，结果很可能抛弃了生活理想，一味服从现实生活的规训，直到完全服从中产者社群的价值取向，最终陷入心灵的"堕落"状态。

然而，在回尼普山镇的火车上，面对沃伯顿的求婚纠缠，多萝西极为坚决地拒绝了他的无理要求，这说明多萝西在无法融入流浪无产者、做职业女性也遭受挫折的情况下，仍不可思议地表现出要摆脱由父亲—叔伯—克里维—沃伯顿四人合织的中产者罗网的决断。这种有主见的执着对抗行为，在多萝西回到家乡后又进一步体现在她担负起教区传教重任的实际行动，她将视线伸向了信众这一更广大、更具包容性的人群，希望在守护他人的宗教信仰中实现自己的人生价值，这就意味着，她在流浪中重新发现了基督教的爱上帝、爱邻人的信仰，因而开始抵制中产者社群的价值取向，用宗教的行善观念显现了自身与信众的"共在",同时超脱了自我,摆脱了困境,她的人格逻辑悖论也随之不攻自破,因为行善本身是"尽自己的能力帮助身处困境的其他人得到他们的幸福,对此并不希冀某种东西,这是每个人的义务"。[①] 但在文本中,多萝西的认识能力无法实现这些思想上的跳跃,是叙述者将自己的意识注入了主人公身体,代替她做出了决断,这就在分析人物和情节的同时,必须关注这个不断表明自己存在的叙述者。

　　叙述者,就是叙事文本中讲故事的人,或称之为"陈述行为主体",[②] 他不仅是"声音或讲话者",[③] 还通过与视角的结合,推动着情节发展和环境变化。尽管叙述者的划分类型有多种,但根据热奈特的研究,叙述者一般都具备叙述、管理、评价、比较、交流等功能。[④] 比较奥威尔的四部三十年代小说,《牧师的女儿》中叙述者的变化是最大的,体现在叙述者有明显的"显形状态"和"隐身状态"。叙述者的"显形状态"是以第三人称视角审视文本,解读她所面对的陌生环境,这样做的结果,是叙述者已不把自己局限于讲述多萝西的故事,而是代替多萝西成为主人公。如果从多萝西的角度看,文本逻辑不通,她还没有做好思想准备就突然解决了精神困境,但如果从叙述者角度看,他拥有可以解决所有问题的能力和讲解所有故事的特权,多萝西的思想改变实际上是叙述者迫不及待插入的结果。这就像比赛中的"换人",叙述者替换了"体力不支"的"队友"多萝西,他不仅知道人物的全部信息,同时还能"替换"所有"参赛者",既是全"知",也是全"能"。但是,这对文本的虚构性必然产生破坏,原本是多萝西面对并必须解决的困境,现在由叙述者代劳,如同比赛中的

---

　　① 康德:《道德形而上学》,张荣、李秋零译,中国人民大学出版社 2013 年版,第 230 页。

　　② 托多洛夫:《文学作品分析》,张寅德《叙述学研究》,中国社会科学出版社 1989 年版,第 71 页。

　　③ Shlomith Rimmon-Kenan, *Narrative Fiction*: *Contemporary Poetics*, London: Methuen, 1983, p. 87.

　　④ Gerard Genette, *Narrative Discourese*, . trans. J. E. Lewin, Oxford: Basil Blackwell, 1980, pp. 255 – 257.

"作弊"。叙述者的"隐身状态",是使自身几乎完全退出文本或不讲述重要信息,如特拉法尔加广场流浪无产者的多声部,流浪者自行诉说,文本从"外聚焦视角"进行记录,这种方式显著地提升了作为多萝西他者的流浪者的主体性,主人公多萝西退居到和所有流浪无产者平等的层面,叙述者几乎完全隐退,只是偶尔像戏剧旁白者一样起到连接的作用。又如对于多萝西失忆后如何来到伦敦,叙述者没有提供任何信息,成为"省叙",表面上似乎他也不知道任何信息。在多萝西意识到自己的存在时,她发现自己的装束发生了变化,项链也没有了,这表明在从尼普山镇漂泊到伦敦的过程中发生过衣物被更换、项链被掠走等重要事件,但叙述者却避而不谈,他自己也没有出现在这些事件中。

保罗·利科在《时间与叙事》中认为:"视角标明了叙述者对人物的态度、人物对其他人物的态度,它影响到作品的组成,是诗学研究的对象。"[1] 叙述者不惜破坏文本的虚构性、以"显形状态"代替主人公表明他对多萝西能力的质疑,或者说叙述者没有时间或耐心等待多萝西在他的故事中逐渐成熟。进一步体现叙述者的全"能"是他的"隐身状态",叙述者并非受到限制,作为"讲故事"的人,他主动将文本空间"让赠"给流浪无产者,消减自己的主体性,将流浪无产者作为多萝西的他者推向前台,以自身"下野"的姿态凸显流浪无产者与多萝西的差异性。而对多萝西恢复部分意识前的"省叙",将主人公的主体性降为最低,为其后提升流浪无产者的主体性做好充分准备,这也标志着主人公将要从中产者社群进入流浪无产者的"地下世界",而衣物被更换、项链被掠走等重要事件,在这个世界是司空见惯的,毫无重要可言,读者能体味到,对于受尽心酸困苦的流浪者们,被劫掠或性侵犯还有"重点叙述"的必要吗?

所以,在《牧师的女儿》中,叙述者的"隐身状态"是一种比"显形状态"更"显性"的状态,正如布斯在《小说修辞学》中指出

---

① Paul Ricoeur, *Time and Narrative*. (Vol. Ⅱ), Trans. K. Mclaughlin and D. Pellauer, Chigago: University of Chigago Press, 1985, p. 93.

的那样：叙述者"可以在一定程度上选择他的伪装，但是他永远不能选择消失不见"。① 叙述者不断代替多萝西，却又将多萝西作为主人公，想用便用，随意替换，这就引发了伊格尔顿的质疑："这里有个潜藏的本质问题，真实性是什么，是这个萨福克小镇刻意掩盖的，还是叙述者有意地篡改而造成的一种奇异效果?"② 结合奥威尔的具体创作来看，这种"奇异效果"有两个成因。其一，是奥威尔创作的短板，他没有控制好自己对人物的把握，造成叙述者的过度介入；其二，奥威尔将人物生存的困境绝对化，再将多萝西作为最低能者，凸显与环境对立中的人所处的弱势地位，有意为显示叙述者做准备。在文本中，叙述者比多萝西更具有鲜明的知性特征，莉内特·亨特从女权主义出发解读《牧师的女儿》后认为："只读第一章读者就可发现，叙述者是一个被忽视也忽视他人、被歧视又多愁善感、说话老套、被嘲弄却又自傲的人，他对贫穷的审视没有实效并带有偏见，且都出自他那难以置信的狭隘视野的。"③ 这其实是莉内特·亨特直接把叙述者和奥威尔连在了一起，表明她对奥威尔小说中的"厌女情结"心存芥蒂，如果考虑到奥威尔三十年代小说中的主要女性都存在认知能力缺陷，甚至是反面人物，亨特的评价似乎有一定依据，但如果叙述者真是一个"忽视他人"的人，他就不会在故事中将多萝西引向流浪无产者，并突出流浪无产者的主体性，以至于多萝西和他自己都在"地下世界"失声了。奥威尔的《牧师的女儿》本质上是一部自传小说，他用多萝西作掩护诉说自己的遭遇，奥威尔通过她"表现自己的意识"，④ 是"奥威尔构建得最弱的一个主人公"，⑤ 但多萝西不是奥威尔的傀儡，她象征着奥威尔最软弱的状态，对客观形势毫无把握能力，与其相反，叙述者则象征着奥威尔最强大的状态，是他

---

① 布斯：《小说修辞学》，华明等译，北京大学出版社1987年版，第23页。

② Terry Eagleton，"Orwell and the Lower-Middle-Class Novel"，in Raymond Williams，ed. *Geroge Orwell*: *A Collection of Critical Essays*，New Jersey: Prentice Hall，1974，p. 23.

③ Lynette Hunter，*George Orwell*: *The Search for a Voice*，Milton Keynes，1984，p. 15.

④ Daphne Patai，*The Orwell Mystique*: *A Study in Male Ideology*，Amherst: The University of Massachusrtts Press，1984，p. 97.

⑤ Ibid. ，p. 98.

对客观形势的虚拟掌控。所以，当多萝西无能为力、深陷困境时，叙述者出场收拾残局，帮她解脱，换句话说，在文本构建的世界中，"强势的奥威尔"帮助"弱势的奥威尔"逃离中产者社群，通过发现他者的存在救赎自身。但是，"弱势的奥威尔"始终和尼普山镇藕断丝连，"强势的奥威尔"要帮他一刀两断，这就表现为叙述者的意识对多萝西的"注入"。

　　然而，"强势的奥威尔"和"弱势的奥威尔"之间的张力，受到文本内外各种因素的制约。尽管"显形状态"和"隐身状态"体现了叙述者在文本中的强势，但还不是他强势程度的"峰值"。回溯《牧师的女儿》的手稿，可以复原叙述者的最强音。奥威尔在将《牧师的女儿》交给出版社后即开始与其展开了一场很不愉快的争论，因为在《缅甸岁月》中对英帝国的不敬，引发了一些读者对出版社的谴责，面对压力，出版社要求奥威尔对《牧师的女儿》中某些"过分"描写进行修改，但奥威尔始终坚持己见、不改一字，最后出版社越俎代庖，代他修改。出版后的通行本对原稿进行了三类修改。其一，行为修正。比如，对于沃伯顿对来家访的多萝西性侵犯的叙述，奥威尔在原稿中使用了"强奸"，可是出版后的通行本中却是"做爱"；多萝西被克里维扫地出门时，原稿中有"她失去工作必将再回大街"，其效果是凸显多萝西面对的困境，继而引发读者对多萝西在特拉法尔加广场游荡的回忆，加重对这种丧失尊严的行为的情感渲染，而且原稿中使用的是"大街"，不是通行稿中回到采摘地进行有酬劳动或其他可选行为，原稿突出了失业给多萝西带来的消极影响，表现出极强的挫败感。其二，宗教避嫌。在引用塞姆瑞尔太太揭露尼普山镇丑闻的间接引语中，针对米尔波罗的圣韦德坎德牧师鸡奸唱诗班男童一事，原稿中这个牧师属于罗马公教，但在通行本中将所属教派删掉了；在特拉法尔加广场之夜，麦克爱丽高特太太实在忍受不住寒夜冻饿，于是说想找个遮风御寒的教堂，原稿中明确说明这座教堂就是广场附近的圣马丁教堂，但在通行本中删去了教堂名称，以免被指诽谤。其三，讽刺减弱。这是最多的一种修正，集中在对克里维的英木女校的讽刺叙述中，出版社把对克里维的嘲讽有所删减，对英木女校的低劣教材和给学生带来的不良影响进行了缓和处理，对作者批评英木女校和私人学校的段落做了大量删改，对多萝西在家访时面对家庭主妇们的厌烦和不适也进行了调整。

由此可见，这些删改虽然没有改变文本的结构，但却改变了原稿的感情色彩，实质上，叙述者的声音遭受到强制降调："强奸"变成了"做爱"，实在是天壤之别，对英木女校在课程、管理和立校目的的降调处理，很大程度上削弱了讽刺力度，叙述者情感的表达与对社会的批判力度受到了严重遏制，相应地也降低了叙述者对于人物的优势地位。这种删改体现出奥威尔和出版社之间存在较大分歧，在这里无须讨论孰是孰非的问题，但如果没有这些修改，叙述者的情感和认知经验在手稿中更为强烈，势必会改变多萝西的性格、能力、思想演变和对他人的态度。从根本上说，多萝西与尼普山镇的矛盾、与英木女校的冲突都已不可调节，但她仍然在回归后选择以宗教来救赎自己，这说明，叙述者的强势遭到出版社的遏制后，尚没有伤及他注入多萝西的整体实力。

叙述者通过对比和隐喻来启导多萝西，在叙述者的意识中，尼普山镇和"地下世界"是文本中的两个相对立的极端维度，而这两个维度的男性又是对立存在的。尼普山镇的黑尔牧师和浪荡子沃伯顿代表着控制多萝西的父权和男权。黑尔出身中产者中下层，在叙述者看来，由于前一代人无官无势，留给他的老底儿少之又少，做不成"官二代"或"富二代"，只能靠着苦熬苦累，挣扎挤对，一方面他拼命维护自己的地位，另一方面又一心向上爬，希冀掌握更多的社会资源，可惜往往因为性格、智识和环境因素而力不从心，升天无门，他自大傲慢、心高气短、爱慕虚荣，内心里总泛着酸水儿，骨子里藏着冷漠和伪善，小说中讽刺道：

> 有谁要跟牧师聊上个 10 分钟，就会发现他是个难以打交道的人，他是个不合时宜的人，根本不应该生在这个社会，现代社会的一切都让他讨厌心烦。两百年前，在家写写诗，搜集标本，一年挣个 40 镑，这样的生活很适合牧师，如果现在他有钱，那

么他就会对 20 世纪视而不见。但活在当下太费钱了，没有 2000
镑的年收入根本活不下去。牧师在这个列宁和《每日邮报》的时
代苦苦挣扎。①

　　叙述者指出，身为牧师的父亲，没有给多萝西带来任何物质与精
神上的自由，貌似给予女儿良好的宗教教育，其实也只是一种长远投
资，其目的是让多萝西为他的工作提供更多的便利与帮助，多萝西在
离开尼普山镇后以家中女仆艾伦的名字作为化名，正是叙述者暗示她
女仆一样的地位，也是多萝西对这种困境的痛苦表现。
　　48 岁的鳏夫沃伯顿没有固定职业，四处游荡、混迹于不入流的
所谓艺术家、小说家当中。他自称画家和社会主义者，却因为性放纵
而一事无成，还狠心地把自己的私生子抛弃，沃伯顿善耍弄手腕，让
多萝西长期委身于他。他的虚荣、无能、冷酷自私与黑尔牧师是同质
的，不同的是，黑尔牧师通过父权，让多萝西陷入精神和情感的苦
恼，再将这种苦恼延伸向她的身体，而沃伯顿则通过男权，侵犯多萝
西的肉体，把她的生理欲望和精神痛苦连在一起。
　　相比于黑尔牧师和浪荡子沃伯顿，"地下世界"的流浪者诺比和他
们正相反。相对于黑尔，诺比不仅关爱扶助流浪者同伴，带领他们搜集
食物、改善生活，还在遭受逮捕时一人独揽偷窃罪名，保护了同伴，甚
至对虐待他的警察也没有任何暴力反击，这不是愚蠢懦弱的表现，而是
真正的舍己为人。诺比不仅比具有牧师身份的黑尔更高尚，也比一般流
浪者更令人尊敬，可以说是"地下世界"中的耶稣。相对于沃伯顿有
姓无名，诺比有名无姓，姓是家族、身份、地位的标志，蕴含着权力信
息，而名只是一个代号，诺比有姓无名表明他地位低下。沃伯顿
（Warburton）在古英语中有"居留地、圈地"的含义，暗示他在主流
意识形态统治之下的地方性、局域性，是内生性的体现；而诺比
（Nobby）原本是俚语，有"极好的""有头有脸"的意思，但事实上，
他只能在"地下世界"中算得上"头面人物"。然而，诺比从来不隐藏

---

　　① George Orwell, *A Clergyman's Daughter*, London: Penguin Classics, 2000, p. 16.

自己的欲望，在和多萝西结伴流浪时，他直白地提出要和她做爱，在被拒绝后既没有像沃伯顿那样先是强逼，后又献殷勤引诱，而是耻于耍手段，直截了当却不强求，这虽然不能用"绅士风度"来概括，但在叙述者看来却是仗义的表现，配得上他的名字。

黑尔牧师和浪荡子沃伯顿，代表的是中产者社群自私唯我的权力话语体系，他们要把多萝西统一到对中产者价值观的绝对服从中去，最后成为丧失了人性的行尸走肉。他们作为尼普山镇生活习惯和思维方式的最典型代表，认清了他们的嘴脸就等于认清了中产者社群的本质。出身低微却友爱仗义的诺比则体现出某些超越阶级的人性光辉。虽然多萝西并没有发现诺比的优点，甚至在诺比被捕时仓皇而逃、未施援手，但叙述者却紧紧抓住诺比身上的闪光品质，抵消掉流浪无产者整体上的缺陷。人能通过爱护他人摆脱无所不在的权力话语操控，而且诺比的人品和言行暗示了叙述者最终将多萝西引向何方，可以说，诺比是为多萝西守候教区信众的精神信仰进行的前期准备。

叙述者对世界有着清醒的总体认识，时刻体现出他是"可靠的叙述者"，由他保证多萝西在回归尼普山镇以后，避免因恢复旧有的生活模式致使她的追寻丧失意义。叙述者对社会环境的认识，高度凝聚在文本中的动物隐喻上，在叙述者眼中，人是以动物化的形式出现，这体现出奥威尔对现实的独特把握。相较于《缅甸岁月》，《牧师的女儿》的动物比喻，出现了质和量的变化。对于同一个人物，根据其不同特点，以多种动物对其进行比拟；而对于不同的人有相似的特征，又用同一种动物概括不同的人；对人群特征也进行了动物比拟，因而使人物蕴含的意义更加丰富。比如，尼普山镇的喜欢造谣、传谣的塞姆瑞尔分别以鸟和乱嚷的猫来比喻；梅菲尔老小姐因为祈祷时的衰老呆滞而被比作蠕动的毛虫；叙述者对人脸的关注最为突出，一个叫福特的女教徒长的是张兔子脸，向警察告密的老女人则长了张马脸，邮局的女职员是个狗脸女人，还有水牛脸的学生家长；此外，多萝西的叔父托马斯·黑尔和女校长克里维都成了癞蛤蟆；诺比被四次比作类人猿；教堂和牧师都被比作斯芬克斯；尼普山镇的保守党俱乐部成了肥胖金鱼；特拉法尔加广场的流浪汉们聚在一起取暖，先是被比作癞蛤蟆产下的卵，后被比作围着母猪的猪崽。对于多萝西来说，她的姓本身就是比喻："Hare"意为野兔，暗示主人公普通平凡，并且内心脆弱、易受侮辱和伤害。动物隐喻在奥威尔的文学作品中是极为常见的，但是却被忽视或遭人诟病，比如保罗·桑帕约就认为："用动物比喻可以看出人物的某些缺点，但往往也表现出叙述者与人物缺乏共鸣，那些有代表性的人物尤为如此，用动物比喻人物的写法很粗糙。"① 但是，小说中出现的动物隐喻，虽然基本超越了多萝西的认识能力，却代表叙述者对人物的认识和反思，不仅表现了叙述者对人物的感情色彩，更体现出叙述者相对于主人公的认知优势。可以说，三十年代小说中的这种人物动物化手法，是《动物庄园》中动物拟人化的早期实验，在奥威尔的小说中，动物隐喻一直发挥着叙述者认知社会的重要作用。

在《牧师的女儿》中，叙述者在描述人物时，将他们幻化成某些动物，人的世界成了"动物世界"，这体现了奥威尔丰富的艺术想象力，当然，这种以动物比喻人的方法在许多作家那里并不鲜见，但关键是，《牧师的女儿》的叙述者不是没有原则地进行比附，一方面选取特定动物作为喻体，如癞蛤蟆、虫子、卵、乱嚎的猫等，这些动物的共同特征是低级丑陋；另一方面强调动物的神秘性和威胁性，比如斯芬克斯，既突出教会和教士的强大顽固，也将其非世俗化的特征表现出来，这说明在社会日新月异的变化面前，除了使用不可知的神秘来控制人类外，宗教提供不了其他解决办法，而人类一旦破解了"斯芬克斯之谜"，宗教必然要坠落解体。由此可见叙述者对于周围人的总体态度是排斥的，而他将人类世界置换成"动物世界"本身就说明，在动物眼光观审下的多萝西是被彻底孤立的异类。

人类社会的道德标准和宗教信仰要求人们互敬互爱、和谐相处，而自然界则遵从丛林法则，但在《牧师的女儿》中，人类社会却抛弃了良知，崇尚丛林法则，多萝西的道德观念在"动物世界"面前形同虚设，她的宗教热诚也不过成了沃伯顿眼中的"笑话"，个人的

---

① Paula de Sousa Sampaio, Reading Literature Today: A Study of E. M. Forster's and George Orwell's Fiction, ph. D. Lisboa: Universidade de Lisboa Faculdade de Letras Departamento de Estudos Anglisticos, 2007, p. 186.

渺小在社会大趋势下被无情地凸显出来，当追逐利益和爱慕虚荣的丑陋嘴脸成为社会主流时，道德和宗教情感反而似乎成了抱残守缺的落伍表现。在这个将自然界丛林法则奉为金科玉律的社会里，人的理性被拜金主义异化，人的感性被享乐主义俘虏，人的灵性被自私自利所遮蔽。无论是在尼普山镇，还是在流浪中，多萝西都时刻面临着被动物化的危险，如果她的走失是试图在"动物世界"的"去动物化"，她的失忆是在忘记现实苦难的同时忘记自己的动物化姓氏，那么当她见到底层世界流浪无产者的悲惨生态后，必然会选择回归，因为底层世界的动物化更加触目惊心。相比于尼普山镇中产者生活圈的"豢养型"动物，底层世界的无产者则是一无所有、朝不保夕的"遗弃型"动物，遭受到比前者更为残酷的对待。从这个角度看，多萝西的逃离与回归其实都是保护自身免受"动物化"的选择，她与中产者生活圈格格不入，不等于要加入到底层流浪无产者的行列，多萝西追求的是有独立人格的自我完善，无论是哪种动物，处于哪个社会等级，都是人被动物化的表现，人物的动物化意味着他们人性的丧失和奴性的固化。相对于《缅甸岁月》，《牧师的女儿》对制约奴役人的统治力量和被统治的群体的揭示更具体，动物隐喻建构的"动物世界"，象征的是遭受异化的社会，体现着奥威尔对社会阶级情况的整体把握。

　　总之，叙述者在多萝西的逃逸与回归中发挥着不可替代的作用，可以说，多萝西的追寻之旅始终有叙述者一路相伴，或者说是奥威尔将自己流浪后回归的模式安排给多萝西。多萝西在保持自我的前提下，使他者永远成为感召自我的力量，最终她面对父亲的冷酷专断仍保持亲情，在沃伯顿的婚娶诱惑下仍保持清醒，将诺比对他人的关爱转化为对教区信众的爱护。尽管叙述者的介入严重影响了人物的塑造，使多萝西的性格没有随着小说的情节的深入而发展，并被剥夺了记忆、性欲、自我意识，生活在一个"永无穷尽的当下"，[①] 但结合

---

　　① Daphne Patai, *The Orwell Mystique*: *A Study in Male Ideology*, Amherst: The University of Massachusetts Press, 1984, pp. 98 – 104.

奥威尔的传记研究看，"多萝西所承受的困苦正是奥威尔自己的苦难"，①"多萝西是奥威尔的代言人，更是他的灵魂"②。奥威尔没有简单地将精神自由寄托在宗教、冥想或幸运上，而是让多萝西在苦难后发现他人精神上的困境，进而走向维护他人的思想自由，这就把人的救赎引向了伦理学和社会学的视域。这部小说的叙述，虽然破坏了文本的虚构性，但却不影响人物解脱路径的清晰性，"主人公和作者互相重合，或者一起坚持一个共同的价值，或者互相敌对，审美事件便要受到动摇，代之开始出现伦理事件（抨击性文章、宣言、控告性发言、表彰和致谢致辞、谩骂、内省的自白等）；在不存在主人公，哪怕是潜在的主人公时，这便是认识事件（论著、文章、讲稿）；而当另一个意识是包容一切的上帝意识时，便出现了宗教事件（祈祷、祭祀、仪式）"③。可以说，多萝西最后走向的是更高意义上的认识与宗教。同时，奥威尔通过这部作品表达了对英国社会的关注，《牧师的女儿》"片段式的写作无视传统的情节一致性，但这不应是其诟病之处，如果我们把它当成流浪汉小说，那它的主人公四处飘荡的冒险经历与流浪汉小说差异巨大，这部小说致力于揭示社会上林林总总的不公正现象"。④但是，如果多萝西没有回到家乡，而是选择居留在大都市又会怎样呢？在《让叶兰飘摆》中的戈登·考姆斯托克就必须应对多萝西没有回乡所带来的问题。

---

① John Rodden, *George Orwell：The Politics of Literary Reputation*, New Jersey：Transaction Publishers, 2002, p. 177.

② Christopher Small, *The Road to Miniluv：George Orwell, the State, and God*, Pittsburgh：Pittsburgh university of Pittsburgh Press, 1975, p. 60.

③ 凌建侯：《巴赫金哲学思想与文本分析法》，北京大学出版社 2007 年版，第 35 页。

④ Robert A. Lee, *Orwell Fiction*, London：University of Notre Dame Press, 1969, p. 27.

第五章 反抗金钱语码的城市之旅

奥威尔前两部小说《缅甸岁月》《牧师的女儿》，分别是以时间地点和人物身份作为标题，前者直接揭示了主人公的生存环境，后者则暗示了主人公的身份地位，但到了第三部小说《让叶兰飘摆》，①奥威尔不再标明具体的现实环境和人物身份，而是用飘摆的叶兰隐喻在金钱宰制下的主人公，这标志着他的小说向情节结构的象征意义方向发展，叶兰的飘摆姿态展现出主人公的现实与精神世界，这种手法使小说情节的寓言性进一步提升，并影响着奥威尔日后的创作趋向。

《让叶兰飘摆》主人公戈登·考姆斯托克是个"漂"在伦敦的穷青年，家族早已没落瓦解，他自己也一贫如洗，复兴家业的重担和经济收入的窘迫困扰着戈登诗人的梦想，生活中遭遇的交际失败、缺衣少食、亲人疏远、恋爱受阻等不如意都被他归结为没钱，物质生活的匮乏使戈登在内心开始了一场针对金钱的"战争"，他不顾女友罗斯玛丽和姐姐茱莉亚的劝阻，放弃待遇优厚的广告公司工作，当起了薪酬微薄的书店店员，并希望通过在业余时间进行创作来改变自己的人生困境。在投稿屡遭失败后戈登的诗作终于侥幸发表，但他却挥霍稿费，意外获罪入狱，并因此丢掉了工作。尽管有一直以来支持他的好友莱沃斯顿的帮助，但面对生活绝境，戈登还是决定孤注一掷，遁入贫民窟全力创作诗歌，却终因"贫穷杀死思想"，一无所成，最后因罗斯玛丽怀孕，戈登被迫放弃当诗人的理想，娶妻生子，重回广告公

---

① 由于《让叶兰飘摆》没有中译本，书中所有引用均出自笔者翻译，责任也由笔者自行承担，特此声明。

司，复归于亲友期待的人生轨迹，并像众多中产者家庭一样养起他原本厌恶至极的叶兰。

第一节 主人公与金钱语码的矛盾对峙

学者阿特金斯认为《让叶兰飘摆》"是一本极为简单的、关于金钱的书"，① 然而，这种观点忽略了小说隐含的背景信息，这部创作于 1935 年的小说，故事的时间背景与其创作年代相同，席卷欧美的大萧条让英国社会各个阶层都遭到损失，经济一蹶不振，恢复元气似乎遥遥无期，伯绍德用"破败和失业的工业城市遮蔽了地平线"② 来描述 1931—1936 年的英国，凯斯·罗宾斯则指出，大萧条使富人和穷人都遭受重创，战后英国房地产税是战前的三倍，上流阶层难以投资盈利；失业激增，伦敦地区失业率是威尔士和约克郡的两倍。③ 社会上普遍性的物资的匮乏，激发了人们对金钱的强烈欲望并因此产生了复杂矛盾的心态。因此，尽管《让叶兰飘摆》没有直接反映经济大萧条和二战前的政治局势给社会带来的深层影响，却通过主人公的内心焦虑和经济压力折射出社会经济情况低迷、政局不稳所产生的精神困境，展现出"一个阶级、一个民族和一种传统"在"精神上的消极被动""感情上的懒散冷漠"和"心理上的自私自利"，④ 因而对分析现代人的情感与心理结构具有启发意义。

在这部不足 9 万字的小说中，关于金钱的情节或对金钱的讨论多达 136 次，几乎没有哪个情节不在讲述金钱带给人的影响，或者暗示

---

① John Atkins, *George Orwell*, *A Literary Study*, London：John Calder, 1954, p. 60.

② Jacques Berthoud, "Literature and Drama, Early Twentieth Century Britan", in Boris Ford, ed. *The Cambridge Cultural History of Britain*, Cambridge：Cambridge University Press, 1989, p. 91.

③ Keith Robbins, "From Imperial Power to European Partner 1901 – 1975：Overview", in Charles Haigh, ed. *The Cambridge Historical Encyclopedia of Great Britain and Ireland*, Cambridge：Cambridge University Press, 1985, p. 291.

④ Louis Cazamian, *A History of English Literature*：*Modern Times* (1600 – 1914) Vol. II, London：Macmillan Press, 1928, p. 1399.

金钱在事件背后发挥的决定性作用，可以说，金钱贯穿了文本、伴随着主人公，它成为这部只有200余页小说的标志性意象之一。在小说开始，戈登处于薪水微薄的不利环境中，他为囊中羞涩感到苦闷、彷徨、心绪不宁；在情节的展开中，整个文本都铺陈着人物的收支数字；一直到故事结尾，戈登和罗斯玛丽结为伉俪，文本也不忘记详细列举他们结婚的花销账目和收到礼物的价值清单。因此，《让叶兰飘摆》似乎成为一部与金钱相关的"个人经济情况小说"。然而，正是因为文本中金钱对戈登的衣食住行和精神状态起到的根本性影响，它成为这个穷青年不断斗争的对象。《让叶兰飘摆》是双方对抗的角斗场，在戈登意识中，金钱控制着自己，如果一个人想快乐无忧、卸下精神包袱，就必须打倒"金钱造物主"（Money God）。在小说里，金钱造物主实际上是现代社会的一整套金钱语码，即以金钱多少为衡量标准的元认知、原规则和相关描述。在金钱语码的控制下，人的一切行动都要换算成价格才产生意义，而人自身的内涵却遭到遗弃。人的意识和人际关系转变为金钱意识与商品关系，金钱成为衡量存在的唯一标准，人将金钱绝对化，金钱把人商品化，金钱语码控制着人的情感体验、思维方式和未来命运，金钱成为宰制人言说与行动的终极力量。从这个意义上讲，金钱制造了万物，成为至高无上的造物主。文本中，戈登将金钱语码作为自己遭受肉体和精神双重折磨的罪魁祸首。

第一，金钱语码凸显戈登生活的贫困。戈登的贫困是和金钱紧紧相连的，具体来说，他的贫困是一种基本生活必需品的不足和由此带来的精神压抑，粗茶淡饭、衣着寒酸、住处简陋，生活中要处处节省，将个人需求从数量与质量都降低到最低点，戈登反复计算收入与支出，不断调整生活必需品的使用，其结果不是拆东墙补西墙，就是有今天没明日，省吃俭用并没有避免捉襟见肘的困境，戈登常常为了几个小钱花销而苦恼懊悔。在小说开始，他就深陷在贫困中难以自拔。

> 戈登心慌意乱，他就剩下五个半便士了，其中三个还不能花。因为你用三个便士能买什么呢？它不是硬币，这就是问题的关键，除非你口袋里有一把硬币，要不然你拿出这个3便士的小

子儿看起来就像个傻瓜。如果去买烟，你会问："多少钱?"售货员小姐会说："3便士。"一眨眼的工夫你就会感到口袋里底儿朝天了，包括那个小东西。卖货的小姐鼻子会哼哼着，飞快地扫一眼你那张幸存的乔伊，那眼神里好像要看看它是不是还粘着去年圣诞的布丁。最终你只能两手空空地走出商店，以后都甭想再去这家店了。不!戈登对自个儿说:我不能花这个乔伊，要是花掉它就剩两个半便士了，那就要用两个半便士挺到星期五。①

　　第二，金钱语码造成考姆斯托克家族瓦解。文本中的第三章作为回忆文本，追溯了戈登的考姆斯托克家族衰落前是如何凭借历史机遇而暴富的。然而，祖父辈的家业只传到了戈登的父辈手中就迅速萎缩了，亲情淡漠、家教粗鄙、择业失误、婚姻不幸，现实生活中的各种波折导致这个家族的繁荣不过是昙花一现。更重要的是，这些"家族病"不仅没有在戈登这一代得到疗治，反而给他增添了更多的艰辛——他不仅自己要找个"有前途的好工作"以便能发家致富，还必须振兴家族，恢复祖上的荣光。然而，金钱欲望不仅瓦解了考姆斯托克家族，还影响到戈登的个人前途，他时刻处在家族衰落瓦解的阴影下，上一代家族成员的种种不幸成为他自身生活的预演，他的未来在对家族复兴的幻想中走向衰亡。对金钱的渴望既是家族兴旺的原因，也是它迅速走向没落的根源，作为英国维多利亚时代一个没有悠久历史的家族，考姆斯托克家的崛起带有偶然性，老考姆斯托克是随着帝国殖民扩张而发家致富的，他靠从下层百姓和外国人那里赚取的"第一桶金"，完成了资本的原始积累，但是对利益的无限追逐，造成人自身成为经济利益的动物，"资产阶级撕下了罩在家庭关系上的温情脉脉的面纱，把这种关系变成了纯粹的金钱关系"②。考姆斯托克家族对财富掠夺使其自身遭受了报应——人间最美好的亲情变质了，两代家族成员之间竟然相互敌视，戈登的祖父严格控制戈登父辈人的思

---

① George Orwell, *Keep the Aspidistra Flying*, London：Penguin Groups, 2000, pp. 1 - 2.
② 《马克思恩格斯选集》第1卷，人民出版社1972年版，第253页。

想意识，毁掉了他们的前途，而父辈这一代则败掉了祖辈靠巧取豪夺积累的财富，最后，家财散尽使一大家人的处境还不如祖辈创业前的境况。因此，金钱如同幽灵般缠绕着戈登的家族，即使曾经拥有的短暂富足也只不过是更加贫困的前奏，金钱并不能给人带来安全感，反而造成了亲人间的背弃。

第三，金钱语码影响家国兴衰。戈登及其家族遭受贫困的"缘由不是因为缺钱，而是根本就没钱，他们生活在一个金钱世界——有钱就是高尚，没钱就是罪恶。他们不是贫穷，而是被贫穷牢牢束缚；他们接受皈依于金钱至上的法典，但依据法典他们是一群失败者"。①从戈登的家族兴衰史中进一步看，考姆斯托克家族成员在金钱至上的社会法典中，觅得的发展机遇和遭受的身心重创，与英帝国在维多利亚时代的崛起扩张和走向没落是一致的，其根本动因都是对经济利益的无节制追求，金钱把戈登、家族、国家三者联系在一起，凸显了个人发展和家国兴衰的同源性和同质性，——摆脱金钱匮乏的动机演变成对金钱无限制地攫取，再因对金钱的贪婪被金钱摧毁，回到最开始的金钱匮乏状态，这不仅是个人或一个家族的悲剧，也暗示出国家在发展中无法抗衡的轮回宿命。金钱语码成为社会上唯一的法典，折射出 19 世纪末 20 世纪初以来英国社会信仰与现实的失衡。正如古希腊悲剧家索福克勒斯在《安提戈涅》中诅咒道："人间再没有像金钱这样坏的东西到处流通，这东西可以使城邦毁灭，使人们被赶出家乡，把善良人教坏，使他们走上邪路，做出可耻的事，甚至叫人为非作歹，犯下种种罪行。"②

金钱语码激起戈登的反抗。反抗的主要目标是摆脱金钱的控制，反抗方式局限于依靠自身的努力，其实质是为其个体的自由快活，是从自身出发又归于自身的自利行为，并毫不顾及由此带来的后果和影响，不同于堂吉诃德式的天真忘我与一往无前，戈登的行为显露出非常显著的自私任性的倾向，正如罗伯特·李指出的那样，《让叶兰飘

① George Orwell, *Keep the Aspidistra Flying*, London：Penguin Groups, 2000, p. 47.
② 罗念生：《论古希腊戏剧》，中国戏剧出版社 1985 年版，第 56 页。

摆》将青少年的叛逆和对成人世界规训的遵守联系在一起，是"关于一个男人受到教育的故事"，也是一个"学徒故事"，戈登"还是个孩子"，[1] 尚未走出少年时代叛逆的观念，根本不像个成人。在戈登意识中，与金钱之间的战争就是"对有教养却没有进取心的穷亲戚和他个人的低下地位的反抗"[2]。因此，抵抗金钱语码的控制关乎他自己的未来，而亲人、爱人、友人的感受并不在他的考虑范围内，母亲和姐姐为能让他接受更多的教育所付出的牺牲、莱沃斯顿和罗斯玛丽对他放弃工作的规劝都成了对他"伟大事业"的阻碍，戈登满足于将自己封闭在与金钱造物主战斗的快感中。金钱给戈登带来的痛苦，相当一部分来自他自身对金钱的狭隘认知："生活只有两条路，你可以富有；你也可以有意地拒绝富有。你可以占有金钱；你也可以蔑视金钱。但对一个人最致命的是他对金钱顶礼膜拜却挣钱乏术。戈登认为自己无法挣大钱，他身上没有可以用来挣大钱的才能。"[3]

戈登的这种观念意味着，由于不具备挣大钱的才能，那么只能用对抗金钱的行动来掩盖自己在金钱面前的无能。具体来说，他以拒绝金钱的姿态来防止被金钱"套牢"，在对金钱的抗拒和批判中获得自身存在的尊严、价值与合法性。然后进一步将金钱语码简单草率地颠覆为没钱就是高尚的、没钱就标志着精神的胜利，却毫不顾忌精神的胜利不是建立在金钱或没有金钱的基础上，而是看清金钱的本质属性，掌控金钱的社会功能，在物质与精神之间求得平衡。然而，"戈登最大的失误就是用一个他营造的借口——金钱——来作为反叛的目标，然后用其巨大的破坏力来找出自己的选项，他得以逃避责任但最后他遇到无法回避的为人父的问题，最终逃无可逃"。[4] 他那简单的

---

① Robert A. Lee, *Orwell's Fiction*, London：University of Notre Dame Press, 1969, pp. 52 - 60.

② Nicholas Guild, "In Dubious Battle：George Orwell and the Victory of the Money-God. George Orwell", in Harold Bloom, ed. *Bloom's Modern Critical Views*, New York：Chelsea House, 1986, p. 78.

③ George Orwell, *Keep the Aspidistra Flying*, London：Penguin Groups, 2000, p. 47.

④ Michael Carter, *George Orwell and the Problem of Authentic Existence*, Totowa：Barnes & noble, 1985, p. 138.

人生逻辑表面上是对"金钱万能"的抵制，实质上却显示出对金钱的主动迎合。戈登从"金钱万能论"的极端滑向"没钱万能论"的另一极端，本质上，"金钱万能论"和"没钱万能论"都是极端的表现，以为将受金钱造物主宰制转换成只要没钱就清清白白，并可以一劳永逸地解决精神世界与现实生活的矛盾。这正是金钱决定论的翻版，他对没有金钱的迷信，并将其确立为唯一的信念而顶礼膜拜，从这个意义上讲，一味地追名逐利和单纯地抗拒金钱是一致的。无论金钱的符号意义如何丰富多样，它背后隐藏的都是人的欲望，体现的是"匮乏"，即不满足已经拥有的东西或对未能拥有东西的期盼。因此，"金钱万能论"和"没钱万能论"所显现的都是人自身的欲望或人的匮乏心态，人的主体性正是根据匮乏建立起来的，那么戈登的自我意识也没办法摆脱对匮乏的畏惧，诚如哲学家雅斯贝尔斯所言：人类"在生活秩序的合理化和普遍化过程中取得惊人成功的同时，产生了一种关于迫近的毁灭的意识，这种意识也就是一种畏惧，即担心一切使生活具有价值的事物正在走向末日"[1]。所以，戈登不能在自己的匮乏中反抗自己的匮乏，不能在欲望中祛除欲望，这就意味着他无力在金钱世界中摆脱金钱的控制，他用一种"改写过"的金钱语码去反抗金钱语码本身是不可能成功的。

第二节　金钱语码下的迷茫反抗

由于戈登对金钱语码的肤浅认识，导致他反抗的迷茫。小说开始的场景是戈登所供职的麦肯尼书店，作为书店卖书的店员，戈登经常孤独地面对7000多本书郁郁寡欢。以戈登的教育背景和创作经历，书店应该使他如鱼得水，丰富的藏书完全能为他的诗歌创作和自由精神提供滋养，但书店却成为幽闭他心灵的空间。奥威尔在散文《书店回忆》中从买书者穷酸吝啬、书店经营与书籍销售无关的副业、大众品位低下和贩卖书籍的行为抵消了爱书的热情四个方面，准确地描述

① 雅斯贝尔斯：《时代精神的状况》，王德峰译，译文出版社1997年版，第53页。

了一个售书员讨厌书店的缘由。相较之下，《让叶兰飘摆》进一步凸显了这四个方面给人情感和意识层面造成的影响，并将书店空间的内部元素对戈登恶劣心绪的形成作为主要表现内容。小说中，相比于自己那仅仅卖出去153册的简陋诗集，戈登对书店里的畅销书既嫉妒又自卑，而这种不宁心绪反过来更映照出他自身文学创作的荒芜与困境，并进一步产生了焦躁和畏难情绪，使诗歌创作难以为继，如此恶性循环，造成沉重的心理负担和精神压力。正是书店里的书籍，尤其是畅销书对戈登形成生理、心理和社会的多层压力，使书店空间成为吞噬他意志力的空间。正如有学者指出的那样："空间从来不是一个与社会无关的自然事实，相反，它是社会和实践的产物，是历史的产物。"[1] 更进一步来看，空间是文化意识的产物，书店给戈登的压迫感就是社会对人影响的具体化。这就是说，作为非个体意义上的社会文化体系仍然发挥作用，戈登所处的书店，并没有由于墙壁与橱窗就与社会隔离，书店的封闭性指向其中的个人而非书店本身，社会带来的影响因素全部都在场，而个人意识却只能被动接受社会意识影响，社会文化体系禁止个体意识到的思想内容都被书店"屏蔽"，却又将鲜活的现实生活、作家群、文化氛围、富有活力的创作思想都驱逐隔绝开，将他彻底地孤立。在此过程中，个人的情感也发生变化，戈登对书籍的态度是排斥和憎恨，表现出一种孩子般的任性和焦躁，并把自己受苦的根源简化为没有钱。

戈登当初以为辞掉广告公司的工作逃入书店，就脱离了金钱造物主的宰制，现在看来只能是一种幻想，更重要的是，他在这样的环境中敏感的意识逐渐麻木，创作的激情也日渐消冷。在书店里，并不只是书籍给戈登带来压力和苦恼，书店承载书籍的书架也不断消解他的自由意志，在潜移默化中使人认同它所展现的等级结构。具体来说，书店的书架有高低上下之分的隔层，这种隔层的设计不完全是为了购书者方便，实际上书架是以书籍的畅销和滞销作为区分书籍的首要标准，而书籍的年代标界或学科划分都不过是辅助手段，这就表现出有

---

[1]　汪民安：《身体，空间与后现代性》，江苏人民出版社2006年版，第111页。

差别的等级结构。书架及其所摆放的房间体现出等级结构的差别特征——办公室，堆放大量蒙灰附尘的陈年老册或完全卖不动的书籍；"两便士书屋"，即简陋的有偿借阅室，供借阅的书籍只有小说，800多本小说按照字母顺序排列，相对办公室的陈年老册们，它们被书架安排得稍显整齐；前堂，每个书架都精心布置，在大街上的人们透过橱窗可以浏览到店内架上的书籍，左侧书架们展演的是新出版的书籍，引人注目，右侧书架上则矗立着流行的诗集、散文集、小说，最吸引人眼球的是前堂中央的儿童书柜，里面的童书鲜活欲滴，"像是可爱的小精灵在林间草地蹦蹦跳跳地穿梭"①。从办公室、"两便士书屋"到书店前堂，以戈登落脚点看，可以说他走完了从"书籍居民"贫民区、中产者下层聚居区到中产者高尚街区的行程，这也预示了他日后的都市游走路线。

可见，书店的"居民"书籍有自己的阶层制度，书籍已经被书架按照商业社会的等级观念划分了各自的"居住地"，每个房间和书架隔层都限定了书籍的"身份构成"，办公室内的书籍已经永无出头之日，而"两便士书屋"里背部已经成弧形的书架上，所有小说也只能在付得起两便士的人手中流转。前堂书籍占据着最好的位置，风光无限，但他们也有人老珠黄、明日黄花的那一天，而办公室或"两便士书屋"可能就是他们的归宿。这是商业社会惯例：用进废退，盈利为先，戈登对此挖苦道：

　　这么多的书在褪色中无人问津，毕竟大家都终有一死，人生终有尽。你我他，所有人，包括派头十足的剑桥小子们，都注定要被人遗忘，尽管那些剑桥的年青一辈能被记住的时间要长些。他看着底层书架上过时的"名著"，作者早已作古，通通死光了，无论是卡莱里还是罗斯金，梅瑞迪斯还是史蒂文森，骨头都烂了。戈登扫了一眼那些发黄褪色的标题，其中一本书上是《罗伯特·路易斯·史蒂文森书信选》，哈！还不是一样？黑色封面上

---

① George Orwell, *Keep the Aspidistra Flying*, London: Penguin Groups, 2000, p. 3.

蒙上一层灰尘，真是生于尘世，归于尘埃。①

戈登不是钻研生与死的哲学家，他只是以"终有一死"宽慰郁郁不得志的内心，并对书籍本身被区分、遭淘汰和没有自主命运的状态抱以恶意的满足。这种心态当然等同于吃不着葡萄说葡萄酸，更严重的是戈登忘记了自身就是陈年老册中的"一员"，对书籍的嘲弄遮蔽了他创作上的无能，显现了自我身份的迷失。

在书籍与书架形成的等级结构影响下，戈登以消费能力对购书者进行区分，易言之，在戈登眼中，一个人拥有的金钱数量，决定了其所要进入的房间和所要面对的书架。文本中，一下午的时间共有12个人光顾，涉及了较广泛的社会阶层。卖旧书的乞丐夫妇，不仅无法拥有书店的书籍，反而以卖旧书给书店的方式讨生活；只能看"够精彩、够刺激"的性爱小说的打工妹；工薪阶层办事员、戴眼镜的女权主义者和矫揉造作的中年妇女装模作样地挑拣书籍，遮掩自己对文学的无知；有闲有钱阶层的小青年和少妇们翻弄前堂的光鲜书籍。戈登根据等级不同区别对待，应付自如。他心里忌妒富人，有时鄙夷有时又怜悯贫弱者，暗暗嘲讽工薪族的阅读品位。书店不仅表现出等级意识对光顾者的普适性，而且它将对戈登的控制，转化为戈登对购书者的控制，戈登在这种"游刃有余"的操作中自以为控制着局面，保有了自己的尊严，实际上，他没有意识到自己也只是棋局中一个微不足道的棋子。

书籍、书架和购书者，是这个封闭空间的重要组成部分，戈登构建自我的重要元素，他没有认同书店的文化品质，却遵循了书店的经营逻辑，这本身是服从金钱语码的表现。书店里的书籍不再具有独立自主的力量，而是展示由差异催生出的权力结构，书架和房间区分了书籍和购书者的等级，书店本身成为生产欲望的机器，"现代人意愿的空虚性将自身表现为在下述症候中：战争与和平融合成了一种经常性的骚动状态、真正的间距与亲和性退化成了一种平庸的可获得性、

---

① George Orwell, *Keep the Aspidistra Flying*, London：Penguin Groups, 2000, pp. 8 – 9.

艺术作品和书籍的出版发行堕落成了流行商品的市场运作。"① 表面上，戈登对书店展现出以金钱为基础的等级结构表示厌恶，实际上这种等级结构的差别意识已渗入他的意识中，"个人只有在将自己从社会施加给他的那些角色中解脱出来以后，他才能发现他真实的同一性——这些社会角色仅仅是些面具，徒使他陷入幻觉、异化和不良信念"。② 戈登自以为他的自我意识独立于书店和书店的光顾者而存在，但书店已经把戈登塑造成一个无法摆脱金钱焦虑的小职员。

如果书店是封闭的实体空间，那么广告就是商业社会利用媒体虚拟成的文化空间。广义的广告指为了具体的需要，通过某种形式的媒体，广泛公开地向公众传递信息的宣传手段，因此，广告不仅指广告成果，也包括对广告的制作过程和社会效应。在文本中，戈登经人介绍，辗转进入"新英吉利"广告公司，当了一名广告文案编写员，这可以说是他真正进入广告空间的开始。在"新英吉利"广告公司戈登见识了商业广告的运作模式，简单说来就是无论产品质量高低，只要经过公司大张旗鼓的宣传，立即身价倍增、效力无穷，广告公司为盈利而生的特性显露无遗。戈登的文学创作才能在"新英吉利"公司的广告文案工作中得到了充分发挥，受到老板的赏识。因此，广告成为戈登安身立命的工作和经济来源，也是包围他的一种大众文化意识结构。

从广告作为一种大众文化意识结构的层面看，现代意义上的广告由"表象—内核"双层结构组成，这种表象是围绕产品产生的图案、色彩、形象、数字、解说词等元素，利用媒体的力量，通过对人感官的冲击使之形成一种清晰固定的情感认同模式，但戈登将广告的表象和广告周围环境的差距联系在一起，十分容易地就暴露出广告营造的完美、温馨和时尚情境不过是表里不一的繁荣假象：

---

① 大卫·库珀：《纯粹现代性批判》，周宪、许钧译，商务印书馆 2006 年版，第 190 页。

② Perter Berger, Brigitte Berger, Hansfried Kellner, *The Homeless Mind*, New York: Vintage Books, 1974, p. 91.

　　他们向南走，走到一个灰暗寒酸的街区，这里店铺稀疏，多数关门歇业，在一间屋子的围墙上立着广告牌，宝威广告的主角老罗呆呆地傻笑着，灯光映照着他那张惨白的脸。戈登扫了一眼街边房屋窗台上摆放的叶兰，这就是伦敦！到处都是寒酸孤立的房屋，一个单元一个单元，那不是家，那不是社区，那是芸芸众生蝇营狗苟的墓穴！……戈登抓着莱沃斯顿的胳膊，指着宝威广告牌说：

　　"看那个傻东西！看着它，就是看一眼也能让你作呕的。"①

　　人们对广告中"令人作呕"的人造假象可以在与现实生活的差异中得以直观，但广告的内核却必须深入到符号学与社会学的层面才能发现，要言之，现代广告背后是经济资本、文化资本和社会资本的三位一体，广告首要认同的是利益最大化，而不是商品本身的质量和安全，因此它必须虚构并促使人坚信一个关于商品的神话——忽略一切，用我最优，世俗名利，唯我独尊，这就是用男性的优越感、对幸福的商品化和生命的享乐过程激发人的消费欲望，而人的消费欲望满足的正是广告的盈利欲望。所以，从这个层面讲，广告虽然以创意、活力、奇思妙想自居，但其代表的不过是社会主流意识形态所认可的一切观念，及在此之上的"对习俗的强化，对风格的肯定"②。因而广告毫无创新可言，为达到经济目的，它以新鲜辞藻和欲望形象进行纯形式的更替，其背后是金钱语码的操纵。金钱语码让广告为事物重新命名，体现的是权力运作机制，正如布尔迪厄所言："命名一个事物，也就意味着赋予了这一事物存在的权力，这是最典型的证实行为之一"，"命名，尤其是命名那些无法命名之物的权力，是一种不可小看的权力"③。在此情况下，个人必须服从这种强大的权力，共同把广告宣传对象的"最深层的欲望通过

　　① George Orwell, *Keep the Aspidistra Flying*, London：Penguin Groups, 2000, p. 93.

　　② E. Goffman, *Gender Advertisements*, London：Macmillan, 1979, p. 84.

　　③ 布尔迪厄：《文化资本与社会炼金术》，包亚明译，上海人民出版社1997年版，第138页。

形象引入到消费中去"①。因此，从事广告业的戈登要把个人意识与作为广告内核的金钱语码保持一致，将自己诗歌创作的欲望作为广告的盈利欲望获得满足的工具，将自己的诗歌创作模式改造成营销宣传创作模式，而他的生活和情感也必须凝固在广告所营造的虚假神话中，僵化麻木，直到完全把虚假神话当成生活的真实内容和远大理想，而诗歌创作所必需的心灵自由遭到瓦解，利润最大化代替了艺术，现代社会中"广告成了唯一的艺术品"②。

对于广告工作本身来说，戈登将其视作诗歌创作的对立面。从写作状态、过程和结果这几个方面看，戈登创作广告可谓得心应手、灵感迭出，而他写诗歌却乏善可陈、进度极为缓慢，一首长诗《伦敦欢愉》写了两年仍然只是两千多行的残句散篇，毫无体系可言：

> 几乎是刚开始，《伦敦欢愉》的创作方向就不对，对于戈登来说它太庞大了，除了一些散漫的段落和片段，毫无进展，两年的工作成果就是些片段，连把它们串在一起也不可能，几个月里，他就是在纸上一遍又一遍地重写一些零星的片段。现在，真正可称得上完成的部分也就不到五百行，并且戈登也已经丧失了再接再厉的勇气，他只能对写好的部分修修补补，在迷惘中四处碰壁。③

戈登三次进入广告公司（进入"红丹"公司一次，进入"新英吉利"公司两次），虽然表面上是因为贫穷艰辛已到绝境所致，其实是他意识中对金钱语码控制的认可。这表现出戈登内心的空虚和犹疑：是用诗歌表明自身的独特价值，还是服从广告对自身的塑形？是活在自己的梦想里，还是活在人为制造的神话中？无论是辞掉工作专

---

① 弗雷德里克·詹姆逊：《后现代主义与文化理论》，唐小兵译，陕西师范大学出版社1986年版，第204页。

② 霍克海姆、阿尔多诺：《启蒙辩证法：哲学片断》，洪佩郁、蔺月峰译，重庆出版社1990年版，第4页。

③ George Orwell, *Keep the Aspidistra Flying*, London：Penguin Groups, 2000, p. 33.

注于诗歌创作，还是边工作边写诗，都无法摆脱广告的渗透，戈登的打油诗表现了他内心对所谓的"有前途的工作"的态度：

> 蛮风凄厉平地扫，弯倒斜杨枝叶少。卤烟直下作墨带，风打条幅如袖飘。车响马嘶声似枭，车站白领人如潮。两股战战心火燎：冬已到！冬已到！神不佑我位难保。五脏六腑早洞穿，希冀绝尽赛冰矛。租金账单与季票，保险燃煤雇女佣，衣帽学费大开销，外加分期把款交，一对宝贝小床摇。曾经夏日偷欢愉，峰峦洞穴探云雨。一朝悔恨寒风聚，跪拜正神听真语。众神之神叫金钱，束我手脚与心田，刚赐茅屋好过年，复夺一切倏忽间。思想美梦与私瞒，牢牢监控缝隙严，有言无语衣褛褴，生活已成泥沼潭。怒火熄灭希望绝，嬉闹一生度年月，金钱至上信仰摧，惨遭辱没作笑颜。诗人深思受禁监，猛士乏力军心乱。爱侣分飞沟如堑，两心唯有忆阑珊。①

作为一个家族衰败的穷青年，书店和广告触动了戈登因家贫受人冷落的回忆和难以排解的压抑，进而使他表现出极为情绪化的批判意识，将书籍、书架、广告作为批判对象，不时目空一切地大加挞伐，正如伯克所言，《让叶兰飘摆》"最大的特点就是戈登的愤世嫉俗"，②然而这只是戈登以虚假的优越感来掩饰自己创作能力的不足和清贫寒酸的生活，更显现了他的失落和空虚，不得不逃向友人莱沃斯顿和女友罗斯玛丽，希望得到他人在观念和情感层面的认同。

莱沃斯顿（Ravelston）是戈登的挚友，作为有社会主义倾向的杂志主编，富有的莱沃斯顿一直资助贫穷的作家们，他因此成为那些穷困潦倒诗人们的庇护者，戈登在窘迫至极时总能得到莱沃斯顿主动及时的援助。不少研究者就指出，莱沃斯顿的生活原型是奥威尔的好友、《阿黛菲》编辑里斯爵士，他不仅帮助奥威尔发表诗歌和散文，

---

① George Orwell, *Keep the Aspidistra Flying*, London：Penguin Groups, 2000, p. 166.

② Gordon Bowker, *Geroge Orwel*, London：Abacus, 2003, p. 169.

还数次周济奥威尔渡过经济难关。小说将虚构与现实交织在一起，引发一些学者认为，现实中奥威尔将风度翩翩和家财殷实的里斯爵士作为自己理想的化身，相应地，在文本中，戈登也想成为莱沃斯顿那样"财"貌双全的优雅绅士。但是，这种观点忽视了奥威尔的艺术加工，只能说戈登和莱沃斯顿身上有部分奥威尔和里斯的特点，而不能简单对应，在小说中突出的是戈登和莱沃斯顿的紧张关系，二人观念上的差异甚至使他们的友谊面临破裂的危险。

　　表面上，戈登与莱沃斯顿的深入交往受到双方经济收入差距的阻碍，当两人的交往不涉及金钱话题时往往能良好进行，可一旦深入到社会主义的经济政策、对无产阶级贫困的正确认识、文学创作与经济条件的相互关系、个人感情与家庭生活的经济保障等方面时，金钱语码又发挥了控制力，凸显出戈登的经济困境，戈登对自己与富有的莱沃斯顿之间存在的经济差距耿耿于怀，在心理上不自觉地疏远了莱沃斯顿；而莱沃斯顿也常为无意中谈到金钱问题伤及戈登而尴尬不已，这让两人的友谊面临难以为继的困局，原本友好的交流在戈登缺钱的意识中不断转变为心中的芥蒂，尤其在戈登出狱后，因丢掉了工作而寄居在莱沃斯顿家时表现得更为明显。因此，在逃离金钱语码控制、追寻理想生活的过程中，戈登对莱沃斯顿若即若离。

　　戈登和莱沃斯顿的关系隐藏着两人在信仰问题上的分歧。他们争论的核心是关于社会主义作为一种革命思想到底在多大程度上具有改变社会的可能。在莱沃斯顿看来，社会主义是一种改造资本主义社会的可行方案，社会主义制度必将在英国实现并发挥改善民生、缩小贫富差距和复兴英国的巨大作用。20 世纪 30 年代的英国，由于内外双重因素的作用，像莱沃斯顿这样的英国中上层中产阶级知识分子对社会主义理论的信仰十分普遍，但是他们缺少实际有效的变革方案，以为社会主义可以在对资本主义的改良中自行到来，因而，他们的社会主义理论带有空想的成分，并不是一种科学的社会主义，更缺少革命的果敢和勇气。然而，这并不是说戈登在对社会主义问题上就比莱沃斯顿们高明，事实上，他的社会主义观念与其说是一种信仰，不如说是对自身生活焦虑的发泄，他将服从社会主义制度统治、为天主教会工作、自杀，并列为自己的未来归宿（后两者正是《牧师的女儿》和《缅甸岁月》主人公的结局），这是戈登对人生极度悲观失望的心理表现。在 20 世纪这个被霍布斯鲍姆所言的"极端的年代"，戈登的选项其实是个体在特定的历史社会境遇中真实的心态，大多数普通人对极端、激进的社会大变革缺少预见和正确的把握。在信仰、文化、政治意识形态和民族的不断分化整合中，社会成员的个人意识处于彷徨和犹豫的状态，无法做出合乎自身发展实际的理性选择，社会人文环境的剧烈变化和国家整体实力的提升，并没有将人的问题抬高到首要位置，人要求发展自身的合理欲求受到社会文化体系的严重制约——物极必反，其后果是不少人主动放弃判断，对社会现实或人生未来持排斥、冷漠的态度，并退归到对纯功利主义的追求中去。因此人的金钱化首先显现为人的自私与算计，进而变成一种不正常的情感宣泄，从而对思想理论进行了曲解，这正如戈登就把社会主义社会直接等同于赫胥黎《美丽新世界》所描述的情景："就像书中说的那样，在模型工厂干四个小时活，给 6003 拧螺栓，然后在公共食堂领取定量餐，一天到晚坐班车在马克思旅馆和列宁旅馆往返。街上到处都是免费的堕胎诊所。一切都很美好，只是我们不想活在那样的世界。"①

　　因此，从戈登和莱沃斯顿的社会主义观念看，戈登的社会观总体上是情绪化的，莱沃斯顿则有一定的理性，但他们对社会主义的理解都不是严格意义上的革命斗争理论，至多是一种社会改良方案，涉及的问题集中在金钱领域和日常生活，可以说，无论是否支持社会主义，作为普通人，莱沃斯顿和戈登所理解的社会主义基于"基督教福音主义"，"福音主义"强调个体经验与意识觉醒的重要性，质疑现代社会的政治经济体制和科学技术解放人类的承诺，从情感和意志领域期待美好社会的到来。奥威尔自己在反思三十年代小说时直言："事实上，我还没有一个界定明确的政治观点。我支持社会主义，纯粹是因为厌恶贫苦产业工人遭受压迫和轻视的方式，而不是出自对计

---

①　George Orwell, *Keep the Aspidistra Flying*, London: Penguin Groups, 2000, p. 97.

划型社会理论上的仰慕。"① 因此，莱沃斯顿和戈登的社会主义既带有浓厚的宗教情怀，又具有相当多的感情色彩，缺少社会实践和理论支撑。弗雷德里克·卡尔批评这种社会主义："太过宽泛，似乎没有实现的可能，太富诗情画意，在工业化社会显得毫无意义。"② 无论是莱沃斯顿还是戈登，他们反映社会问题的出发点都是其个人的视角，在争论探讨超越困境的方案后，最后又回到其自身，即使有形形色色的社会现象反映在他们的意识中，也仅从与他们自身的相关度进行划分和理解，从中可见，莱沃斯顿和戈登都有改变自身和社会的要求，但莱沃斯顿不愿意为社会主义信仰牺牲自己的身份和利益，只是对贫困作家们施行一些力所能及的帮助，他面对社会贫穷现象时想到自身的富有，常会感到不安和自责，这种矛盾心态是他拥有良知的表现。相比之下，戈登完全没有莱沃斯顿的理智，也极少从他人的角度进行自省，他对自身贫困的过度自怜遮蔽了对公共事务和公共利益的关注，剩下的只是他用"独语"的方式对内心欲望的诉说：

> 你根本不知道一周 2 英镑混日子意味着什么。这不是生活艰辛的问题，这也不是面对贫困仍保持体面的问题，这意味着穷得叮当响，偷偷摸摸过活，穷困潦倒。一个人一周孤苦伶仃，没钱没朋友，自以为是个作家，却作品稀少，因为我就是个弃儿。我面前的世界就是个腐烂的旧社会，让人困顿不得志的臭水沟!③

特里·伊格尔顿指责奥威尔把戈登塑造成一个不成熟、任性的形象，同时又把贫困刻画得极其逼真，在这种矛盾中，戈登把社会主义和资本主义都当成现代社会的灾难，这是拒绝进行集体性政治行动的

---

① Sonia Orwell & Ian Angus eds. , *The Collected Essays*, *Journalism and Letters of George Orwell*, London: Secker & Warburg, 1968, p. 267.

② Frederick R. Karl, *A Reader's Guide to the Contemporary English Novel*, New York: Farrar, Straus & Giroux, 2005, p. 164.

③ George Orwell, *Keep the Aspidistra Flying*, London: Penguin Groups, 2000, p. 100.

表现。① 而雷蒙德·威廉斯更是认为，奥威尔根本没有理解社会主义理论，因而他的人物不承认自身的失败，也就无法与社会融合，奥威尔没有这种描述微观社会存在的能力。② 在金钱语码的掌控中，戈登面对莱沃斯顿时关心的只是他自己的被认同感和自尊心，这暴露了他的自私和幼稚，这种情况也发生在他和罗斯玛丽的恋爱中。

罗斯玛丽（Rosemary）一直挚爱着任性的戈登，不少研究者指出这种爱是奥威尔不符合生活常识的主观臆造，"小说中不真实的情节是罗斯玛丽被戈登伤害也不离不弃，在戈登最低谷时仍然和他做爱……罗斯玛丽因而怀孕是更富戏剧性的情节，并将戈登拉回中产阶级生活方式"。③ 但这种观点也不尽然，罗斯玛丽之所以对戈登不离不弃，关键因素不仅是不嫌弃戈登贫穷，还因为戈登与她在精神上有互补性，作为"新英吉利"广告公司的设计师，罗斯玛丽需要创新能力，而戈登表现出的诗人气质正是她所仰慕的，而戈登也需要乐观活泼的罗斯玛丽的安慰与爱护，所以戈登和罗斯玛丽的感情是相互吸引的结果，有着相当稳固的精神基础。此外，从罗斯玛丽的家族渊源看，他们有着相近的身份地位和在大家族中相似的成长经历，因而具有相同的生活基础和情感体验。然而，这不等于说戈登和罗斯玛丽的爱情一帆风顺，缺钱的苦恼使两人的爱情出现危机，正如同戈登意识到的那样，一旦想到自己经济上的贫困，恋爱的甜蜜就会受到干扰、消退殆尽：

> 戈登……心里想的全是别的事。在路灯昏暗的光影里，罗斯玛丽那娇小瘦弱的身躯陪伴着自己，他感到自己低俗、寒酸、肮脏，他真希望尽早刮了胡须。戈登悄悄把手伸进口袋摸索里面的余钱，担心遗落了铜板——这种恐慌如影随形。他摸到了弗洛林银币的镶边……加上它总共还有 16 便士。戈登知道，这点儿钱

---

① Terry Eagleton，"Orwell and the Lower-Middle-Classnovel" in Exiles and Emigres：Studies in Modern Literature，London：Chatto & windas，1970，pp. 76 – 108.

② Raymond Williams，Orwell，Glasgow：Fontana/Collins，1971，pp. 46 – 49.

③ Michael Levenson，"The Fictional Realist：Novels of the 1930s"，in John Rodden，ed. The Cambridge Companion to George Orwell，New York：Cambridge University Press，2007，p. 87.

根本不够和罗斯玛丽吃晚餐。两个人如往常一样在街上一言不发地逛来逛去,最多只能去"莱昂斯"喝杯咖啡。糟透了!弄不到钱的生活怎么能有乐趣?[①]

由此可见,戈登对自己的爱人的理解也是从金钱的角度出发,应该注意到,作为与戈登最亲密的两个人物,莱沃斯顿(Ravelston)和罗斯玛丽(Rosemary)的名字中都有"R",这两个"R字人物"叠加在一起,是象征财富的"Rich"(莱沃斯顿)和象征玫瑰般浪漫情感的"Rose"(罗斯玛丽)的合体,即戈登期望获得物质上的丰富与情感上的满足,成为一个在名利和心灵上得到双重圆满的成功者,这是他人生理想的具体化,也是他构建自我的形象化,凸显出某种平庸、世俗式的完美主义倾向,这就是戈登在金钱语码下最高的人生理想。然而,从姓名的象征内涵看,戈登构想以财富"Rich"解决自己家族的困境,以浪漫情感"Rose"消解当下生活的心酸,而这两个符号分属两个与自己关系密切的男女,似乎暗示着它们既有合二为一的机遇,又有分裂对立的矛盾:戈登物质生活的匮乏使财富"Rich"不能实现,也使浪漫情感"Rose"无从培育。戈登在向罗斯玛丽索取情感慰藉的过程中,只是把她作为达到浪漫情感和精神解脱的手段,尽管浪漫之情是对工具理性和庸常社会的反拨,但却是建立在共享的基础上的,戈登把浪漫情感作为一种独占的专属物,割裂了承载和体现它的罗斯玛丽,具体表现在:

第一,戈登仅仅把罗斯玛丽作为一个外在于自己世界的"附属品"。尽管戈登在孤独中是思念罗斯玛丽的,然而这种思念混合着男性的性欲、男孩子的任性和不成熟的破坏欲,当与罗斯玛丽不期而遇,戈登的思念马上转化为对金钱的蔑视和对清贫生活的自怜,这与他对待莱沃斯顿的态度一样。相对于莱沃斯顿的规劝,罗斯玛丽是以对未来生活的执着信念和乐观精神包容戈登。不同的生活态度和情感需求使他们常会争吵,两人吵后又和好如初,和好后又争吵,他们的

---

① George Orwell, *Keep the Aspidistra Flying*, London: Penguin Groups, 2000, p. 124.

交流演变成一场"甜蜜的战争"（The Merry War），① 揭示了戈登和罗斯玛丽的关系中既有相互吸引，也存在不和谐因素。在戈登看来，爱情不能解决他缺衣少食、作家梦碎和致富无望的身心困境，而罗斯玛丽本人也不可能有效帮助他实现人生理想，她只能包容戈登的职业选择，却没有真正理解戈登选择的目的和心态，所以她是一个在戈登的内心世界之外的"附属品"，戈登不能将她"收编"进自己的意识中共同对抗金钱造物主，因而他们的思想交流常常沦为肉欲亢进的前奏，他感受到的是罗斯玛丽的步履、气息、衣着，以及娇小玲珑的身体，而非她的心情、意识、乐观豁达和独立人格，除了依靠男性身体优势就可以获得女性胴体，罗斯玛丽其他的一切需求，都因金钱不足而难以"支付"，因此无法进入戈登的精神世界。因此，为满足性欲成了戈登决定与罗斯玛丽郊游的动因，但这场原本计划周密的行程，却因为两人在中途吃了一顿使戈登几乎花光积蓄的午饭而急转直下，又由于罗斯玛丽因为戈登没有准备避孕套而拒绝他进入自己的身体，弄得两人不欢而散。这就使这次浪漫的郊游变成了又一个只要没钱就没有一切的证据，多萝西的哀怨没有进入戈登的视线，只有他那吊影自怜的狭隘意识不断沉渣泛起："对避孕的攻击，这是他对衰弱不堪的考姆斯托克家族控诉的核心特征，家族成员除了失败以外，他们根本不能延续家族生命。"② 当戈登更为潦倒不堪时，罗斯玛丽因爱怜而与他做爱并意外怀孕，戈登在惊恐之余终于做出复归"正常人"生活轨迹的决定，回到广告公司上班，娶罗斯玛丽为妻，做一个规规矩矩的小职员。这种消极悲观的转折显示出普通人对所谓"正常"生活的无奈，戈登娶未婚先孕的罗斯玛丽，混杂着复杂矛盾的情感，表面上，戈登的做法似乎是一种负责的行为，至少表现出对伴侣的忠诚，而没有始乱终弃，但这种"负责"却是因为未婚生子是不道德

---

① 出自莎士比亚的戏剧《无事生非》，指主要人物碧翠丝和本尼迪克特之间的争论与幸福交往，他们在观点交锋中产生对彼此的爱慕。《让叶兰飘摆》翻拍成电影即用《甜蜜的战争》为片名。

② Christopher Hollis, *A Study of George Orwell: The Man and His Works*, Chicago: Regnery, 1956, p. 74.

的，而不道德又与金钱语码一致，因此戈登决定放弃理想回归"正轨"，在进入广告公司工作和不负责任的男人之间，他选择了对他危害相对小的那一个，考虑的出发点还是他本人，与罗斯玛丽和即将出生的新生命无关。可见，在戈登的自我意识面前，罗斯玛丽只能是一个悬挂在外的"附属品"。

　　第二，戈登认为罗斯玛丽属于受金钱造物主控制的"平庸女人"。不仅是对于罗斯玛丽，对于其他女性，戈登都将她们作为金钱控制下的俗物，只是程度有别、与自己的亲疏远近不同而已。首先，书店里，头脑空空却故作高雅的威弗太太、两位只翻看宠物书籍的中产者少妇，戈登对她们表面恭敬，内心里却嗤之以鼻；其次，对于对自己横竖看不上眼的房东温必迟太太和莱沃斯顿的女友赫敏，戈登将她们当成自己的对立面；最后，对于罗斯玛丽和姐姐茱莉亚，因为她们规劝戈登结束毫无前途的诗人生涯，回到广告公司认真工作，戈登认为她们的智识也不过"和莱沃斯顿家打杂的老妈子一个档次"。对奥威尔的小说作品进行整体考量会发现，存在着一系列"中下层中产者女性形象"：《缅甸岁月》里的莱克斯蒂恩太太、伊丽莎白，《牧师的女儿》里的克里维，《上来透口气》中的希尔达（主人公保灵之妻），《动物庄园》中的母马莫丽，《一九八四》中的凯瑟琳（主人公温斯顿·史密斯之妻），她们和《让叶兰飘摆》中的这些女性极为相似——受过一定教育，但普遍缺乏认知社会的能力，对于各种社会诱惑和意识形态没有判断力和意志力，渴求金钱和权力，并对社会规训表示认同且引以为豪。简言之，奥威尔的中下层中产者女性象征着愚昧无知、缺少个性与活力、拥有强烈的占有欲。对此，不少女性主义者批评奥威尔小说中的男性中心论，比较有代表性的是达芙妮·帕塔对《让叶兰飘摆》的评价："戈登有典型的男性中心论观点"，而此书的结尾"就是对福斯特说过的那种洞房花烛夜的白痴结尾的简单改造"[1]。因此，包括罗斯玛丽在内，这个"中下层中产者女性形象系

----

① Daphne Patai, *The Orwell Mystique: A Study in Male Ideology*, Amherst: Massachusetts, University of Massachusetts Press, 1984, pp. 115 – 116.

列"是奥威尔对权力话语规范下女性生存状态的刻画，意在表现丧失了独立经济能力的女性所承受的严重压迫，正是由于家庭女性自己没有收入，那么丈夫的经济实力、家庭的硬件基础、未来的物质保障、儿女的教育培养，就成为女性的关注重心：

> 女人就是把社会主义或其他什么主义当成废话的玩意儿。女人最想要的就是钱，买自己的房子，生几个孩子，再来一套德尔格家具，再种盆叶兰。世界上要是有什么罪责的话，在她们看来那就是没有钱。女人衡量男人的唯一标准就是收入的高低。当然，她们总把自己置身于外。一个女人说一个男人是好男人——就是说，他能挣钱。你要是弄不来大钱，你就不是个好男人。你没面子、你罪不可赦、你连盆叶兰都对不住。[1]

但是，戈登对女性的厌恶是因为女性的柔弱和弱势地位凸显了他自己的无能和所受到的不公平待遇，他对女性的粗鲁态度实际上是想避免看到自己受苦的映像，结果却适得其反，因而戈登一次次侵凌罗斯玛丽，很少表现出男性应有的细腻和专一，甚至在酒后置罗斯玛丽于不顾去嫖妓，并挥霍掉原本还钱给姐姐茱莉亚的稿酬，最终自作自受、锒铛入狱。戈登的行为是荒唐任性，充满孩子气的，在他的意识中，他必须从罗斯玛丽身上得到性欲的满足，才能构建完整的自我，进而摆脱金钱语码的控制，由这种逻辑反退回去，那就是：对金钱语码的战争胜利→罗斯玛丽的理解与敞开其自身→戈登自身性欲的满足，结果将罗斯玛丽和金钱语码置于自己的对立面，也就是把她归入那些戈登所厌恶的中产者社群的"俗女人"中。

总之，书店和广告将戈登的苦难具体化和现场化，他逃向友人和爱人以寻求观念和情感上的认同，支撑自己对金钱语码的"战争"，但戈登却将他们工具化，进而使其失去了存在的意义，在迷茫的反抗中他只能在诗歌创作和广告编写两种状态中如叶兰般摇摆不定。

---

[1]　George Orwell, *Keep the Aspidistra Flying*, London：Penguin Groups, 2000, p. 103.

第三节　都市游走后与退归独守

由于无法面对莱沃斯顿和罗斯玛丽，戈登为了摆脱外在的规训力量，只能独自在都市中游走后退归到居室中独守。

戈登的都市游走，是对都市环境与自我意识关系的把握，"包含了对城市更深刻的理解。我们不能仅把它当作描述城市生活的资料而忽略它的启发性，城市不仅是故事发生的场地，对城市地理景观的描述同样表达了对社会和生活的认识"。① 然而，无论这种认识是什么，它都体现了现代社会带给人的诸多影响，个体必须面对更为混沌纷杂的情景，因此，把脆弱的自我意识暴露给这个开放的空间，以游走的方式来逃离金钱语码的控制，必然前途未卜。

在参加沙龙失败之后，戈登负气地在伦敦街头盲目游逛，时间从下午 3 点半一直到晚上 8 点半，基本路线是柯勒律治果园路—卡姆登和托特纳姆路—牛津街与柯芬园—斯特拉德—滑铁卢桥—朗伯斯区—特拉法尔加广场，最后折返回公寓居室，全程近 20 公里，穿行了伦敦市内许多街区，是一次较为经典的"伦敦夜行记"，伦敦的都市空间只是戈登所看到和行过的"都市元素"，具体包括街区、人行道、酒吧、地铁、市场、电影院、餐馆，以及充溢在这其中的人流。这些伦敦都市元素对戈登来说是一种生理与心理上的折磨：夜行 20 公里，对于一个心怀怨气又食不果腹的人来说并不是件易事，而更多的压力来自都市元素所蕴含的符号意义。在戈登看来，所有这些元素的核心所指，仍然是金钱语码主导下的交换原则及其对人的绝对控制，金钱语码藏在每一处街角窥视着主人公。在游走过程中，戈登经历的伦敦的高尚街区、中产者下层聚居区和贫民区，显示了经济差异加诸都市人的不平等，这和书店中的书籍、书架体现的等级隐喻相呼应，而且是更真切现实的地位差距，在这种情况下，高尚街区成为戈登内心理

---

① 迈克·克朗：《文化地理学》，杨淑华、宋慧敏译，南京大学出版社 2005 年版，第45 页。

想永无实现的象征，诗人梦、发家致富、复兴家族与高尚街区一样都不属于戈登；而贫民区则更像他的归宿，那些穷困潦倒的人可能就是明天的戈登："戈登走在威斯敏斯特堤，……尽管现在已经是十二月了，一些老流浪者们还蜷缩在长椅上，将报纸塞进衣裤中。戈登麻木地看看他们，这些人管流浪叫'四处漂'，可能有一天自己也会加入他们的行列，那样可能还不错呢。"① 由此可以说，空间不仅是物理实存或精神映象，它还体现社会关系，"它内含于财产关系（特别是土地的拥有）之中，也关联于形塑这块土地的生产力"，"空间的层级和社会阶级相互对应"②。空间显现的是关于权力操控的"地理学"。都市背后不公正的社会关系表现为都市人的地位不平等，以及由此而来的矛盾对立，人相对于伦敦来说一直是弱势的存在。如果在斯摩莱特的时代，像蓝登那样的青年还能侥幸获得"海外救赎"，即通过在殖民地的亲友的帮助摆脱困境，那么在奥威尔的时代，像戈登这样的青年已然没有"外援"可得，世界整合的大趋势——全球化的帷幕正在徐徐开启，社会矛盾不分国内国外，人除了逃亡别无他选，只能从一个地点逃向另一个地点，为逃而逃。

　　面对都市元素，戈登期盼获得进入某一空间的许可，但却一再受到缺钱的阻隔，只能继续游走。易言之，这种不断游走的模式就是戈登在都市游走中对抗金钱语码的方式，他表面上以逃离作为摆脱金钱关系的手段，保护了自己的尊严，但实际上，他只是逃离了受人奚落嘲笑的困局，而丝毫没有摆脱金钱语码的控制，"一路上又遇见不少女孩子，都对他爱理不理。孤身一人的女孩、与小伙子们在一块的女孩，和其他女孩在一起的女孩，她们用冷酷年轻的眼神扫视着戈登，然后目光一跃而起，全当他不存在。可戈登现在疲惫已极，恨意全无，他的肩膀塌下去，整个人没精打采的，再也没有力气保持身型的挺拔和不可一世的派头。他想找女孩子，可她们却远离他，你能怨人家吗？像自己这么落伍平庸的 30 岁老剩男，哪个女孩子愿意多看他

---

　　① George Orwell, *Keep the Aspidistra Flying*, London: Penguin Groups, 2000, pp. 76 – 77.
　　② 列斐伏尔：《空间：社会产物与使用价值》，包亚明主编《现代性与空间的生产》，上海教育出版社 2003 年版，第 48—50 页。

一眼?"① 女孩子们对他"爱理不理",不"愿意多看他一眼",这种忽视是戈登意识到的,或者是他所理解感受到的,然而他却没有注意到,他自己对其他人也同样是"爱理不理",不"愿意多看一眼",也就是说,他只看到他意识到的,而没有看到伦敦夜幕下景物的实质。

戈登所意识到的都市元素,既是他的欲望的具体化,也是都市欲望自身的显现,无论是气浪裹挟、沉醉死寂的电影院,还是街角接客的暗娼,抑或是人声鼎沸、歌声绵延的酒吧,进入戈登意识并形成的意义来自都市,是伦敦城塑造着戈登的意识—情感结构,这不仅是物质决定精神,更是社会意识控制人的自我意识。戈登走在城市中,城市是戈登虚幻的理想、萎靡的精神和沉入声色犬马欲望的象征。在这种控制下,戈登只能产生对某种消费行为的期盼,加深了对自身贫困的认识与感知,并更加敏感和自惭形秽,愈发陷入独处时的狭隘和郁结中。都市元素更显现出金钱语码对戈登造成的经济压力和心理创伤。在都市游走中,都市元素打破了戈登对书店光顾者的虚假优越感,也没有提供给他观念和情感的认同对象,他是被彻底排斥的,即便是贫民区对他也是关闭的,更不用说电影院、餐馆和酒吧了。但是,这种排斥也是双向的,戈登也排斥都市元素,甚至到了极其厌恶的程度:贫民区"那里的棚屋里五个人挤在一张床上,要是有人死掉,其他人只好和尸体同床共枕,直到有人把尸体埋掉;而街巷里的姑娘十四五岁就在残垣断壁旁被同龄的男孩子夺去了贞操"②。"到了亨格福德桥,闪烁的霓虹灯广告照亮了地上的泥水坑,伦敦东区这座内城就是一坨高速运转的大便,上面尽是软木塞、柠檬汁、箍桶板、死狗尸、面包块"③。所以,在这种相互排斥中,戈登没有发现都市符号向他变相彰显的启示,实际上,都市元素隐含着男人歧视女人、白人迫害有色人种、殖民者压迫原住民、资本家剥削工人、金钱语码宰制现代人等诸种关系,渗透着资本主义的统治逻辑,正是"资本主

① George Orwell, *Keep the Aspidistra Flying*, London: Penguin Groups, 2000, p. 79.
② Ibid., p. 23.
③ Ibid., p. 76.

义对这个去人性化的商业城市负有极大的责任"。① 戈登的都市游走是对书店和广告空间的主动逃逸，但又只是对金钱语码盲目反抗，因为他从未摆脱只关注自身利益的桎梏，在游走结束后，他只能向熟悉和安全的空间——自己的居室回归。

戈登将居室先后安置在柳条路温必迟太太的 31 号公寓楼、布鲁尔场米金太太的公寓楼、和罗斯玛丽成婚后定居艾奇韦尔路公寓，无论在哪里，它们都是戈登在偌大个伦敦安身立命的"蜗居"，相对于街道、市场和其他建筑构成的都市公共空间，作为私人领域的居室对现代人有更强的本己性："在房间内我们感到处处得体，一切都从属于我们，为我们使用，使我们快乐。自我主义对人的尊严感来说是必需的，而它只是室内生活的结果。人一到户外就变得抽象，变得非个人化了；人的个性也就离我们而去。"② 这种个人化的"居室策略"其实是对金钱语码控制一切的逃逸途径，相比于都市的完全敞开性，居室的封闭性保护了人自身不受外界的干扰，是纯个人的生存之居，是理想的自我建构之所："是人的第一个世界。在置身于世间之前，人首先置身于房间这个摇篮之中"，"我们存在于它们之中犹如它们存在于我们之中一样"。③ 很明显，在都市中无法逃脱金钱造物主的情况下，在自己的居室中独处是戈登最后的选择，正如本雅明说的那样，独处是"人类唯一适合的状态"④。这也是所有被迫封闭自我的"地下室人"的归宿。在居室中的家什物件里，栽在花盆中的叶兰将戈登的精神状态进行了最好的映衬，可以说，叶兰和戈登的内心世界是同质的，小说中除了金钱以外，叶兰是另外一个重要标志。

叶兰（Aspidistra），中文俗名蜘蛛抱蛋，是多年生兰科常绿草本

① 理查德·利罕，《文学中的城市——知识与文化的历史》，吴子枫译，上海人民出版社 2009 年版，第 376 页。

② Vyvyan Holland ed. , *The Complete Works of osear wilde*, London：Collins, 1986, p. 970.

③ Gaston Bachelard, *The Poeties of Space*, trans. Maria Jolas. Boston：Beacon Press, 1969, p. 7.

④ Walter Benjamin, "A Berlin Chronicle", *Reflection*, ed. Peter Drmetz. Trans. Rdmund Jephcott. No. 12, 1978, p. 13.

植物，它的根状茎呈圆柱形，叶绿、单生，近似椭圆形，叶端尖而基部楔形，边缘呈波状。通过对叶兰的粗浅了解，我们将奥威尔的这部小说 "*Keep the Aspidistra Flying*" 从英文翻译为《让叶兰飘摆》，在国内介绍性的文章中，有的译成"让叶兰飘扬"或"让蜘蛛抱蛋飘扬"，因为取俗名有失公众认同感，令人阅读书名时感到费解；而译为"飘扬"也是未见叶兰的真实姿态所误，作为一种宿根的大叶草本植物，叶兰很难随风潇洒飘逸地飞扬起来，至多是叶随风摆、勉强摇曳罢了。因此，将原著标题中的"flying"翻译为"飘摆"，可以较贴切生动地表现戈登反抗金钱语码的状态和经过。书店空间的藩篱让他成为一个经常嫉妒、牢骚满腹和无法摆脱金钱焦虑的小职员；广告的虚假神话和消费欲望构建着他的自我意识，使他成为游弋摇摆、左右为难；对于爱人和友人的关爱，他单纯地进行情感宣泄，遮蔽了理智和宽容，陷入自怨自艾的"独语"中，构建了一个自私之我；而在伦敦大街上的游走，戈登完全丧失了自我定位，成了伦敦城无所归依的"夜游人"；而在居室中，随着诗歌创作惨遭失败，戈登已经濒于丧失自我的边缘，他的自我意识让位于社会文化意识结构，换句话说，他臣服于金钱语码的宰制。因此，居室中的叶兰是戈登失败的总结，如影随形，照射出他那琐屑的人生和平庸的愿望，可以说，叶兰生长在戈登寒酸的生活中，象征着他生命力量的匮乏。

然而，小说冠名以 "*Keep the Aspidistra Flying*"，并非局限在叶兰的失败象征层面，"*Keep*" 本身显露着书写者对让叶兰有所"行动"的主观意图，即便只是慵懒的飘摆式反抗。由此，反观文本中叶兰出现的 26 处情节，在透露着失败气息的同时，叶兰又表现出顽强生长的韧性，比如：

> 戈登扔掉火柴杆儿，目光落到那盆叶兰上。这是株少见的脏兮兮的品种，只有七片叶子，似乎也不会长出新叶了。戈登心底对这盆叶兰恨意绵绵，不止一次要偷偷杀死它——不给它浇水渴死它，将磨碎的热烟头扔到它的根茎上，甚至还往花盆土壤里掺盐。但这株顽强的植物竟然挺了过来，几乎在任何环境里它们都

能苟延残喘，病恹恹地活下去。①

因此，这种蓄根植物"僵而不死"、保持着生命潜力的特质，像暗流般在文本中涌动，叶兰的失败象征和生命潜质是交会在一起的，其内涵具体说来，一方面，普通常见、毫无新意，消极隐忍、自怨自艾，暗示着社会的压迫力量大于颠覆力量；另一方面，暗积力量、蓄根再生，茂盛于稳固的中产者之家，预示着顽强的生命力，似乎总有摆脱压迫的机会。叶兰的这种双重特性延展在戈登的居室中。居室四壁并不能隔绝社会文化意识结构的影响，居室是都市的微缩版，而居室的家什则是都市元素的变形，居室透过墙壁仍然与都市相连，也接受现代社会的控制，这就意味着，金钱语码也渗透进居室中。尽管长久以来"对于私人来说，居住场所第一次有别于工作场所。前者构成了室内，办公室则是它的补充"，② 但不能就此确定私人领域对公共领域的优先地位，居室并没有因与现实分离而成为人最理想的生活场所，相反却有可能成为幽闭和压抑的空间。在戈登所在的 31 号公寓楼里，当他关闭居室房门，也要面对居室中无处不在的消极性。

其一，戈登面对的是寒酸简陋的家什："房间中等规模，住两个人不够大，但点上一盏灯一个人住又太空旷冷清。不用说也知道，住在顶楼上能有什么家什，一张铺着白色被褥的单人床，棕色的地毯；洗漱台上摆着水瓶和脸盆，都是白色的最便宜的货色，你要是不晓得它们是干什么的，还以为那是尿壶尿罐呢。"③ 而对戈登至关重要的诗歌创作，也只能在一张厨桌上进行，即使是这张厨桌也是戈登与房东温必迟太太抗争后好不容易才得来的胜利品，后者认为公寓里摆一张竹制的"简易桌"放盆叶兰才是适宜的。

其二，在居室里仍要防范外人的监视和干扰。戈登在公寓楼居室中喝茶的情景，与后来《一九八四》里的温斯顿·史密斯悄悄避开

---

① George Orwell, *Keep the Aspidistra Flying*, London：Penguin Groups, 2000, p. 29.

② Walter Benjamin, *Charles Baudelaire: A Lyric Poet in the Era of High Capitalism*, Trans. Harry Zohn, London：Verso, 1983, p. 167.

③ George Orwell, *Keep the Aspidistra Flying*, London：Penguin Groups, 2000, p. 28.

监视屏写日记的情节异曲同工，只是戈登的苦楚中更有几分无奈，当他用废纸将茶叶渣包好，偷偷溜出去将它们扔进下水道时，他思忖道："这可是个危险的活儿，就像杀手处理尸体似的"，不得不常停下来观察周围的情况，"仔细听听，没人。啊，楼下传来一阵器皿碰撞的声音，是温必迟太太在洗餐具，现在下楼正是时候。戈登抱着那团卷着湿漉漉废茶叶的报纸，蹑手蹑脚地下了楼，厕所在三楼。到了楼梯拐角，他又停下来听了听，啊，又是一阵器皿的碰撞声。一切正常！戈登·考姆斯托克，时代出版公司誉为大有前途的诗人，急匆匆地溜进厕所，将废茶叶倒进下水道，然后用水冲掉。干完这一切，戈登连忙回到屋里"。① 然而，在失去工作更加落魄后，戈登搬进米金太太的公寓楼，那里情况更糟，不仅室内和楼道里外肮脏不堪，沾满煤灰，楼里孩子哭、大人吵，令人不胜其扰。米金太太的公寓楼其实是奥威尔纪实性作品《巴黎伦敦落魄记》中破败公寓的变形，但在本部《让叶兰飘摆》中，作者却将重点指向公寓居室中居住者长久的郁结和压抑，以及公寓暗含的某种阻碍作用。正因为居室内外环境的不如意，戈登的创作也因此更加困难。已经写了两年的《伦敦欢愉》离完成不仅遥遥无期，而且成了对他现实处境最好的讽刺。无须说伦敦是否有欢愉，就是戈登在自己的居室中也丝毫找不到欢愉的影子，更何况让一个为生计而苦恼、根本不欢愉的人书写欢愉。戈登和叶兰在这种清贫寒酸的氛围里挣扎，大卫·库巴尔（David Kubal）认为，戈登表现出的"一种青春期的挫败主义，以此来逃避责任"②。但是，戈登的无能、挫败和逃避不完全是他个人因素使然，卢卡奇认为，"在商品成为普遍现象，是商品结构渗透到社会的所有方面才出现的"③。反过来说，正是商品意识对社会各个领域的渗透，才使个人商品化并成为现代社会的奴隶。至此，戈登在工作、人际交往、都

---

① George Orwell, *Keep the Aspidistra Flying*, London：Penguin Groups, 2000, pp. 31 - 32.

② David Kubal, *Outside the Whale：George Orwell's Art and Politics*, Notre Dame, Ind. ：University of Notre Dame Press, 1972, p. 17.

③ 衣俊卿：《20 世纪的新马克思主义》，中央编译出版社 2001 年版，第 38 页。

市空间和个人的居室中，似乎都未能保有自己的独立意识，即便是他内心最深处的欲望也不过是金钱语码的欲望，他的诗人梦想也掺进了发家致富的功利意欲，现代人所谓的自我被置换为特定的社会认同，理想也因此被简化为公众认可的"有前途"或"好工作"。

然而，在消极性之外，居室也是具有美学意义的革命性空间，它"不仅仅是私人个体的活动领域，也成为他的宝盒"①。戈登与英国作家王尔德、弗吉尼亚·伍尔夫等人一样，对美的在世追寻，既非威尔斯和吉辛向往的田园乡村，也不是成为爱伦·坡和柯南·道尔塑造的精明行者，而是返回私人领域，将居室改造成抵御现代商业文明的堡垒和私人艺术的避难所。因此，居室成为一种更为自由的主体性建构物，它作为一种原属于公共领域的空间，在人进驻后被迅速地私人化了，居室也在不断以某种方式体现人的自由意志。公共领域与个人领域的双重内涵同时并存。居室为人提供了人身安全与隐私尊严的保障，使人暂时脱离了工作空间、人际关系和都市的交叉控制，人在居室避免自身遭到伤害。虽然外界的干扰和监视依然存在（《一九八四》中的监视屏就是其极端表现），但居室提供的防护阻止了监视者无所顾忌地侵入，在一定程度上减少了公共领域对个体的影响。因此，居室的私密性使个人意识和文学艺术得到捍卫。戈登的诗歌创作固然以失败告终，但失败并非一无所成，诗歌的残篇标志着他与金钱造物主战斗的结果，也是他自由意志的最佳表现。这些都依靠居室的私密性得以维系和生产。因此，居室彰显了现代社会具有积极建设性的一面，消除了人的部分束缚，解放了人的身心。

戈登从工作和人际关系中逃向都市，最终退回只属于他自己的居室——在这个再无他人存在的空间，他不得不将居室作为最后的镜像进行观审。一方面他固然看到了失败、颓废、穷极的自我，但另一方面，由于居室的私密性发挥作用，暂时隔绝了外界的干扰和监视，戈

---

① Walter Benjamin, *Charles Baudelaire: A Lyric Poet in the Era of High Capitalism*, Trans. Harry Zohn, London: Verso, 1983, p.169.

登可以少顷之间搁置面对金钱造物主的焦虑，将注意力转移到《莎士比亚戏剧集》和《福尔摩斯探案集》上，这些精神食粮是对他诗人理想受挫和都市游走无果而终的补偿，也是不同于金钱语码的另一种文化体验。逃回居室的行动表明，戈登并没有完全放弃理想，此时他放弃的恰恰是自己的金钱欲望，因此他不再被功成名就和复兴家族所扰恼，在用阅读和艺术对抗庸俗的同时，金钱语码在他的自我意识中丧失了存在的意义。这展示了戈登作为一个有一定知识的现代人真实的意识指向和智识水准，同时也宣告了金钱造物主的权限。所以，居室的意义在于，它保护了人的自我，并将人的观念具体化为居室内的固定景观，以驱逐外界的集体意识对居室景观的独占，让人沉浸在一种安定氛围中。可以说，在金钱语码压迫下，戈登最终将居室作为精神的庇护所和追寻的新起点。

通过这一章的解读可以发现，在《让叶兰飘摆》中，戈登作为一个漂泊在大都市的穷青年，他的内心苦恼来自基本生活保障条件的匮乏，他的精神之痛源自物质之苦，并进一步造成他在理想与金钱的两极飘摆。从根本上看，戈登对金钱语码的立场很不坚定，体现了他对金钱的渴望，他所期盼的是构建出一个衣食无忧、名利双收、不为金钱所累的自由之我形象，因此他追寻的结局，仍然像《牧师的女儿》中多萝西那样以复归收场，戈登回到了亲友为他设计好的生活轨道中。然而，他回到居室，以放弃自我欲望的方式暂时阻断了金钱语码的控制，以个体文化体验消除物质利益诱惑，利用居所的私密性进一步保证自身的安全和尊严，这就为不断摆脱金钱语码提供了超越的可能。所以，戈登的逃逸行动虽然曲折坎坷，但并非一败涂地，而是如叶兰般保留了复苏的可能：

> 如果春就是如此这般，那戈登可注意不到它的到来。三月的莱比斯，没有让他察觉到春之女神翩然而至。天变长了，让人生厌的风卷起灰尘，有时天空一隅显露出斑驳的蓝色，若是留意就会发现，枝头娇芽多几许。至于叶兰，也尚未绝迹，枝叶虽已枯死，但根部却孕育着新芽……

戈登突然想到，叶兰是生命之树。①

因此可以说，《让叶兰飘摆》描绘了现代人与金钱语码抗争的真实过程，正如叶兰并不因无法飞扬只能摆动而失去存在意义，个体在现代生活中仍保留一息尚存的自由意志。当然，戈登以放弃自身欲望实现自我救赎并非是一劳永逸的，他与罗斯玛丽的未来家庭生活本身又消解着居室的私密性，但在这种新的条件下的抗争，则是《上来透口气》中乔治·保灵的任务了。

---

① George Orwell, *Keep the Aspidistra Flying*, London：Penguin Groups. 2000，pp. 248、268.

第六章 面向故乡的怀旧和逃离

　　和弗洛里、多萝西和戈登一样,《上来透口气》中的保灵仍然追寻自己所期待的理想生活。从保灵的人生经历看,人到中年的保灵可谓终于"功成圆满",历经 20 年的辛苦打拼,他从一个乡镇面粉店老板的儿子成长为一名保险推销员,有房有车、成家立业,过上了安稳的中产者生活,获得了自己所属的那个阶层能达到的最佳位置。但是,表面上的衣食无忧并不等于真正的幸福,经济的宽裕也不是心灵自由的代名词,保灵内心中仍感到生活不如意、不美满,每天百无聊赖、得过且过,丧失了对生活的热情和对未来的希望。应该说,保灵不是爱情受挫、孤绝自尽的弗洛里,也不是贫穷无助、受人欺侮的多萝西,更不是茕茕孑立、孤傲穷酸的戈登,事业有成的他所谓的不如意、不美满,表面上来自对生活细节的"苛求",似乎是"无事生非"导致的"自作自受",然而,这种生活状态其实是荒谬的外在世界对人内心的影响,折射出现代人在丧失信仰后的生存困境。保灵幸运"安全"地长大成人,显露的是一个平庸者面对生命意义遭受遮蔽的焦虑。他所处的城市生活阻碍着人与人之间心灵的真诚沟通,周遭的物质生活条件反而成了压迫他的不利因素,加重了他的内心压抑,迫使他把在追忆中怀旧和逃向现实故乡作为最后的解脱方法,将故乡作为精神的寄托。可以说,发表于 1939 年的《上来透口气》中的保灵逃归故乡,隐含着奥威尔对精神家园的渴望。从中可以看到社会的政治经济文化总体形势正在摧毁人的精神寄托,现代社会的普通个体几乎丧失了超越困境的希望。保灵回乡失败预示战争的大幕即将拉开,但他对故乡的向往,却是拒绝通往极权社会地狱之路的最后逃逸。

第一节　怀旧——摆脱城市生活的精神之旅

《上来透口气》用轻松滑稽、穿插大量俗语脏字的方式来描述保灵的生活现状，几乎让人找不到弗洛里那种背井离乡的愁苦，而多萝西、戈登直露的焦虑也在小说第一人称叙述中被消解掉了，剩下的只是一个平庸的中年男人对日常生活不如意的唠叨和抱怨，《上来透口气》成了对弗洛里回到英国、多萝西留在都市或戈登从居室再出发的续写，保灵的当下状态正是前三位主人公殊途同归的结局。造成这种状况的原因，是保灵所处的城市生活环境。

在这里说的"城市"，是一个西方现代性词语，它不仅是物理空间层面的概念，也是在社会历史视线下，工业文化向外辐射的关键节点，因此城市生成并承载着现代文明的意识形态。而在现代之前的所谓"城市"，只是军事防御、商品交易和小手工业的聚集地，以及在此之上政治文化区域，按规模不同可以称之为"城堡""城镇""城邦"。在现代社会，人只有臣服于特定的制度体系、价值观念和权力语码，才能拥有进入城市的"通行证"和过上城市生活的"居留权"。在城市中，现代城市通过媒体对城市人不断地植入同一化的文明进步意识，并裹挟着人向外扩张，对与城市对立的乡村（镇）进行"殖民"，其结果是"某个社会被纳入现代世界体系之内……以致他们塑造出的社会机构制度适应于，甚至是促进了世界体系之中位居核心位置而且占据支配地位之国家的种种价值观与结构"①。但是，与种族隔离制度的强制性不同，也与中产者社群价值观的规范性不同，城市具有"通过吸引而非强迫或收买的手段来达到所愿的能力"，② 因而更多地对人实施潜移默化的"软支配"，将现代文明的意识形态隐藏渗透进城市人的日常生活中，从而控制城市人的言行与观念，因此，城市生活成为意识形态控制的"主战场"之一。在资本

---

① Herbert Schiller, *Communication and Cultural Domination*, New York: Interational Arts and Sciences Press, 1976, p. 9.

② 约瑟夫·奈:《软力量》，吴晓晖、钱程译，东方出版社2005年版，第2页。

生产以工业为基础向以城市为基础转变的"城市革命"中，人被牢牢地束缚在城市空间内，"城市性"替代了人性，人的良知被城市生活规范置换，人的思想局限在于城市空间的大容器里，"在这种'容器'中某些社会或经济过程得以进行和完成，空间和社会并不是相互分离和独立的实体，社会组织和空间过程不可分离地交织在一起。因为城市空间是在资本主义社会中产生和形成的，因此它本身就是资本主义社会生产关系的一种表现"。① 城市人的意识受控于城市的生产关系，从具体方式看，在城市的"日常生活"中，城市人时时刻刻接收着司空见惯的城市"景观"，这种"景观"是"第二自然"，它所携带的信息"将自己表现为社会的全部、社会的部分，以及统一的工具"②，所以，人就溶解在城市的街道、楼宇、管线、车流中，人也成为景观中的一种，可以和其他景观进行交易，也可以用价格进行衡量。

城市对人类文明确实做出了巨大贡献，但这不能掩盖城市巨无霸不断吞噬非城市的一切存在所带来的破坏性，由于城市生活带给人的某些消极影响，使人们对城市的评价带有较多的负面色彩，蛾摩拉、索多玛，这些有关城市的故事不仅是寓言、传说或历史，也表达出城市生活对人的诱惑与威胁，以及人对城市的态度，人在城市中被压迫并接受唯我倾向，所有美好回忆和远大理想似乎只能由城市来承载，人已到了走出城市就无法安全存活的境地。因此，既然"社会生活的空间性是社会的物质构成的"，③ 那么，摆脱城市生活物质利益的羁绊，回归精神家园，就是人从城市生活逃离的途径。

《上来透口气》的背景是大都市伦敦，文本中的人们将怀旧作为人逃离城市生活的自我救赎，对往昔的追忆成为人物追求自由的主要内容，这让《上来透口气》成了一本怀旧之作。在其四章二十四节

---

① 张应祥、蔡禾:《资本主义与城市社会变迁——新马克思主义城市理论视角》,《城市发展研究》2006 年第 4 期, 第 106 页。

② 汪民安、陈永国等:《城市文化读本》, 北京大学出版社 2008 年版, 第 25 页。

③ C. Topalov, "A history of urban research: the French experience since 1965", *International Journal of Urban and Regional Research*, No. 4, 1989, p. 13.

中，一共有 20 余个主要人物，除了保灵外，他的妻子希尔达对消费
上的毫厘苛求，连接着她出嫁前曾经拮据的家庭生活；保灵年轻时的
情人爱尔西用衣衫和浓妆掩盖丑陋臃肿的外表，暗示她所怀之旧是已
然丧失的青春活力；老学究波提欧斯闭口不谈政治、一门心思沉浸在
古希腊的书山文海里，反衬出他对古典文化的尊崇。而保灵故乡的亲
朋故友——伊齐其尔叔叔、鱼贩子舒特、木匠威瑟罗尔等人，他们的
生活准则都是指向往昔传统的，他们自身既是怀旧的符号，又是保灵
怀旧中的元素。在这个怀旧世界里，体现的是现代人淳朴的共同意
愿——只要看到能令人回忆起以往经历的事物，怀旧就可能产生，因
为它"隐匿和包含了未被检验过的信念，即认为过去的事情比现在更
好、更美、更健康、更令人愉悦、更文明也更振奋人心。简言之，它
泰然自若地宣称'美好的过去和毫无吸引力的现在'，尽管这类宣告
也多倾向于仪式性地承认（似乎赋予他们的表达一种客观性）他们
那个时候也经历了很多问题和困难，但总有一种内在的情感和不言而
喻的认识前提，即'不管这个……'。"①

　　从怀旧的本意看，怀旧的英文词是"nostalgia"，它来自希腊语的
"nostos"（回家）和"algia"（痛感），可引申为因不能回家而感到痛
苦，或对现存环境感到厌烦而想回家。尽管怀旧古已有之，但这一含
义是 1688 年由瑞士军医约翰尼斯·霍弗（Johannes Hofer）最先确定
的，当时瑞士雇佣兵受命于欧洲不同的诸侯或领主，常年在外征战不
休，他们表现出集体思乡病，霍弗把对故乡的回忆郁结到一定程度的
表现界定为怀旧情结。到了 18 世纪，怀旧还主要局限在对童年时代
的怀念，其研究范围更多局限在心理学领域。进入 19 世纪，乡村与
城市的巨大差异和资本主义文明的大踏步发展，使人们的怀旧演化为
以乡村为代表的传统生活和以城市为代表的现代生活的对立，怀旧成
为一种极其普遍性的文化现象。

　　但是，城市生活渗透进人类精神世界的方方面面，怀旧也不可能

---

① F. Davis. *Yearning for Yesterday*：*a Sociology of Nostalgia*，New York：the Free Press，1979，p. 19.

是一个纯然的存在，它受到社会经济、政治、文化全方面的渗透和操控，甚至所谓田园牧歌式的乡村生活有时也会成为城市生活营造的幻景。① 在希尔达那里，"她记得的第一种感觉，就是买什么都没钱的痛苦"，在她那种"败落的中产阶级家庭"里，"最基本的事实是他们的全部活力都被缺钱这件事榨干了。在那种家庭里，依靠微薄的退休金和年金——也就是说，所依靠的进款从来不会增长，通常还会越来越少——那种对贫困的感觉，决不浪费，一分钱掰成两半花的做法比任何农场干活的家里还要过分"。② 对经济支付能力的执迷，导致对社会发展和政治形势的冷漠态度，"战争、地震、瘟疫、饥荒和革命等，她根本不关心。黄油又要涨价，煤气费账单数字吓人，孩子们的靴子穿旧了，收音机分期付款的期限到了——那都是挂在希尔达嘴边的话"。③ 这就是希尔达的怀旧内容对生活方式的影响，而这种对政治的疏远态度正是权力阶层所中意的状态，以至于连举手表决的程序都可以省略。老学究波提欧斯尽管学富五车，远比希尔达层次高雅，但却在这一点上与其别无二致，虽然波提欧斯已不必为物质生活条件操心而能专心于他钟情的古希腊研究中去，但政治观念的"缺席"使他徜徉的古典世界缺少当代的维度，成了化石标本。

　　因此，无论是回顾往昔的贫寒来麻木当下的拮据，还是以对古典的怀恋来解脱现实的焦虑，人的怀旧如果仅指向其自身，就难免重新受控于现代城市生活的桎梏，即使怀旧能让人"在新的物质形态中看见或认出自己的经验，是一种无须代价的生活雅兴。经验转换为新的媒介，确实赐予我们愉快地重温过去知觉的机会"④，但人的所怀之

---

　　① 参见雷蒙德·威廉斯的《乡村与城市》，在其中，作者认为美好乡村不过是进入城市、成为资本家的乡村地主们对昔日时光的美化，而对于无产阶级来说，无论乡村还是城市都不是他们的天堂。因此，乡村与城市是地主阶级和资产阶级世界观的表征，二者具有趋同性，并不断构建生成着现代社会的意识形态。

　　② 乔治·奥威尔：《一九八四·上来透口气》，孙仲旭译. 译林出版社 2002 年版，第422 页。

　　③ 同上书，第 299 页。

　　④ 麦克卢汉：《理解媒介——论人的延伸》，何道宽译，商务印书馆 2000 年版，第264 页。

旧不完全是其自身的经历和经验积累，也是资本欲望的构型，在怀旧开启前的那一瞬间，怀旧的内容就按照设定的程序准备就绪，甚至怀旧本身就是城市生活的控制策略之一。可见，指向自身的怀旧犹如自慰，无法孕育新的生机，无论怀旧的内容如何，它只是一种商品社会的集体性行为习惯或有机体的条件反射，卢梭悲观地描述了这种状态："我们的一切习惯都在奴役、折磨和遏制我们。文明人在奴隶状态中生，在奴隶状态中活，在奴隶状态中死。他一生下来就被人捆在褪褓里；他一死就被人钉在棺材里；只要他还保持着人的样子，他就要受到我们的制度的束缚。"①

　　然而，保灵的怀旧与希尔达们和波提欧斯们不同。希尔达式的怀旧填塞的是对往昔生活的恐惧与焦虑，包括她的密友威勒太太、明斯小姐，甚至还有《让叶兰飘摆》中的茉莉亚、《牧师的女儿》中的黑尔牧师、《缅甸岁月》中的伊丽莎白，在他们那里，对贫困时光的追忆起到了映衬、规训、镜鉴当下生活的作用，但这种怀旧不是一种怀念或祭奠，而是一种将不幸深深埋葬的欲望。因此，与其说希尔达们是在回忆中感叹往昔岁月的艰辛不易，不如说他们是用现在否定了过去，他们生活在暂时性的牢笼里，根本没有获得心灵的解放。和希尔达的"伪怀旧"相反，保灵并不想用现在杀死过去，"往昔之我"是"当下之我"的"他者"，因此往昔是对现实的超脱，在他看来，他所居住的街区"不过是一排牢房，在那排成一条线的半独立式刑讯室里住的都是那些一周挣五到十镑、瑟瑟发抖的可怜小人物。他们每个人左有上司吆三喝四，右有老婆们指手画脚，就像是个噩梦，而且还被孩子们像水蛭一样地吸着血。"② 然而，如果这只是"噩梦"还尚能接受，伦敦街头的行人在保灵眼中已经不仅是戈登身旁的"行尸走肉"，而是"在一条着火的船上"，③ 共赴一去不返的战场，等待世界末日的来临，这一幕堪称是籍里柯《梅杜萨之筏》的城市翻版。所

---

①　卢梭：《爱弥儿》（上卷），李平枢译，商务印书馆1978年版，第15页。

②　乔治·奥威尔：《一九八四·上来透口气》，孙仲旭译，译林出版社2002年版，第302页。

③　同上书，第317页。

以，保灵对城市生活的逃离就成为必然，而往昔宁静平和的乡村成为他超脱困境的理想之地。

与保灵相似，波提欧斯的怀旧是对往昔生活的皈依与崇尚，旧有的经历和经验高于当下生活，这是他人生的座右铭。从这一点上看，波提欧斯很像奥威尔崇拜的作家吉辛，当然也有戈登那睥睨俗世的特点，现实的巨大力量迫使他们退回到书斋中寻找安慰，其代价是放弃当下的一切而将古典奉为最高的神明，理想和现实之间横亘着巨大的鸿沟。表面上这种孤芳自赏式的怀旧超越了世俗功利的烦扰，但高处不胜寒，波提欧斯们的怀旧走向的只是一种被抽掉了现实感的自我麻醉，简言之，他们用过去否定了现在——过去成为衡量当下的唯一标准。和波提欧斯将文化的象牙塔作为全部寄托不同，保灵并没有把乡镇生活人为地神圣化。保灵的家乡下宾菲尔德（Lower Binfield）只是英格兰众多村镇中的一个，既没有昆士兰湖的优美动人，也没有香格里拉的神秘缥缈，它只是凡人世界中的普通空间，并不具有文化遗产般的不可复制性或桃花源的难以触及性，因此，保灵在下宾菲尔德的实际生活是他对故乡"祛浪漫化"的主要原因。从他出生的 1893 年到第一次世界大战开始的 1914 年，保灵都生长奔忙在下宾菲尔德，可以说他经历了英国从维多利亚末期—爱德华七世的荣华暮光走向全面衰落瓦解的历史阶段，时代变迁加之于普通人身上是道德原则的更迭、经济基础的瓦解和感情结构的剧变，下宾菲尔德成了这一时期英国社会变化发展的缩影，它不是从"伊甸园"走向"哥和拿"（Gehenna），而是从一个既有信仰与美德又有迷信和固执的传统社会形态，向另一个商品化、开放性的现代社会形态突变，而这种突变在保灵离开家乡前夕就已经紧锣密鼓地进行着。因此，保灵的怀旧面向的是一种多样共生的现实，而不是理想化的虚幻建构。

正因为这样，保灵的怀旧才能最大限度地超越城市生活带给他的不如意，他既没有把怀旧作为不堪回首的过往，而贪恋当下的城市生活，也没有义无反顾地沉入神圣的古典文化，而损害了怀旧对现实的关照，这样现实与往昔就连在了一起，怀旧才能将在意识中的追忆转化为实际行动。

第二节　城市生活的压力与怀旧符号的内涵

在《上来透口气》中，保灵的怀旧有两种具体形式，在意识中的追忆和具体的回乡行动，二者前后相连，都表达着对往昔生活方式的认同，并坚信乡镇田园生活对当下城市人的心灵具有治疗作用。但是，将怀旧从追忆真正付诸实施为行动，主人公却经历了长时间的犹豫。如果把保灵在意识中对故乡的追忆和实际的回乡行动进行对比，可以分为三个叙述维度。从文本结构看，小说共四章，前三章是保灵的追忆怀旧，而第四章最后的第七节，是保灵回到家的故事，他的回乡过程在文本中的比重不到一章，共六节；从时间跨度看，故事开始时间是 1938 年 1 月某日，而直至 6 月 17 日保灵才真正回到下宾菲尔德，而且也仅仅停留了三天时间；从结果上看，保灵在回家乡前对下宾菲尔德的田园风光充满了期待，对年少时的生活心驰神往，但家乡的变化却打碎了他的怀旧梦，实在是乘兴而去，失望而归，这就意味着保灵的回乡之旅瓦解了他的怀旧意识，换句话说，半年的期待被三天里的见闻摧毁，对自由和幸福的美好憧憬贬值成草草收场的闹剧。这三个维度表明，《上来透口气》中怀旧与回乡的比例失衡与情景错位，展现了人面对现代社会的内心失落，其更深切的悲剧内涵在于，原本就已经丧失了神圣光芒的世俗化追求给人带来的精神安慰，也被社会的发展进程扫荡一空，个人失去了所有的一切，乃至灵魂深处最平常的一点回味也惨遭剥夺。在小说结尾，面对妻子怀疑他有外遇的拷问，保灵有口难辩，尽管他心里有三种选项可以应付希尔达，但却反而陷入无法选择的困惑中："真他妈的！我要是知道选哪种就好了。"① 这就是说，他连选择的能力都丧失掉了，这也是怀旧破碎和失望归来后的结果。

进一步将《上来透口气》的结尾和其他三部三十年代小说对比

① 乔治·奥威尔：《一九八四·上来透口气》，孙仲旭译，译林出版社 2002 年版，第518 页。

看，如果说弗洛里虽死去但还有维拉斯瓦米对他的怀念，多萝西回归
之后还保有对教区信众精神信仰的维护，戈登在恢复中产者身份后毕
竟将开启一段新的生活，那么保灵就只剩下有机体的存活，而他也就
只有这"活着"的状态，这使他成为《一九八四》中温斯顿·史密
斯的前身，预示了"欧洲最后一个人"的悲剧命运。从《缅甸岁月》
《牧师的女儿》和《让叶兰飘摆》，到《动物庄园》和《一九八四》，
主人公解决精神困境的希望曲线持续走低，从"还有那么一点儿期
盼"到"什么都没能改变"，《上来透口气》就伫立在消灭"那么一
点儿期盼"和开启"什么都没能改变"的连接点上，使"那么一点
儿期盼"表面上比《缅甸岁月》《牧师的女儿》和《让叶兰飘摆》都
多，但最后又以梦碎难复、永失故乡的方式把期盼消灭得和《动物庄
园》和《一九八四》一样迅猛。布兰兹戴尔对此评价道，乔治·保
灵在下宾菲尔德的三天，"残酷的幻灭迎接了他"。① 正如《上来透口
气》扉页上引用的那句流行歌词："他死了，但是还不肯躺下"，保
灵的灵魂已死，唯有肉身残活。

　　由此可见，在《上来透口气》中，保灵逃得出城市，逃不出城市
生活，逃不出现代社会消极性的影响。无论在保灵居住的伦敦，还是
在他的故乡下宾菲尔德，城市的日常生活都通过"第一是人造物、工
具和产品的世界；第二是习惯的世界；第三是语言"② 控制着保灵，
保灵成为城市生活的构造物。因此，城市生活对他来说是一池苦水，
他挣扎着上来透气，却越陷越深。具体来说，他在现代城市生活的这
潭生活"苦水"大致分为三个层面。

　　身为两个孩子的父亲，乔治·保灵的出场是颇具"喜感"的，他
连片刻的安宁都无法享受，正浑身涂满肥皂沫的保灵不得不中断洗浴，
将卫生间让给像野牛一样冲过来、大呼小叫要排泄的孩子。相对于使役
仆人的弗洛里、尚有私人空间的多萝西、受娇纵呵护的戈登来说，保灵
的家庭地位不升反降，既要忍让一双儿女的无礼任性，更要忍受妻子对

---

　　① M. Brunsdalc, *Student Companion to George Orwell*，London：Greenwood Press，2000，
p. 108.

　　② 赫勒：《日常生活》，衣俊卿译，重庆出版社1990年版，第132页。

生活用度中鸡毛蒜皮小事的唠叨抱怨，他感受不到亲人的温情呵护和家庭生活的温馨和睦，对模式化运作的推销保险工作也深感厌倦。在居室之外，保灵也没有伊丽莎白和维拉斯瓦米、诺比和沃伯顿、罗斯玛丽和莱沃斯顿，他的交际环境是完全意义上的孤独世界，这种生活状况体现的是自我力量的衰弱。保灵在不如意不美满的生活状态中，失去了活力、没有了动力、唯剩下压力，人生的意义在缩水，可以说前三部小说的主人公精神上遭遇的负面因素几乎被保灵"照单全收"。因此可以把保灵在城市生活的压力层面称为"深水重压层"。

与此相对应，保灵的内心充满了对故乡下宾菲尔德的眷恋和向往，他将这种美好的情感作为"深水重压层"的对立面，并且不断更换自己看世界的角度，"用回望和前瞻性的姿态去设想过去的人如何看待过去的过去，以及将来的人如何看待今天"。① 这并非使人首先获得某种先知先觉，而是要摆脱内心对外在世界的恐惧和焦虑，并理解和认知自身所处的矛盾，建构自我的独立意识，往昔的存在成为建构当下自我的他者，这是对现实生活的讽刺和否定，保灵以珍视过去、祛浪漫化和空间位移的方法，促使怀旧从意识走向行动，并看到了解脱的希望。因此可以把保灵的怀旧层面称为"浅水减压层"。

保灵像一条痛苦不堪的鱼一样，从深水层奋力上浮，游向浅水层，想挣扎着跃出水面，这象征着对当下生活的厌倦和对往昔生活的眷恋，都必须在实际行动中把握和检验，回乡行动是对生活中的不如意和怀旧的超脱与升华，保灵的回乡成为一次向个体经验的"皈依之旅"，是一种自发的主体客体化行动，因此小说的标题"上来透口气"不是指用在意识中怀旧的方式"透气"，而是以具体化的回乡行动，从窒息人的生活死水中"跃出"，真正自由地吞吐新鲜的空气，重新获得生命的活力。但保灵跃出后并没有得到身心的解放，故乡的变化让他震惊、恐惧，厌恶、困惑，商业化的进程已经让下宾菲尔德面目全非，失去了自己原本淳朴传统的气质，蜕变为伦敦的微缩模型，成为现代城市生活控制下的一部分。由于英国空军备战演习误炸

---

① S. Boym, *The Future of Nostalgia*, New York: Basic Books, 2001, p. 24.

了下宾菲尔德，造成了当地居民家破人亡的惨剧，保灵"两股战战"，立即逃走。小说在这里似乎形成了一种时空重叠感，保灵从"深水重压层"游至"浅水减压层"，然后奋力一跃，所达到的仍然是与伦敦生活毫无区别的另一个"深水重压层"，他从"深水重压层"竟然"跳回"了"深水重压层"！"浅水减压层"似乎成为宇宙空间理论假想的"虫洞"，保灵做了一次毫无意义的"时空旅行"，现代人的反抗变成宿命的轮回，对人生价值的探索陷入意义虚无的深渊。保灵的这番"折腾"，已经不是多萝西漂泊后的回归，而是丧失了所有希望的痛苦终点，从人物形态学的意义上看，如果弗洛里、多萝西或戈登还能归入布鲁姆、迪达勒斯或地下室之人的行列、并冠以现代社会"反英雄"或"零余人"的称号，那么保灵最终只能成为精神麻木后的西绪弗斯，逃逸行动失败后，他的精神状态与原先在"深水重压层"时完全不同，陷入了绝望。因此可以把回乡失望的层面称之为"死水窒息层"。

　　总的来说，保灵所处的三个层面体现了他的心理状态与现实处境，支撑起整个文本，其具体关系如图6.1：

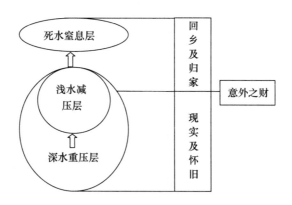

图6.1　现代城市生活状态图

　　生活苦水中的"深水重压层"和"浅水减压层"是小说文本的重点，"深水重压层"来自城市生活的重压，而"浅水减压层"只发生在保灵追忆怀旧的意识中，二者交替出现。一方面，体现了保灵的犹豫挣扎，形成了他回乡的意义延宕；另一方面，"深水重压层"包裹着"浅水减压层"，形成两个文本的互文。从意义指涉的角度看，是"深水重压层"催生培育着"浅水减压层"，没有现实生活的种种不如意，保灵不一定会持续地怀念并回到故乡，这好比土壤和植物的关系，而回乡得以成行的关键节点是保灵赌马赢得的意外之财，经济便利因素的意外出现，虽然不保证保灵在下宾菲尔德一切如意，但确保了保灵按照自己的意愿回乡，而不是像前几位主人公那样被迫流浪或游走。在"深水重压层"和"浅水减压层"中，小说贯穿了较多符号作为主要节点展开具体叙述，"象征首先是符号"[1]，这些有象征意义的节点不仅"借助于自然物象与主观情感在本质上的同构性或相似性，通过赋予主观情感以客观对应物的方式来含蓄地表达作者的情感态度"，[2] 而且它们本身就显示了保灵在精神上摆脱城市生活的逃离轨迹。因此，分析这些符号的意义，可以揭示城市生活的压力和保灵怀旧符号的内涵。

1. 城市生活的压力。

（1）假牙、社区、轰炸机连成的毁灭锁链。保灵的自述以时间和假牙作为开始："真正说起来，那个念头是在我拿到新假牙的那天想到的。那天早晨的是我记得很清楚。七点四十五分左右，我悄悄下床，刚好赶在孩子们前头进了浴室……"[3] 点明了三个信息：首先，"我"已经安装了不止一副假牙、对时间的强调都暗示出"我"身体的衰老；其次，主人公掌握较为精确的时间，体现人对准确认知外在世界的能力，是自我独立意识的外显，而与此矛盾的是假牙，不仅体现了外部世界的"人工制造性"，而且这种"人工制造性"已经侵入"我"的体内，和"我"组合在一起，无法摆脱。最后，主人公表面上对时间的精确掌握，实际上是不够精准的，因为只有钟点，而没有年月日，不完整的时间和假牙一起体现着人自身的残缺破损。这样，

① 黑格尔：《美学》（第2卷），朱光潜译，商务印书馆1979年版，第10页。
② 李建军：《小说修辞学研究》，中国人民大学出版社2003年版，第234页。
③ 乔治·奥威尔：《一九八四·上来透口气》，孙仲旭译，译林出版社2002年版，第295页。

故事开始的时间意象服务于假牙的意象，体现作品的基调，即一个残缺之人在"深水重压层"中生存的艰辛和困难。

　　假牙，作为一种人工制造物，代替了真品，不仅象征着人的衰老和生命力量的枯竭，更重要的是，人对假牙的依赖是对其所代表的现代社会的妥协和接受。无论假牙为人提供了何种便利、在品质上有多么高的仿真度，它都不能成为真的牙齿，因而它只能是外在事物对人完整性的嵌入。保灵从没有因为戴上假牙而感到高兴过，假牙的"伪造"性引起保灵对生活虚假感的认识，进而扩大到对自己所住社区的探究，在他看来，社区就是个大骗局：

　　　　实际上在艾里斯米尔路，我们并不拥有我们的房子，即使我们付款完毕它们也不是终身保有的不动产，而仅仅是拥有租赁权的不动产。它们的定价是五百五十镑，可以分十六年付清。这种房子也可以用现款一次付清，价格是三百八十镑，这代表着奇尔弗信贷从中赚一百七十镑，更不用说奇尔弗信贷实际赚到的远不止这个数。三百八十镑中包括建筑商的利润，可是奇尔弗信贷挂了另外一个"威尔逊及布鲁姆公司"的牌子自己建房子，这样就又赚了建筑商的利润，要付的只是材料钱。可是它也在材料上赚钱，因为通过它挂的另一个牌子"布鲁克斯及斯卡特比公司"，它自己卖给自己砖瓦、瓷砖、门、窗户框、沙、水泥等，我想还有玻璃吧。要是让我知道它还另有一个化名公司自己卖给自己木头来加工门及窗户框等，我可一点儿都不会觉得奇怪。①

　　由此可见，奇尔弗信贷公司像个"俄罗斯套娃"，信贷公司里套着建筑公司，建筑公司里又套着材料供应公司，以此类推，结果就是它在从原材料开始到产品最终完成的每个经营环节，都能像蟒蛇缠噬猎物一样牢牢地控制消费者；其原始投资时的成本支出却微乎其微，

---

　　① 乔治·奥威尔：《一九八四·上来透口气》，孙仲旭译，译林出版社2002年版，第303页。

但却持续地攫取着高额利润。住户们根本没有房屋的最终产权，只是一群出高价的"租房客"。不仅如此，公司通过向住户放贷，抓住了住户的命根子，当公司和住户发生公共绿地是否应建楼盘的冲突时，公司可以用金融、法律双管齐下，很快收买并压迫住户放弃初衷，而即便是所谓的"收买"，用保灵的话说"我们是被我们自己的钱收买的"，我们"担心在付清最后一笔款之前会出什么意外"。① 在《让叶兰飘摆》中，戈登将小职员的尴尬处境进行了入木三分的嘲讽，而在《上来透口气》中，保灵将消费社会的经营模式分解得更加鞭辟入里。但是，人们对消费社会这个庞大"公司"的宰割麻木不仁，他们更愿意观看西班牙内战的惨象，或津津乐道火车站候车室里发现的女人断腿，猜度佐格国王②的婚期何时才能确定。消费社会对人独立意识的瓦解，但同时也是人对现代社会的一种索取，以补偿自己在受压迫时牺牲的尊严感，并获得某种令人麻醉的适宜感，列斐伏尔对此总结道：

> 我们现在进入了一个幻觉性的颠倒形象领域。我们所发现的是一个虚假的世界，这首先是因为它并不是一个世界，因为它把自己展现为真实的，因为它密切地模仿真实生活以便通过相反的事物来取代真实生活；通过快乐的虚构来替代真实的不快，比如通过提供一个对快乐的真实需要相对应的虚构事物等等。这就是大多数电影、印刷物、剧院、音乐厅的"世界"，就是闲暇活动广大领域的"世界"。③

西班牙内战、女人的断腿、佐格一世等携带的不安信息，"增加

---

① 乔治·奥威尔：《一九八四·上来透口气》，孙仲旭译，译林出版社2002年版，第304页。

② 艾哈迈德·佐格（1895—1961）：1925年至1928年期间就职阿尔巴尼亚共和国总统，并于1928—1939年自封为阿尔巴尼亚王国国王，称佐格一世，并与意大利法西斯合作，但二战爆发后意大利迅速吞并阿尔巴尼亚，佐格一世被迫流亡海外，1965年病死于法国。

③ Henri Lefebvre, *Critique of Everyday Life*, London: Verso, 1991, p. 35.

了这本书中普遍的悲观情绪",① 更因时常出现的黑色轰炸机剧变为死亡的阴影，这些盘旋在人类头顶的死神不是天外来物，而是人类自己的发明创造，虚假的繁荣必然带来真实的灾难，现代人正在为自己挖掘坟墓。轰炸机在《让叶兰飘摆》中就出现过了，因为那时战争的威胁就初露端倪，《上来透口气》里轰炸机一共反复出现了 12 次之多。保灵在"深水重压层"中面对的是伪造之物带来的虚假感，而这虚假、蒙蔽人的世界终将被创造它的人类毁灭，假牙、社区和轰炸机组成的毁灭锁链，是对现代人城市生活经验的总结，也预言着人的灾难性未来，这使《上来透口气》具备了寓言的特质。

（2）肥胖、政治宣讲、波提欧斯形成的闭合链条。保灵意识到，如果想在"深水重压层"生存下去就必须有所行动，但他所进行的抵抗缺少改变的力量，他所凭借的不过是日常生活已经具有的惯常思维模式所提供的某些"图式"，"借助这些图式，个人管理和安排他所从事或决定要从事的一切，以及他那里所发生的一切和他所发现自己置身于其中的一切情境；他以这样的方式来从事这些以便能部分地或全部地使这些经验同他'业已习惯'的东西相吻合"。② 因此如果人不能把"自在的对象化"转变为"自为的对象化"，而只是使用日常生活提供的现成"图式"，那只能得到一种对自由的虚假承诺。

首先，保灵对自己的肥胖身材不满意，尽管他对同伴"可怜的保灵伙计身上可是嘛一大坨呀"③ 的玩笑表面上没有表现出明显的不满，还煞有介事地安慰自己："有胖人出场的就不能叫悲剧，而是喜剧。打个比方，你能想象哈姆雷特是个胖子吗?"④ 但他心里却将胖子归入感觉迟钝、必须厚着脸皮才能融入周围环境并麻木地混饭吃的"类存在"，他对自己的定位是："我外表是胖，但内在的我是瘦的。

---

① Mitzi M. Brunsdalc, *Student Companion to George Orwell*, London：Greenwood Press, 2000, p. 106.

② 赫勒：《日常生活》，衣俊卿译，重庆出版社 1990 年版，第 172—173 页。

③ 乔治·奥威尔：《一九八四·上来透口气》，孙仲旭译，译林出版社 2002 年版，第 309 页。

④ 同上书，第 310 页。

你有没有想到过每个胖人内部都有个瘦人，就像有人所说的，每块石头中都有一块雕像？"① 这说明在保灵意识中，他还是将胖与瘦对立起来，肥胖带来的自卑缘自社会文化将人的形态和社会地位挂钩所制造出来的扭曲意识，人受到肥胖、矮小、瘦弱和畸形等各种"身体规训"的过滤。在这种"整个世界都要经过文化工业的过滤"② 的形势下，人的意识、情感、意志、审美、语言、时空感、判断力与世界观都呈现出"零度"状态，"零度是它们的消失的特征与性质的总和。实际上，零度界定了日常生活——只有欲望生活与生存于日常性中"③。因此，一方面，保灵对肥胖的认识是人的本质力量停滞在"零度"状态的表现，因此他对"瘦"的盼望不是自我完善，而是希望获得社会主流意识形态的认可；另一方面，保灵对肥胖的认识是他意识中已然存在的固化思维模式的显现，它以"前在"的方式先行控制着人，使人主动迎合着日常生活的规训。

其次，读书会又通过政治宣讲来改造人的意识、修正人的思想。经不住妻子希尔达的软磨硬泡，保灵和她一起去参加英国左派组织的读书会听演讲。主讲人是位"脸白白的，嘴皮子很利索，声音很尖"的小个男子，主题是"法西斯之威胁"，但所谓的演讲在保灵看来完全是对语言的重复和滥用，进入他耳膜的无非就是一遍遍强调某些字眼儿："野兽般的暴行……骇人听闻的虐待狂大爆发……胶皮警棍……集中营……对犹太人惨无人道的迫害……回到黑暗年代……欧洲文明……防患于未然……正派人的愤慨……民主国家联盟……坚定立场……保卫民主……民主……法西斯……民主……法西斯……民主……法西斯……民主"④ 这种符合主旋律、"内涵丰富"的演讲对

---

① 乔治·奥威尔：《一九八四·上来透口气》，孙仲旭译，译林出版社2002年版，第311页。

② 霍克海默、阿多诺，《启蒙辩证法》，梁敬东、曹卫东译，上海人民出版社2003年版，第141页。

③ Henri Lefebvre, *Everyday Life in the Modern World*, Trans. Sacha Rabinovitch, London: 1971, p. 185.

④ 乔治·奥威尔：《一九八四·上来透口气》，孙仲旭译，译林出版社2002年版，第432页。

现实毫无用处，"尽管演讲者已经花了超过半个钟头的时间猛烈抨击希特勒和纳粹党，但只有五六个人真正听明白演讲者在说什么"。① 然而，是否听懂演讲并不重要，重要的是听众们被他的情绪所感染，即使对演讲的内容、逻辑、结构、背景和目的茫然无知，却不影响追随这个冲你吼宣传标语的家伙。保灵凭借参加过一战的经历，敏锐地警觉到这种政治鼓动对听众的控制，他对此表达了愤慨："你也知道那种讲话，这些伙计能把那些话像反刍一样成小时地讲下去，就跟留声机一样，转一下唱针臂，按下键就开始了。……我估计这家伙靠着写反希特勒的书过日子。可是希特勒出现之前他在干吗？要是希特勒消失了他又会干吗？……要是把他给开了膛，你会发现里面是民主、法西斯、民主。……也许连他做的梦都是标语。"② 但听众们在演讲结束时已经是热血沸腾了，以至于群情激奋地要为国效忠，一个年轻人询问保灵是否会参战，在得到拒绝的回答后，他激动地叫道："可你说的是一九一四年，那不过是一般的帝国主义战争，这次可不一样。你看，要是你听说在德国发生着的事：集中营，纳粹分子用胶皮警棍打人，还有强迫犹太人往对方脸上吐唾沫——难道这些不能让你热血沸腾吗？"③ 可是，狂热的人们都"忘记"了——集中营制度是英国人首先发明的④，而种族歧视、民族压迫的罪行在英国殖民史上更是"源远流长"；至于用胶皮警棍打人，在英国历次对工人罢工的

---

① 乔治·奥威尔：《一九八四·上来透口气》，孙仲旭译，译林出版社 2002 年版，第432 页。

② 同上书，第 433 页。

③ 同上书，第 438 页。

④ 在布尔战争中，为了消灭游击队的生存基础，英国军队统帅基钦纳勋爵在 1901 年首创集中营制度，专门关押布尔平民。此前由于英军采取焚毁敌方军属家园的报复措施，为了收容住宅被焚毁的敌国军人家属，在开普殖民地、德兰士瓦、奥兰治自由邦和纳塔尔省的铁路沿线建立了 50 多座难民营，基钦纳将其改为关押平民的场所，先后关押了 13.6 万名德兰士瓦和奥兰治自由邦平民。集中营周围围设有铁丝网，试图逃跑者一律射杀。集中营内人口密度极高，缺乏医疗设施，生存条件恶劣，死亡率一度高达 40%，引起了英国国内和其他国家人士的抨击。整个布尔战争期间，约有 28000 名平民死在集中营中。此外，第二次世界大战期间，英国在本土的马恩岛设立了敌侨拘留营。20 世纪 50 年代肯尼亚茅茅运动时期，英国在肯尼亚也设立了集中营。（资料来源：维基百科 http：//zh. wikipedia. org/w/index. php？ title = 集中营 &oldid = 30715915）

镇压中只是最低一级的暴力手段。因此，在德国发生的某些事件不过是对英国的重复，沦为暴民的听众们将自己打扮成正义的化身不仅可笑而且可鄙。保灵将自己在一战中的悲惨经历诉说了一遍，听众们却认为他落伍和无聊，爱国主义的激情已经让他们相信，自己马上就要成为英雄去解放全世界受苦受难的人们。

保灵痛苦地意识到，在这个像希特勒一样的小个子男人鼓动下，人们早已失去了理智，世界即使不在虚假、蒙蔽和灾难中毁灭，也会成为一个充满仇恨的标语世界。虽然保灵有远离战争的觉悟，却没有预警危机的能力，他的意见没人倾听，他自己也没有力量说服他人。归根结底，无论是否愿意迎合主流意识形态的宣传，个人都没有办法有效、完整地发声，从这个层面说，保灵的意识并不是他个人的意识，而是外在世界建构的结果，外在世界可以根据需要随时将他"格式化"，当然，这一幕在《动物庄园》《一九八四》中才正式上演。

最后，保灵决定去拜访他的忘年交波提欧斯老先生，希望能在优雅博学、不问政治的老学究那里找到片刻宁静或人生的智慧。在前面的论述中，波提欧斯作为和希尔达在日常生活中的另一个极端，前者象征学术、信仰和知识的力量，后者只是一般庸众的代表，保灵和波提欧斯相比，两人知识水平的差距显而易见，在这个"上公学，再上牛津大学，然后回到原来的公学当老师……一辈子生活在拉丁语、希腊语和板球的氛围之中"，"有时说我对于美很迟钝"① 的老知识分子面前，保灵时常自惭形秽，但这也着实让他由衷地钦佩波提欧斯的学识，这种惺惺相惜其实是他在令人窒息的"深水重压层"追求超越的必然。波提欧斯吸引保灵的是他能规避现世的烦扰、悠然自得，他以历史文化作为精神藩篱，抵抗城市生活的纷扰。但是，历史脱离不开具体的社会现实，如果历史没有给予当代以镜鉴，那么人类经验的传承就会中断，历史也失去了它的作用。正因为如此，保灵觉察到这个"太平和、太牛津味"的老学究没能用丰富的历史知识回答"怎

---

① 乔治·奥威尔：《一九八四·上来透口气》，孙仲旭译，译林出版社 2002 年版，第441 页。

么看待希特勒"的问题。回溯历史现实，人们在 1938 年的世界已经清楚地看到，乌克兰的饥荒和苏联的劳改营、长枪党和共和国的厮杀、德意法西斯的崛起犯下的反人类罪行、日本侵略者制造的"南京大屠杀"，这些事件开启了国家有计划灭绝人口的先河，所以完全可以说，两次世界大战之间的二十年是人类史上的黑暗时期。但对此，波提欧斯最后只是用一句他最喜欢的谚语"日光之下无新事"就打发了。虽然不能苛求这位老牛津人在学术之外能为维护和平摇旗呐喊，成为社会活动家或革命者，但是，波提欧斯的"不谈国事"代表着一种可怕的趋势，那就是知识界对社会矛盾的冷漠态度，究其原因，这既有长久以来宗教和道德滑坡造成的信仰旁落，也有第一次世界大战对人身心造成的伤害，更是知识界对社会体系的普遍拒斥。然而，如果知识分子让自己远离政治，那么他们存在的价值又在哪里呢？事实上，在 20 世纪 30 年代，部分知识分子对战争的回避态度也是战争爆发的原因之一，文明若后退，野蛮就进逼。因此，波提欧斯的怀旧方式不能给保灵提供逃逸现实困境的方案，他逃归古典文化的做法与保灵对自己的肥胖体型感到自卑、读书会的政治鼓动一样，都是社会意识形态对人思想意识塑型的结果，这就是说，波提欧斯们已经遭到主流意识形态的"无害化处理"，他们自私地留恋小我、放弃热情和理想，因而不具备超越现实的力量，又何谈启迪他人，重塑社会？而"真正具有革命特征的社会转变必须表现出对日常生活、语言和空间具有创造性的影响力"[1]。

通过对城市生活压力的分析可见，保灵所面对的物质文化世界一边用假牙、中产者社区和轰炸机开启了世界毁灭的大幕，另一边用肥胖、政治宣讲和波提欧斯剥夺了保灵反抗的力量，在毁灭的锁链和闭合的链条双重缠绕中，保灵不仅自身充满了无力感、孤独感，透口气都难，而且他周遭的人们面对世界的强暴或是主动逢迎，或是安于现状。作为个体，保灵只能思考脱身而去的方法，追忆往昔、摆脱现实就成为他必然的选择。

---

① Henri Lefebvre, *Critique of Everyday Life*, London: Verso, 1991, p. 54.

2. 怀旧符号的内涵。

在保灵的追忆怀旧中出现的意象，体现的是奥威尔对传统英格兰乡土文化的眷恋与怀念，"很大程度上它是一种对往昔时光不再重回的哀愁。即使他早期生涯中拒绝自己的社会身份，并以不同的身份认同重塑自我，但他仍然是他那个时代和阶层的孩童……他所在的阶层和接受的教育将他塑造成型，并乐在其中"。① 尽管奥威尔对传统英格兰的想象有不同形态——"托利党式的英格兰、贵族式的英格兰、盎格鲁式的英格兰、帝国式的英格兰、孤岛式的英格兰或非智化的常识英格兰"，② 但相同的是都奉行维多利亚—爱德华时代的古朴道德价值观体系，与现代城市生活势不两立，因而成为他所追求自由精神的载体。所以，追忆怀旧中的意象就不仅是休闲娱乐活动或只有某种单一固定的含义，也是具有多元指向意义的审美存在。

（1）钓鱼：钓起作为他者的往昔之我。钓鱼在保灵的怀旧意识中首当其冲，地位最为重要，它并非某种神圣的活动，也不具有社会功利性，完全是一种世俗的"家常行为"，钓鱼者在漫不经心、心不在焉的状态中享受宁静，并等待意外惊喜。《上来透口气》中保灵共有三次钓鱼的经历，第一次是央求加入兄长乔率领的"黑手党"四人帮，一起去米尔农场的池塘钓鱼；第二次是独自去宾菲尔德大屋旁的池塘钓鱼；第三次是在一战中随部队撤下前线、在法国一个小村旁的池塘钓鱼——都是毫无悬念的平常钓鱼经历。然而，正是这种平常事件中蕴含着最美好的回忆，并且每一次钓鱼所体现的美好都不一样。

第一次钓鱼经历可以称为"坎坷多艰"。时间：1901 年夏。8 岁的保灵尾随 10 岁的哥哥乔，试图参加他们的小组织，但是却因为太

---

① Christine Berberich, "A Revolutionary in Love with the 1900s: Orwell in Defence of 'Old England'", in Alberto Lázaro, ed. *The road from George Orwell: his achievement and legacy*, www. peterlang. net, 2001, p. 3.

② Jonathan Rose, "England, his England", in John Rodden, ed. *The Cambeidge Companion to George Orwell*, Cambridge: Cambridge University Press, 2007, p. 28.

小遭到拒绝和殴打，好在最后被他缠磨不过，乔等四人只好带着他一起去池塘。在躲过凶悍的放牛老头后，他们各自开始垂钓。尽管受到其他男孩的嘲弄和蚊蝇的叮咬，但保灵还是钓到当天唯一一条大鲤鱼。可最后不仅辛苦钓到的鱼被放牛老头抢走，还被父亲用皮带教训了一顿。然而，这次钓鱼对保灵来说意义重大。其一，他第一次接触到一种融入自然的活动，实际上，所谓的自然都是人化的自然，是人文视野下的自然生态，钓鱼行动得以开展，是人具备了认识和改造自然的能力，但是这种能力却不是一种毁灭式的征服，而是建立在尊重自然生态的基础上，进一步促进了自然的多样、自足和可持续。所以，钓鱼成为人类社会与自然生态平等对话的象征，尽管保灵幼小的心灵里未必能认识到这一点，但钓鱼过程中他的身心浸润在田野、空气、池水中，那种舒适感受是难以忘怀的。其二，钓鱼经历虽非一帆风顺，却功成圆满，从保灵硬要加入哥哥乔领导的"黑手党"开始，他就没少受皮肉之苦，而且作为新入伙又是年龄最小的成员，加上以前根本没钓过鱼，在团队中受气是难以避免的，以至于被赶到最差的地段去。但是这些并没有让保灵气馁，竟幸运地钓到鱼。垂钓的过程曲折艰难，给最终的成功增添了沉甸甸的分量，正是因为在钓鱼的过程和结果取得的成就，保灵体验到了被他人接受的兴奋，这是人从家庭进入社会的开始，钓鱼象征着他具备一技之长、得以自力更生，因此它成为一个幼儿成长成熟的节点。可见，通过这次钓鱼经历，保灵获得一种男性的尊严和对成功的信心。

第二次钓鱼经历可以称为"怡然自得"。时间：1907年仲夏。保灵独自一人来到下宾菲尔德大屋旁的池塘边一个人垂钓，但不久以后，保灵又发现池塘另一端因雨水冲积隔出一个小池塘，虽然隐蔽但鱼更多更肥。这时保灵已经14岁，正处于成长中的好奇与探索阶段，宾菲尔德大屋旁池塘的钓鱼经历，一方面意味着他踏上了对自己珍爱事物的发掘之旅，与经济利益毫无干系，钓鱼与冒险探索的兴奋、发现未知新地域的喜悦联系在一起，正是这次经历让保灵开始具备探索的能力和信心，而中年时回乡得以成行与此密不可分。另一方面，保灵充分享受到了独处的时光，在纷繁的社会上独处是一种奢求，保灵年少时的独处使其受益匪浅，成年后的他善于反思和分析，就是承袭着年少时的独处经验。独处是冥想参禅的前提之一，虽然并非所有打坐入定者都能领悟宇宙人生的大智慧，但独处确实可能使人产生静心神专注一事的效果，也就是说它接近禅的冥想意境，以摆脱焦虑，而达到和谐平静生活的体系。池塘吸引着保灵进入冥想状态，使他在嘈杂的外在世界中得以保持内心的暂时平和。

第三次钓鱼经历可以称为"徒劳无功"。时间：1916 年秋。在法国作战的保灵趁部队休整的机会和同伴一起准备钓鱼，他们在没有钓具的情况下东拼西凑所需材料，包括用宝贵的香烟向战友交换缝衣线、向妓女索取做钓钩的缝衣针，在备齐材料后保灵自己动手赶制钓具，就在他们骗过军官将要奔向小河时，突然接到开拔的命令，一番辛苦忙碌全泡了汤，最后怅然离去。但这次徒劳无功的钓鱼行动却是三次钓鱼行动中最重要的一次，如果前两次使保灵具备了通往成人世界的能力，那么这次是已经成人的他对往昔美好时光的回望，并成为中年保灵怀旧追忆的"前文本"，是保灵回乡的预演；同时，青年保灵就已面对着战争威胁，这暗示了其阴影将再次袭来，使保灵陷于一生都无法摆脱的噩梦。因此，在这次失败的钓鱼中，让人看到的是一个童心未泯的青年，饱受战争之苦，"关节僵硬，心里有点空荡荡的，不会再对任何事情感兴趣。部分是恐惧和疲惫，但主要是厌倦。当时，谁都以为战争绝对会没完没了地打下去。今天、明天或者后天，你会再赴前线，可能到了下星期，一发炮弹就会把你打成肉酱，但就算那样，也比没完没了的战争厌倦感要强"。①

总之，钓鱼行动将保灵和往昔生活联系在一起，赋予他现实环境中不再有的经验，对于这个在家庭内外都不顺心、不如意的男人来说，钓鱼行动中诞生了一个与现在之我截然不同的"往昔之我"，他沐浴在自然的雨露中，拥有平和和安静、无视功利、充满自尊自信的内心世界；他对往昔的生活环境了如指掌，钓起鱼来游刃有余；

---

① 乔治·奥威尔：《一九八四·上来透口气》，孙仲旭译，译林出版社 2002 年版，第 369 页。

即便是在最艰苦的环境下，他也能苦中作乐、超越困难，果敢执着地逃回到美好的回忆中去。可以说，这个漂浮在怀旧意识流中的"往昔之我"，是"现在之我"摆脱困境、重塑灵魂的"他者"。钓鱼行动与外部世界的联系是极为明显的，文本的时间线穿过三次钓鱼事件——1901 年、1907 年、1916 年——并不是三个随意选取的时间点：1901 年，维多利亚女王去世，对于英国来说是一个时代的结束；1907 年，爱德华七世正处于建立英法同盟与英俄同盟、共同对抗德国的最后冲刺；1916 年，近 10 个月的"凡尔登绞肉机"几乎绞碎了整个一年。如果将动荡的时代"背景"与故事中作为"前景"的钓鱼事件相结合，国家和个人正好是两条交会的演化曲线。国家从繁荣走向动荡最后陷入灾难——演化曲线走势向下；个人从幼儿成长为男孩再变成男人——演化曲线走势向上。两条线交会在第一次世界大战发生的时间节点上，原本向上的个人曲线随着国家曲线坠落，战争是社会积累的弊病的总爆发，不仅阻碍了英国文明的演进步伐，还终结了无数像保灵这样普通人的身心发展。更严峻的是，战争并没有真正改变争端，也不可能改善现代人的生存环境，因此，怀恋传统社会中的生命力量，以保护自我不在现实中遭受侵害和毁灭，对保灵来是极为迫切的。

（2）大屋：历史感捍卫生命力量。从景观文化学的角度看，保灵的家乡牛津郡下宾菲尔德属于西欧传统城镇形态，即最先由中世纪的贵族在领地上建造城堡，然后城堡周围出现了平民或农奴聚居的集镇和乡村，形成了独特的地理文化景观。工业革命的爆发、生产力得到长足发展，经济政治的变化带来地理景观上的改变，原先的贵族领主搬迁或消亡，而集镇和乡村逐渐成为该地域的主要经济体和文化景观，城堡逐渐失去了防御功能，标志着一个阶级退出了历史舞台。下宾菲尔德镇的前身是城堡周围的乡村，而镇旁山上的大屋是从前的城堡所在地，只不过产权易主后被改造成了一座巨大的乡间别墅，当地人称其为"大屋"，他的主人移居伦敦，任由大屋连同它周围的地域荒废，"所有围栏全变成了绿色，正在腐烂，庭园里长满荨麻，种植园里的东西长得像是丛林。甚至花园也变回了草地，只有几处长得歪歪扭扭的玫瑰花丛说明花圃以前在哪儿"。① 尽管如此，大屋在保灵的内心中仍然是坚实的城堡，是凌驾于下宾菲尔德之上的神秘之地，并成为能与城市文明对立的乡镇文化核心。

在保灵的记忆中，大屋其实是较为模糊的，他承认，"我还是个小孩儿时，却不曾多看一眼大屋或那个地方"②。如果不是侥幸被允许去大屋旁边的池塘钓鱼，或者大屋的主人搬离大屋使之闲置，保灵根本没有机会接近它。但这些因素反而衬托出大屋的真实感，以至于保灵越是以一种犹疑不确定的口吻叙述，大屋越是突破历史的迷雾显露出真实的外观："那座房子却漂亮得很，特别从远处看。它是座有柱廊和竖长窗户的白色大屋，我想它建于安妮女王在位时，建造它的人应该去过意大利。"③ 究其原因，盖因大屋不是现代社会的产品，使之与当下拉开了距离——建造时间上退回到1702—1714年的安妮女王时代，空间上迁越到意大利的异域文化，建筑样式既非伦敦的楼宇，也非下宾菲尔德的民居，其用途既非商业用途，也非普通住宅，最重要的是，它是没有人居住的废弃建筑，因此更无法用主人的特征来限制框定大屋的特点。因此可以说，空置的大屋本身具有一种空灵感，这和城市生活物尽其用的实用原则格格不入、反差极大，它是独立、真实、面向历史和传统的类存在，是可供观察、仰慕、冥思和想象的文化遗产，对比"深水重压层"缠绕窒息保灵的假牙——社区——轰炸机毁灭锁链，大屋不是包装历史、伪造名胜的虚假建筑，也不是伪装拥有产权却名不副实的社区住宅，保灵通过大屋感知的是更遥远的过去，它成为人生存奋斗的证据，虽然不能消除轰炸机带来的毁灭威胁，但却让保灵感受到人类悠久顽强、不屈不挠的本质力量。因此，大屋不仅消解着人的当下困境，也抵抗着时间对人的洗涤。大屋无人居住，似乎已脱离了建造的目的，表面上已毫无存在的必要，可是它将不同时空的人连接在一起，开始了一场"无声的对

---

① 乔治·奥威尔：《一九八四·上来透口气》，孙仲旭译，译林出版社2002年版，第364页。

② 同上。

③ 同上。

话"，这就使人在客观上形成了一种"总体性"的共识。我们成为大屋的一部分，或者说大屋"生成"着我们，我们因大屋而生存，所以，大屋成为某种"集体记忆"的载体，"借助集体记忆，借助共享的传统，借助对共同历史和遗产的认识"，"保持集体认同的凝聚性"。① 这种集体认同是人对自身历史文化在情感、意志和知性层面的全方位认同，是一种核心价值观的综合体现，但又不能轻易被定义，仅仅模糊地表现在对像大屋这样的古迹的相似评价或感情认同中，这就是说，大屋蕴含着意义的不确定，以此瓦解了时间对人的单一裁决和人的唯我倾向，给人注入了复杂多元的内涵，由此，现代人在文化遗迹面前，仍有机会复原追求自由的能力，因为人的意志"是某种给予我们根本方向感的东西所规定的，事实上是复杂的和多层次的。我们全部都是由我们看作普遍有效的承诺构成的，也是由我们所理解为特殊身份的东西构成的"。②

由此可见，在保灵看来，大屋朽而不倒，其沧桑的历史感使之成为隐没倾斜于山野中的堡垒，同时也是短暂、实用、单调的现代社会的对立面，大屋拒绝进步的观念，但却阻止人倒退的趋向，并把一种别样的文化形态展演出来，避免现代社会特有的认同危机，从而实现了现代人和前代人的"团结"，竟能让一个青涩少年喜爱那些从未谋面的"建造者们"。废弃的大屋为现代人"守灵还魂"，捍卫着人的生命力量。

（3）乡镇：本真的生活母体。钓鱼钩沉起保灵一个自尊自信、超越困境的自我形象，大屋以真实感和历史感破除保灵在"深水重压层"遭受的虚假感和毁灭感，但这两种意识都必须在一个具体的社会环境中才能生存，换句话说，作为现代社会的人文符号，它们的存在离不开人文环境的滋养，而这种人文环境是以乡镇面貌出现的下宾菲尔德。毫无疑问，保灵将记忆中的下宾菲尔德置于伦敦城市生活的独立面，成为自足、独立和拥有共同价值观的理想之地。文本中的下宾

---

① 安东尼·吉登斯：《现代性与自我认同》，方文译，三联书店1998年版，第98页。

② 查尔斯·泰勒：《自我的根源：现代认同的形成》，韩震等译，译林出版社2001年版，第39页。

菲尔德坐落在英格兰中南部、离泰晤士河约五英里远的一座山谷中，它只有狭窄的几条呈十字形交会的街道，镇中心不是教堂而是市场，暗示其发展历程中商业的作用。平日里人们各安生业、四邻淡然，而每到星期四赶集日，市场上一派热闹景象，买家摊主叫买叫卖，牲畜家禽与人争道，商铺里客人进进出出，孩子们也趁机争买零食和杂志，开心一番，直到集市结束、人流散去，小镇又恢复了平和宁静的氛围。

从保灵对下宾菲尔德的追忆怀旧看，一方面，下宾菲尔德其实是19世纪末20世纪初英国乡镇的缩影，展现的是英格兰单一淳朴、信守传统的民间文化氛围。但是，在保灵眼中，下宾菲尔德是现实世界中活生生的实体，绝不是空中楼阁或世外桃源，换句话说，下宾菲尔德的居民、景观、文化组成了乡镇，乡镇也用其特有的传统凝聚着居民。因此，保灵所珍视的下宾菲尔德不仅在于其时空上的实存性，还有其代表的一整套与现代社会尤其是城市生活完全不同的生活方式和价值取向，这种生活方式和价值取向并没有强迫保灵遵循其规矩法则，但保灵却自觉地与其保持着血肉联系。简言之，追忆中的下宾菲尔德就是保灵精神家园的象征。

另一方面，保灵所怀恋的下宾菲尔德并非完美无缺的世界，保灵的回忆叙述从来不回避这一点，从居民性格气质看，虽然受着淳朴民风的熏陶，但并非个个都具备完善的人格；从经济发展状况看，尽管占优势地位的小农经济和有限的商品经济让大部分居民解决了温饱，但社会发展缓慢、经济水平较低，导致了教育、医疗、卫生条件发展滞后；从整体观念取向看，虽然宗教信仰和道德规范组成的传统价值观让居民们相安无事、乐天知命，但绝大多数人并没有认识到自身的存在意义，而是驯服于普遍的社会规范。因此说，下宾菲尔德面对发展与落后、现代与传统、文明与野蛮、科学与盲信的角斗，一次次为自己进行着重新定位，其选项总是偏向于保守的一方。英国文化中的保守观念相对于激进思想确实是落后的，但保守却不等于顽固守旧，而英国乡镇也是如此，尽管发展缓慢，下宾菲尔德却没有停滞，而是随着社会的变化不断吸收时代的给养，并做出相应的调整。因此，下宾菲尔德尽管不完美，却是本真生活的母体。

　　然而，社会发展的加快，像所有英国乡镇一样，下宾菲尔德在追赶的过程中必须面对发展不平衡带来的威胁。从保灵对1908年以后下宾菲尔德的描述看，故乡以小手工作坊、家庭私营为主的经营模式，日益受到"发展剪刀差"的负面影响，发达地区的外来资本不断侵入，吞并了下宾菲尔德脆弱的"乡企"，动摇了小镇的经济根基并让人们无所适从、疑虑重重。相形之下，英国的宏观经济形势更是不容乐观，1908年相继召开的奥运会和世博会成了帝国繁荣的余晖，国际关系中，敌对同盟之间明争暗斗、势如水火，这些负面影响层层下沉，最后累积压迫在像下宾菲尔德的小镇上，使乡镇居民成为最终的受害者之一，下宾菲尔德自身循序渐进的发展模式被破坏了，世界上通行的游戏规则是资本为王、强者生存，固守传统的乡镇成为资本主义社会丛林法则的牺牲品，居民道德滑坡、家庭离散、小商铺倒闭殆尽。因此，下宾菲尔德在强势的外来力量面前毫无还手之力，只能逐渐走向衰败没落，最终被迫接受遭到控制和改造的命运。

　　但是，面对不甚完美又陷入困境的下宾菲尔德，保灵并没有抛弃对故乡的依恋，在弱肉强食的现代社会面前处于颓势并屡受侵凌，这正是保灵和下宾菲尔德的共同之处，保灵是将下宾菲尔德作为也处于生存困境的有机生命体来认识的，并将故乡经验中的可靠感、安全感，与当下生活中的不如意、压抑感相对照，以期抚慰心灵、重振自我。保灵和多萝西、戈登的逃离方向正好相反，他用故乡摆脱现实，而多萝西和戈登则是不满故乡而逃向外乡，最终用新的生活体验瓦解故乡的生活方式。逃离方向和逃离对象的变换，意味着人思考方式和价值观的改变，换句话说，这体现出奥威尔面对现实的策略转变。用探索社会的方式改造环境已经难以为继，而将故乡作为可感知的存在，并向前人借智慧，以传统意识重塑现实中的自我似乎更符合实际需要。然而，这种策略忽视了社会历史发展中的各种具体因素，将解脱困境的方案简化为用怀旧安慰心灵，进而用符合自己需要的景观固化了原本丰富的乡镇内涵，这就使保灵后来的回乡行动遭遇完败埋下了隐患。具体来看，保灵的故乡叙事分为3个单元，每个单元又由数量、功能不同的亚单元组成。

①点状闪回叙事。在这个单元中，记忆中相对独立又有一定关联的情节成为主要线索，这些情节成点状分布，具体有：A. 对下宾菲尔德气味的回忆；B. 家里开的店铺和豢养的动物；C. 下宾菲尔德的地理位置、格局及部分店铺（糖果店、理发店、自行车修理铺），酒厂、市场；D. 野地里的浆果；E. 糖；F. 凯蒂的故事。6 个亚单元成点状分布，表面上它们之间没有明显的承接关系，但每个亚单元包含部分其他亚单元的信息，组成深层网络，一个亚单元可以引出其他亚单元，或者指涉其他单元中的亚单元。如果将这 6 个亚单元位置更换，不影响叙述，这是保灵故乡叙事的特点之一：回忆中无序、独立的亚单元可以相互印证，体现了记忆在形式与内容上的真实。在所有点状闪回叙事中，F 最为鲜明具体：酒厂穷杂工的女儿凯蒂·西蒙斯"家住在一座又小又脏的破房子里，在啤酒厂后面的一条肮脏街道上。那个地方小孩遍地，就像一种虱子。她们整家都成功躲过了上学，那年头还是很容易躲的。她们刚学会走路，就开始干跑腿或者别的零七杂八的活。她有个哥哥因为偷萝卜被关了一个月。一年后，当乔长到八岁，野得让一个女孩子管不住时，凯蒂就不再带我们散步了。乔发现她家五个人挤一张床睡，经常拿这事把她取笑得抬不起头"。① 但作为保灵家的小保姆，凯蒂却尽职尽责地照顾乔和保灵，甚至还"努力装出一副成人样、淑女样，还会用谚语堵别人的嘴，在她看来，谚语是无法辩驳的"。② 然而，过早成熟仍然摆脱不了贫困生活的折磨，这个穷苦工人家的女孩不仅没有受教育的机会，而且不到十五岁就生了第一个孩子，孩子的父亲竟是他的一个兄弟。由于舆论和贫困的双重压迫，凯蒂外出打工并早早嫁人。保灵在上学途中最后一次见到凯蒂的情景触目惊心："铁路边几座吓人的木头小屋，周围有木桶板做成的篱笆，……经常有吉卜赛人在那里宿营。一个满脸皱纹的丑老太婆从一间小屋出来抖一张破布垫。她披散着头发，看上去最少有五十

---

① 乔治·奥威尔：《一九八四·上来透口气》，孙仲旭译，译林出版社 2002 年版，第 330 页。

② 同上书，第 329 页。

岁。那是凯蒂······"而这时,凯蒂不过 27 岁!生活把这个曾经聪明伶俐的年轻姑娘折磨成老太婆,青春韶华早早凋谢。而其他 5 个亚单元的轻松叙述与这出悲剧形成了强烈反差,F 作为"点状闪回叙事"单元的结尾,预示着由其他亚单元构建的乡镇宁静生活必将陷入灾难并将急剧凋零瓦解。

②人物纽带叙事。在这个单元中,人物形象成为主要元素,各个人物之间由下宾菲尔德的"乡镇意识"作为纽带联系在一起,每个人物都是独立的,其观念和行为都难以复制,他们像布满星斗的夜空,既自成一体,又相互影响。本叙事单元包括:A. 公共活动;B. 伊齐其尔叔叔;C. 父亲;D. 母亲;E. 家居活动。从范围看,A 大致回忆了镇民们的日常公共活动,包括政治选举、宗教祈祷、贸易活动等,范围相对较广,而且人物纷杂,三教九流,各色人等。而B、C、D,按照血缘和感情的远近依次递进,E 纯粹是对保灵自己的家居生活的简要总结,又有呈点状叙事的特点,但已经纯粹描述生活对自我的影响。从"点状闪回叙事"到"人物纽带叙事"单元,保灵的怀旧从对下宾菲尔德的"地方志"走向自家的"生活史",先大后小,以大包小,最终从外界事物滑向内在自我,乡镇成为"我"的乡镇,完成从"我"怀旧追忆开始,经历乡镇景观与人物,又归于自我的过程,易言之,是我回溯生命母体、面对生命母体,最后让生命母体融入我的意识。

在这个单元中,对记忆的梳理比"点状闪回叙事"单元详尽得多,各个亚单元的联系较为紧密,但叙述选择却是有偏向的——与"我"相关的较为清晰,与"我"联系较少的则较为粗疏。这是保灵故乡叙事的特点之二:以"往昔之我"为主,所有人物纽带最终的结合点是"往昔之我",人物成为"往昔之我"的参照,他们的意识是乡镇意识的结晶,而他们又结晶出"往昔之我",而"往昔之我"又成为"现实之我"的参照,可见乡镇他者从保灵有了意识并进入到怀旧追忆时,就驻留并塑造着保灵,一直到 1938 年从未中断。首先,在 D 中,母亲专注于"女人的活计",主要负责操持家务,最常出现的是家里的厨房,她对烹制菜肴得心应手,对烘焙糕点最为精通，很少参与经营、娱乐、外出旅行等"男人的活计"，乡镇的社会道德规范将她限定在家庭生活内，使她的一日三餐如同钟表般准时，保灵进一步认为，"不应该说像钟表一般，那样说有种机械化的意思，而是多少像是自然规律，就像你肯定太阳明天还会升起一样，……我妈她一辈子都是晚上九点睡觉，早晨五点起床。晚睡的话，她会认为那多少有点不道德——有点堕落、外国佬做派和贵族气。虽然她不介意付钱给凯蒂·西蒙斯领我和乔去散步，但她永远不能容忍请一个女人帮忙做家务，她坚定不移地相信请来的女人只会把灰扫到橱柜下面"。① 可见，母亲性格最大的特点是对外在世界的不信任，缺乏安全感，当她和父亲刚结婚时，正赶上令整个社会恐慌的"开膛手杰克"案（1888 年 8—11 月），母亲将自家加装了百叶窗，而且竟认为凶犯就藏身于下宾菲尔德。她对保灵的管教也是对世界不信任又不理解的表现："照我妈的说法，男孩儿想干的每件事都是'危险的'。游泳危险，爬树危险，同样危险的，是玩滑梯、打雪仗、吊在马车后面、玩弹弓和灌铅木棍等，就连钓鱼也危险。"② 母亲列出一大堆的危险事项，在她眼里家庭之外的自然和社会处处险象横生，为"往昔之我"建构出一个危险的世界形态。

　　但在 B 和 C 又建构着另一个世界形态。伊齐其尔叔叔是保灵父亲同父异母的兄长，比父亲年长二十多岁，两个人从外貌到性格都泾渭分明，伊齐其尔叔叔聪明爽朗、脑筋活络，喜欢读卡莱尔和斯宾塞，长于辩论，对小店铺经营马虎、不善管理；而父亲是个谨小慎微的小生意人，脑筋缓慢、缺少胆识魄力扩大经营。这两个人对保灵的影响是矛盾性的，使他既有伊齐其尔叔叔的气质，又有父亲的特点。伊齐其尔叔叔和父亲的最大分歧是他们的政治态度，而这又集中体现在两人对布尔战争的认识上，作为一个"真正的老式 19 世纪自由党人"，③ 伊齐其尔叔叔赞赏格拉斯顿，极力反对约瑟夫·张伯伦，他

① 乔治·奥威尔：《一九八四·上来透口气》，孙仲旭译，译林出版社 2002 年版，第 339 页。
② 同上书，第 340 页。
③ 同上书，第 335 页。

"贬损乔·张伯伦一伙，称他们是'公园大道上的地痞流氓'"。① 此外，他还主张殖民地有限自治，并对英国进行的布尔战争持否定态度，宣称自己是个"英格兰本土主义者"。而父亲则认为殖民是白人的责任，布尔人凶残地压迫黑人，英国必须加以制止。然而，下宾菲尔德的信息闭塞使两人的争论常常不了了之，滑稽可笑：

> 他们一星期左右几乎谁也不搭理谁。有关暴行的传闻开始传播时，他们又吵了一架。我爸听到那些传闻忧心忡忡，拿这件事跟伊齐其尔叔叔理论。不管他是不是个英格兰本土主义者，肯定他不会认为布尔人把娃娃扔到空中，然后用刺刀插是件正当的事，即使那不过是黑娃娃。但伊齐其尔叔叔只是冲着他的脸大笑。我爸全弄混了！不是布尔人把娃娃扔到空中，而是英国兵！他总是紧紧抓住我——我当时肯定有五岁了——来演示一番。"扔到半空再插透，就像插青蛙，我告诉你！就像我可能把这个小家伙扔出去一样！"然后，他把我抡起来，几乎要松开手，我当时脑子里有副生动的景象：我飞上半空，然后"扑通"一声掉到刺刀尖上。②

伊齐其尔叔叔和父亲的争论在下宾菲尔德具有代表性，下宾菲尔德居民的自由观念和盲目固执形成张力，可以说，既是一种淳朴的自由天性，又是一种任性的先天缺陷。前文分析过，保灵的怀旧追忆叙事是反理想化、祛浪漫化的，乡镇居民更是世俗中人，完全以自己的喜好判断周遭世界，比如"入伍当兵在他们眼里，就像一个姑娘去操卖身生涯一样。对于战争和军队，他们的态度很是耐人寻味。他们拥有根深蒂固的老英国观念，即穿红外套的都是人渣，谁参军就会死于酗酒，直落地狱。但他们同时又是忠贞的爱国者，他们把国旗贴在窗户上，而且坚定不移地相信英国从来没吃过败仗，也永远不会"③。

---

① 乔治·奥威尔：《一九八四·上来透口气》，孙仲旭译，译林出版社2002年版，第334页。
② 同上书，第335页。
③ 同上书，第332页。

从中可见，居民们既厌恶战争，又是大国沙文主义者，这种矛盾的特性折射出乡镇的杂糅特质。

③小人物衰败叙事：在人物纽带叙事后，保灵开始追忆起家庭走向贫穷的历程，但叙述中的语言风格似乎却与叙述内容不一致，当父亲告诉保灵生意上因为和大公司竞争失败而亏了本、要他辍学打零工补贴家用时，保灵的注意力不在家里遭遇危机而产生的凝重气氛上，竟然对父亲的失态感兴趣："我爸进屋用下午茶时，一副忧心忡忡的样子，脸色比平时还苍白上几分，身上沾的磨粉更多。他在整个茶点时间都很严肃地吃东西，不怎么说话。那段时间，他吃东西时很专心，因为他的后牙没剩几颗了，他的胡子总在斜着上下动。""我爸开始说话了，语气很严肃，但是因为要对付卡在后牙里的面包屑，效果打了不少折扣。"① 这种看似不合适的顽皮语言表明了保灵对家庭所面对危机的漫不经心，但却不能用少不更事作为原因，本单元全部以这种语调对下宾菲尔德居民所遭不幸进行叙述，分为：A. 经营困境，家庭生活显危机；B. 保灵辍学外出工作；C. 父母皆故去，兄长走他乡；D. 与爱尔西初恋；E. 一战开启，保灵从军。应该注意的是，B 的叙述中顽皮的语言风格减到最低，这与该亚单元主体是回忆我的学徒工作经历有关，但这不是说保灵的叙述变成一本正经的讲故事模式，实际上，学徒工作辛苦忙碌、无暇他顾，他甚至产生了一种玩世不恭的态度。表面上看，保灵揶揄下宾菲尔德的衰败没落，否定的是下宾菲尔德居民不思进取的惰性，但深入分析小人物们遭受不幸的原因发现，人的观念态度固然重要，但整个社会大气候的影响亦不可忽视，人的内在世界也是由外在世界塑形的。我们不是要将人的失败归因于客观因素，而是认为内外因素对人的发展均有重要作用，是二者的互动造成了人的命运。下宾菲尔德的村镇经济不可能脱离社会发展的总体形势，当社会发展和社会意识需要淘汰掉它的一部分机体时，传统文化载体的乡镇走向没落就不可避免。面对发展变化的时

---

① 乔治·奥威尔：《一九八四·上来透口气》，孙仲旭译，译林出版社 2002 年版，第379 页。

代，普通人无从选择，左右为难，保灵以顽皮的口吻揶揄他们，实则是以笑谈掩饰对无情命运的叹息，体现了保灵叙述中语言风格与内容的反差，凸显乡镇传统生活的瓦解。

第三节　回归故乡与最后希望

经过近半年的策划准备，包括将公司、家庭的事务安排妥帖，尤其是编造了欺骗妻子希尔达的借口，保灵终于冲出城市生活的一潭死水，将怀旧转变为现实行动向故乡奔去，如同摩西身后有埃及大军，他也觉得自己受到妻子、老板、同事、朋友、熟人，甚至是毫无瓜葛的人组成的"大军"追赶，"另外还有一些灵魂拯救者和好管闲事的人，那些人虽然我从来没有见过，但是他们一直在操纵着我：内政大臣、苏格兰场、戒酒联盟、英格兰银行、比弗布鲁克勋爵、骑着双人自行车的希特勒和斯大林、主教们、墨索里尼、教皇——他们全都在追赶着我，我几乎能听到他们在叫着：'那儿有个家伙以为他能跑掉！那有个家伙以为他不会被改造成最新型的人！他要回下宾菲尔德了！追上他！拦住他！'"① 但他还是克制住"把整件事全盘放弃"② 的诱惑，逃向了故乡。

然而，从保灵进入下宾菲尔德地界开始，就陷入"一切都错了"的困惑中，尽管这可能是由于多年漂泊、初回故乡的迷乱错觉，但却为故乡的破碎埋下了伏笔，随着故乡景物的增多，迷乱错觉变成了错位感与陌生化——现在是社区的地方以前是林场、现在是公路的地方以前是农田、现在是工厂的地方以前是绿地，以至于下宾菲尔德原来的地标——教堂和酒厂的烟囱，现在被成片的居民区吞没。总之，下宾菲尔德被"砖头海洋"推动着，从原来不足 2000 人的小镇扩张成现在 25000 人的小型城市，而随着本地人口的增长和外来人口的入住，陌生脸孔组成的世界取代了"熟人社会"。"熟人社会"意味着

---

① 乔治·奥威尔：《一九八四·上来透口气》，孙仲旭译，译林出版社 2002 年版，第459—460 页。
② 同上书，第 458 页。

人生活在相对熟悉、安全的环境下，并遵循着一整套传统的生活准则，"我们原本是在熟人中生活的，是个乡土社会"。① 乡村、集镇是"熟人社会"的物质基础，尽管中西方乡土社会的准则不完全一样，但作为城市文明的对立面，其价值体系和道德原则都以传统维度为根本指向，而社会急剧的发展变化将这种传统维度分解，陌生人的不断涌进破坏了东西方各自的"熟人社会"，造成人安全感的丧失，进而产生了心理的不适。在保灵眼中，"下宾菲尔德已被吞没并像秘鲁那些失踪城市一样被埋葬了"②。尽管"房子，店铺，教堂，足球场——新的，全是新的，我再次有了敌人在我背后得手了的感觉。那些人全都从兰开郡和伦敦郊区汹涌而来，在乱糟糟的环境之中落地生根，可是他们却懒得记那些镇上的标志性地方的名字"。③ 紧接而来的是因为"新"所产生的"仓促""临时"和"表面化"，只要能达到使用者的既定目的，那么新出现的事物就以吞噬一切的速度改造着原有的东西，并堂而皇之地占据原有东西的位置、权威和历史感，成为新的人文标志，但这掩盖不了新的东西的虚假性，保灵所见，处处藏着经过层层包装的假冒伪劣物品，"如今他们把那个地方布置成了中世纪的风格：砖砌的壁炉，天花板上有根很粗的梁，墙上镶着木板，每一点每一处都是假的，隔着五十码都能看出来"。④ 至于酒吧卖的啤酒，根本不是用啤酒花酿造的，全部都是化工原料，而啤酒花却成为制造炸弹的重要原料！整个下宾菲尔德成了颠倒错位的虚假世界。

　　尽管如此，保灵毕竟回到了故乡，故乡的急促变化虽然令人失望，但毕竟还能让保灵找到以往的某些感觉，比如在下宾菲尔德的教堂，保灵回忆起了唱诗班，牧师和人们的齐声祷告，但当曾经年轻现在已垂垂老矣的牧师出现在教堂时，他根本认不出保灵来，这让保灵

---

① 费孝通：《乡土中国》，人民出版社 2008 年版，第 12 页。

② 乔治·奥威尔：《一九八四·上来透口气》，孙仲旭译，译林出版社 2002 年版，第 467 页。

③ 同上书，第 468 页。

④ 同上书，第 472 页。

陷入了矛盾中，不知是否迎上前与多年前的熟人相认。一方面，他希望被人认出，这证明记忆的准确性和真实性，他从往昔到现在就能成为一个完整的有机体；另一方面，他又不希望被认出来，面前老迈的牧师让保灵想起自己的衰老，回到故乡的目的就是恢复对自信和自尊，这使他最终放弃相认，令保灵更不想看到的是，衰老的他们对业已改变的故乡无能为力，只能听之任之。

从上面的论述中可以看到，保灵回乡经历了一条失望的路线。从"一切都错了"的困惑到陌生的脸孔，再到进入一个虚假的世界，他不仅没有被人认出，他也不敢认出他人。实际上，他来到了一个陌生的"故乡"，是自身无法体现出认同感的异己地域。保灵在回乡见闻中遭遇的挫折感使他把钓鱼和大屋作为故乡的载体。在伦敦，他曾愤怒地质问道："现在还有人钓鱼吗？伦敦方圆一百英里内的任何地方都无鱼可钓。……小溪不是被工厂里排出的化学品毒化，就是里面扔满了锈铁罐和摩托车轮胎。"① 在令人曾魂牵梦绕的下宾菲尔德，记忆中经常可以钓到鱼的溪岸河畔，现在竟然挤满了人，"就我目光所及，到处都是一个挨一个的男人在钓鱼，隔五码就有一个"。"他们全都在尖叫着、嚷嚷着，绝大多数船上还有留声机。那些想钓鱼的可怜鬼的浮子在汽艇掀起的波浪中上下浮动着。"连河水也不一样了，从前的河水是"闪着光的绿色，可以往下看得很深，而且还有一群群的鲮鱼在水草边上巡游。如今，你是往下看不到三英寸深了。全是褐色的脏水，水面上还有一层来自汽艇的油膜，不用说还有烟屁股和纸袋子"。②

钓鱼钩沉起的原本是保灵在故乡生活中的完美往昔之我，而现在却连钓鱼行动都不能进行，小溪与泰晤士河没有差别，保灵断然不会进入到与伦敦没有任何区别的河岸，现在下宾菲尔德让他复苏的不是往昔完美之我，而是伦敦的城市生活噩梦。如果把钓鱼比作怀旧阵地的"外围防线"，那么山上的大屋就是阵地的"制高点"。当保灵来到

---

① 乔治·奥威尔：《一九八四·上来透口气》，孙仲旭译，译林出版社2002年版，第363页。

② 同上书，第488页。

大屋附近，这里依旧绿树成荫，如同往常一样寂静安详，和蔓延到半山腰的城镇判若两个世界。但是，大屋不再是无人居住的空灵之所了，原本捍卫人生命力量的大屋被改造成了精神病院！它所拥有的历史真实感变成了精神病人的昏乱混沌，它对更遥远的往事展开的对话变成了医生对病人的训斥和精神病病人的呓语。而大屋旁的池塘被改造成了游艇俱乐部，保灵意外发现的那个小池塘成了垃圾坑。现在，保灵心中的故乡早已褪尽了往昔温情和平和，变得喧嚷、虚假、混乱。如果卡夫卡用人变为甲虫的方式来表现现代人的异化，那么奥威尔在这里将故乡下宾菲尔德灾变为大都市伦敦的复制品，它已经具备了所有现代社会的特征，并正将这一特征固化、深化和强化。可以说，保灵面前的故乡景观，不是他所希冀发现的生命本真，而是城市生活的无形触角。在来到下宾菲尔德的三天里，保灵常借酒浇愁，精神状态还不如在伦敦家中时，渴求重新充满生命活力的身心反而更加衰弱。

　　在下宾菲尔德，曾与保灵最亲近的人中，父母早已过世，哥哥乔离家出走，音信全无，与父亲同父异母的伊齐其尔叔叔也早已离世，只剩下保灵的初恋女友爱尔西·沃特斯，但在好不容易认出邂逅的中年女性就是爱尔西时，保灵眼前有种眩晕的感觉，"只不过二十四年，就能使我所认识的那个有着奶白色皮肤、红唇和有点浅金色头发的女孩变成了这样一个拱肩曲背的母夜叉"，"她的腰部则是消失不见了。她只不过是柔软笨重的圆柱体，就像是一包肉"。"整张脸都有点下垂，好像它不知怎么着被往下扯过……巨大的下垂的下巴，嘴角耷拉着，眼睛深陷，还长着眼袋，跟斗牛犬一模一样。"[1] 保灵认出了爱尔西，但爱尔西没有认出保灵，对她来说，来到她店铺里的这个人只是个中年胖子。有的研究者认为，奥威尔让保灵将爱尔西的变化进行了过分细致的观察，"是奥威尔所有无情的男性剪裁（male cuts）之一"[2]。爱尔西时刻提醒保灵自己的肥胖和衰老形象，爱尔西的变化

---

[1] 乔治·奥威尔：《一九八四·上来透口气》，孙仲旭译，译林出版社 2002 年版，第491—492 页。

[2] Mitzi M. Brunsdale, *Student Companion to George Orwell*, London: Greenwood Press, 2000, p. 114.

只是他的前兆，这一代人在未来终将走向同一个结果。然而更危险的是，轰炸机在下宾菲尔德的天空往来巡航，每天不断，为即将开始的战争进行训练。实际上，下宾菲尔德附近的纽伯里就建有英军的空军基地，再过不到三年，这里的轰炸机就将起飞前去轰炸德国。但现在，首先遭到轰炸的恰恰是英国平民，由于操作失误，实弹训练的轰炸机竟然向下宾菲尔德投掷了炸弹，造成三人死亡的惨重后果，惨状让保灵毛骨悚然："房间受到了爆炸的冲击。里面乱得可怕，什么东西都有：砖块，灰泥，椅子腿，漆过清漆的梳妆台，桌布碎片，几堆碎盘子和几大块洗涤槽。一罐果酱滚过地板，留下了一长道果酱，跟其并行的是一条血迹。在那边的碎陶器中横着条人腿，只是一条人腿，还穿着裤子和一只带着伍德—迈尔尼牌橡胶鞋跟的黑靴子。那就是人们在那儿大呼小叫的原因。"① 人们在埋葬死者的时候，"甚至没有找到一个裤子上的纽扣，可以让人们对着它致葬礼词。"② 而空军对此的反应竟然是失望和不满，因为炸弹的威力远未达到军方的预期！

到此，保灵已经彻底绝望。在下宾菲尔德，不仅没有怀旧追忆中故乡的影子，毁灭的威胁反而加剧了，实际上，作为保灵故乡的下宾菲尔德早已毁灭了，用以反拨城市生活景观的精神家园也随之泯灭，现代社会对待一切有价值的存在的方式都是一致的，保灵无法再与往昔之我建立亲密和谐的关系，这里到处是伪造的痕迹，不仅提醒保灵他的衰亡宿命，还让他直面轰炸的惨烈和毁灭的威胁。这一切让保灵落荒而逃，回到伦敦的家中。

从开始怀念家乡旧有的一切，到付诸行动真正回到下宾菲尔德，再到回归家庭，保灵似乎也在重复多萝西和戈登的回归模式，而且他也无法证明自身逃逸行动的合法性，因此，当保灵驱车回到伦敦的家时，他根本无从回答妻子希尔达的质问，只落得归来后更加失落和苦楚境地。即使保灵对妻子如实相告，妻子也理解他回乡的动机，但"故乡"已

---

① 乔治·奥威尔：《一九八四·上来透口气》，孙仲旭译，译林出版社2002年版，第507页。
② 同上书，第508页。

非故乡，他的回乡怀旧一无所得，他根本无法向人说明此行所获。实际上，保灵的追忆怀旧与实际行动，只是他自己的虚构——精神上的追忆怀旧以往昔的记忆构建了故乡美好的世界；在实践中回到故乡，发现美好的故乡已经碎片化，1938 年之前的下宾菲尔德永远无法回去，现实中没有任何它的遗迹，所以，保灵的回乡完全是一次"虚拟"的旅程，他没有"回去"，现代社会早已经将原初的故乡在同一地点抹杀，他只是到了一个同样叫下宾菲尔德的城市，无论是伦敦还是下宾菲尔德，失去自由的保灵只能在平面世界存活着。

但是，这种"回乡—归家"的行动仍然有现实意义，下宾菲尔德故乡的梦碎并未使他丧失对家的渴求，反而更激发了他对家的热望，易言之，只要现代社会压制性不终止，现代人的人格逻辑悖论就没有穷尽，那么回归的意识就不会终结，故乡也永远在不确定的远方，呼唤着人再次"回去"。在此意义上看，故乡并不仅是单一的时空存在，而是精神家园的隐喻；不仅是个体性的想象，也是集体性的皈依，个体回归现实故乡的失败不等于人类精神家园的沦落，事实上，保灵记忆中保存的下宾菲尔德也从来不是固定的意义，往昔完美的自我、对生命力量的捍卫和乡镇作为本真生活母体的存在，都是意义无限派生的存在，而非与世隔绝的历史废墟。

对故乡的依恋，是对故乡的感觉，而不可能是回到实存的故乡。保灵以故乡为寄托，归根结底是他与故乡人的文化共鸣，这就是他摆脱城市生活的精神家园。保灵进一步对精神家园做出了诠释："我不像多数伦敦佬那样，对'乡村'多愁善感，我就是在那儿长大的，跟它的距离也太他妈近了。……我也不是建议全体人类都把一辈子花在游来荡去摘报春花这类事情上，……我们必须工作。只是那些人在矿洞里咳嗽得要把肺叶给咳出来，那些女孩子在猛敲打字机，结果谁也没时间去摘朵花。……不管你在追赶什么，别再追了！冷静下来，喘口气儿，让一点点平和渗进你的骨头里。"[1] 这就是说，在保灵那

----

[1] 乔治·奥威尔：《一九八四·上来透口气》，孙仲旭译，译林出版社 2002 年版，第451 页。

里，精神家园意味着"平和"，即一种平静宁和的心理状态，既不焦虑恐惧，也非麻木不仁，而是一种心情舒适、游刃有余地安享现有、徜徉过去、静待未来的"入定"，即便是一瞬之念，也可以化为永恒之在，是在"非我"中看到"我"，在"我"中守候"非我"，物我两忘，向死亡跃进，向本真敞开。所以，平和是人生活的意义和追求，或者说，对永远不离开"家"的愿望。唯有如此，人才能暂时忘记现实中的烦恼、厌倦和不如意，才能在危机来临时调整好心理状态以面对挑战。因此，保灵向"精神故乡"的回归，是现代人最后的自我救赎，而现代人的自我救赎，是多种形式、多种途径、多种意境的，是运动不定、变动不居的追寻。追寻的目标，不是一个固定的实体，而是为摆脱现实困境的追寻过程，也就是追寻本身，或追寻"追寻"。从这个意义上看，《上来透口气》作为奥威尔三十年代小说的最后之作，给这位青年作家画上了圆满的休止符，并为控诉极权制度对人的巨大戕害奠定了基础。

余　论

通过对奥威尔三十年代四部小说的分析可以发现，小说主人公作为智识一般、家境中等、焦虑敏感的普通小人物，在面对种族隔离制度、中产者社群、金钱语码和城市生活时，感到极端的失落，他们都看到了未来宿命般的生活模式，因此四位主人公不断寻找各自的救赎之路，获得了不同的结果，他们的追寻，在一定程度上既反拨了人的唯我倾向，同时体现出对正义与善的维护。四部三十年代小说是青年奥威尔关注个体和社会矛盾的结果，他希望个人理想与社会规范相协调，因此，在他的三十年代小说中，不仅要解决个体完善自我、认知社会的问题，更是要试图避免个人与社会对抗、个人与自我对抗的生活状态，进而应对和化解现代资本主义社会的政治危机。政治危机引发的阶级斗争是对立集团矛盾的总爆发，奥威尔的生长土壤中，从不缺乏作为社会政治危机的"养分"：奥威尔出生的前一年，英帝国终于结束了与布尔人的战争，以大欺小的结果是虽然手握宝石矿藏、又一次顺遂了侵吞他国的野心，但这次战争却是帝国走向衰败的分水岭，四十五年后，英美交接了世界领导权，大英帝国彻底走向没落与瓦解，而此时，奥威尔离开他所厌恨的英格兰本土，来到大西洋上的岛屿朱拉，开始了与世隔绝的生活，在1950年新年钟声刚刚敲响之际，结束了他孜孜以求的一生。毫无疑问，奥威尔的生命经历了英国从辉煌暮光走向全面衰亡的开始，国内的经济危机、阶级矛盾、贫富两极对立、地区差异和文化传承问题，国际上的殖民地问题、敌对国的威胁等，无一不萦绕在举国上下、家国内外，而现代社会过度的工具理性、文化工业、资本消费的价值取向，同样影响着人们的内心和言行，奥威尔的文学作品就是对这一过程的记录与反思、对迷惘未来的忧虑与彷徨。他用 46 年的生命旅程给出的答案是，未来世界，人已非人，我亦非我——个体将失去一切，人对美好未来的憧憬，可能只是变成彻底绝望前的迷狂！

　　但如果这就是奥威尔留给我们的全部，那他还不能在身后获得人们如此长久的景仰，并因此成为时代的符号，他留下的遗产除了引发对未来的警示，还告诉我们如何掌握反抗现代社会消极性的方法。在《缅甸岁月》中面对原住民生存状态的弗洛里，《牧师的女儿》中走向教区信众的多萝西，《让叶兰飘摆》中退回居室淡泊持守的戈登，《上来透口气》中怀念故乡、回到小镇的保灵，都以他们追求自身幸福的方式为我们提供了不同的路径，但相同的都是，他们都认识到现代社会自我独存之不可能。所以必然要在具体广阔的现实社会生活中，寻找那些和自己一样受到社会体制、意识形态、阶级关系排斥的"同类"，进而从他们的身上汲取生活的力量，以此建构新的自我，最终摆脱原有环境的限囿，实现人生的超越。这种构建人生意义的方式正是对自由的最好诠释，同时也开启了奥威尔小说代表作中反抗极权主义的艰难历程。

　　尽管弗雷德里克·卡尔认为，以奥威尔、伊夫林·沃为代表的这一代英国作家，与乔伊斯、劳伦斯等前人相比，成就方面差距甚大，影响不可同日而语。我们承认，奥威尔小说的文学水准与欧美一流的文学大师相比差距明显，过于执着于差异、对抗、矛盾、贫困，以及对人类陷入极权社会的忧虑，所以作为一位个人主义思想浓厚的作家，在面对体制时自然显露出强烈的恐惧和悲观。他的小说多的是朴拙与逼真，少的是轻灵和超脱，我们跟随着他对极权制度的忧惧而忧惧。然而，奥威尔的意义不在于他营造了一个恐怖的极权世界，更不由于他因《动物庄园》的政治倾向而被冠以"反共作家"的名号，而是告诫我们远离一切形式的极权统治形式，尽量使读者看到"人类生活细节的多个侧面，以及多种多样的具体事物，而不是被困在自己的幻想中"。① 这就是说，奥威尔从他的三十年代小说开始，不断在

---

① Gillian Dooley, *From a Tiny Corner in the House of Fiction*：*Conversations with Iris Murdoch*，South Carolina：University of South Carolina Press，2003，pp. 137 - 138.

对传统与现代、理想与现实、个体与社会的思考中，破坏原有的"思想座架"，反对把人永恒运动的生存意义进行规训的一切力量。实际上，除了他所捍卫的人的尊严、自由的传统、道德与良知、个体的社会责任、真理与真相以外，没有什么是奥威尔不反对的，包括他自己的本姓原名、阶级身份、帝国警察的职位和他曾经并肩奋斗的左翼同志，当然更遑论纳粹德国和斯大林苏联。这其实就是现代知识分子的精神内核：为公共利益和道德律令而奋战，而非为一党一人之私而苟活。正因为有了这种水晶般的精神，奥威尔受到不止一代人的颂扬，他是少数能和现代党派政治彻底划清界限的精英知识分子之一。

总体来看，三十年代小说四位主人公各自的经历和经验发人深省、值得反思，作为现代社会的生存者，只有在发现他者和社会实践中不断重塑自我，才能超脱社会生活的平庸和困境，并警惕和抵制所有威胁个体良性发展的现实制度。这就是奥威尔文学创作的思想脉络。《一九八四》所描述的那个恐怖年代已经过去了30余年，人类社会并没有变成三个大国互相攻伐的恐怖战场，但这并不意味着我们的世界正在消减暴力、屠杀和谎言，只要人类的生存威胁还在，《一九八四》就不能被忘记，只要《一九八四》存在，奥威尔三十年代小说就不应被忽视。

谨以此书，向奥威尔和译介奥威尔进入中国的学者们致敬。

179

参考文献

一　乔治·奥威尔的著作及其传记（各项皆按出版时间排列）

（一）已翻译成中文的著作

奥威尔：《奥威尔书信集》，甘险峰译，贵州人民出版社2001年版。

奥威尔：《一九八四·上来透口气》，孙仲旭译，译林出版社2002年版。

奥威尔：《战时日记》，孙宜学译，广西师范大学出版社2003年版。

奥威尔：《动物农场》，傅惟慈译，北京十月文艺出版社2005年版。

奥威尔：《我为什么要写作》，董乐山译，上海译文出版社2006年版。

奥威尔：《巴黎伦敦落魄记》，胡仁鹏译，江苏人民出版社2006年版。

奥威尔：《政治与英语》，郭研俪译，江苏教育出版社2006年版。

奥威尔：《向加泰罗尼亚致敬》，李华、刘锦春译，江苏人民出版2006年版。

奥威尔：《英国式谋杀的衰落》，董乐山译，上海译文出版社2007年版。

奥威尔：《缅甸岁月》，李锋译，南京大学出版社2007年版。

奥威尔：《奥威尔文集》，董乐山编译，中国编译出版社2010年版。

（二）英文原著

The Lion and The Unicom，London：Seeker and Wrarbulg. 1941.

Keep the Aspidistra Flying，London：Penguin Classics. 2000.

A Clergyman's Daughter，London：Penguin Classics. 2000.

Coming up for Air，London：Penguin Classics. 2000.

The Road to Wigan Pier，London：Penguin Classics. 2001.

Burmese Days，London：Penguin Classics. 2001.

（三）传记作品

杰弗里·迈耶斯：《奥威尔传》，孙仲旭译，东方出版社 2003 年版。

泰勒（D. J.）：《奥威尔传》，吴远恒等译，文汇出版社 2007 年版。

押沙龙：《奥威尔：冷峻的良心》，中国友谊出版公司 2013 年版。

二　中文研究著作与论文（按拼音字母表顺序排列）

（一）中文著作

陈兵：《鲁德亚德·吉卜林研究》北京大学出版社 2013 年版。

陈永国、马海良主编：《本雅明文选》，中国社会科学出版社 1999 年版。

陈永国：《理论的逃逸》，北京大学出版社 2008 年版。

陈永国主编：《后身体：文化、权力和生命政治学》，吉林人民出版社 2011 年版。

陈召荣：《流浪母题与西方文学经典阐释》，中国社会科学出版社 2006 年版。

杜小真：《勒维纳斯》，三联书店 1994 年版。

傅景川：《二十世纪美国小说史》，吉林教育出版社 1996 年版。

傅景川：《西方 20 世纪前期文学》，吉林文史出版社 2012 年版。

高继海：《英国小说史》，中国社会科学出版社 2003 年版。

耿幼壮：《倾听——后形而上学时代的感知范式》，北京大学出版社 2013 年版。

郭鸿：《现代西方符号学纲要》，复旦大学出版社 2008 年版。

郭勇健：《文学现象学——英伽登〈论文学作品〉研究》，学林出版社 2011 年版。

郭湛：《主体性哲学——人的存在及其意义》，云南人民出版社 2002 年版。

侯维瑞：《现代英国小说史》，上海外语教育出版社 1985 年版。

侯维瑞、李维屏：《英国小说史》，译林出版社 2005 年版。

胡亚敏：《叙事学》，复旦大学出版社 2004 年版。

胡亚敏：《文学批评与文化批判》，华中师大出版社 2007 年版。

黄华：《权利，身体与自我——福柯与女性主义文学批评》，北京大学出版社 2005 年版。

黄梅：《现代主义浪潮下：英国小说研究：1914—1945》，中国社会科学出版社 1995 年版。

黄梅：《推敲自我》，三联书店 2003 年版。

黄作：《不思之说——拉康主体理论研究》，人民出版社 2005 年版。

江腊生：《解构与建构：后现代主义与中国 20 世纪 90 年代小说研究》，中国社会科学出版社 2010 年版。

蒋承勇：《英国小说发展史》，浙江大学出版社 2006 年版。

李维屏：《乔伊斯的美学思想和小说艺术》，外语教育出版社 2000 年版。

李志斌：《漂泊与追寻：欧美流浪汉小说研究》，中国社会科学出版社 2008 年版。

梁漱溟：《中国文化的命运》，中信出版集团 2010 年版。

凌建侯：《巴赫金哲学思想与文本分析法》，北京大学出版社 2007 年版。

刘锋：《〈圣经〉的文学性诠释与希伯来精神的探求》，北京大学出版社 2007 年版。

刘建军：《演进的诗化人学》，东北师大出版社 1998 年版。

刘建军：《西方文学的人文景观》，吉林人民出版社 2003 年版。

刘建军：《基督教文化与西方文学传统》，北京大学出版社 2005 年版。

刘进：《文学与"文化革命"：雷蒙德·威廉斯的文学批评研究》，巴蜀书社 2007 年版。

刘小枫：《诗化哲学》，山东文艺出版社 1987 年版。

刘小枫：《沉重的肉身——现代性伦理的叙事纬语》，上海人民出版社 1999 年版。

刘意青：《〈圣经〉文学阐释》，北京大学出版社 2010 年版。

毛信德：《美国小说发展史》，浙江大学出版社 2006 年版。

茅于轼：《中国人的焦虑从哪里来》，群言出版社 2013 年版。

孟登迎：《意识形态与主体建构：阿尔都塞意识形态理论》，中国社会科学出版社 2002 年版。

倪梁康：《胡塞尔现象学概念通释》，三联书店 2007 年版。

潘一禾：《西方文学中的政治》，浙江大学出版社 2006 年版。

钱乘旦、许洁明：《英国通史》，上海：上海社会科学院出版社 2012 年版。

申丹、王丽亚：《西方叙事学：经典与后经典》，北京大学出版社 2013 年版。

申丹：《叙述学与小说文体学研究》，北京大学出版社 2007 年版。

盛宁：《人文困惑与反思——西方后现代主义思潮批判》，三联书店 1997 年版。

苏欲晓：《路易斯的"他者性"美学思想研究》，中国社会科学出版社 2012 年版。

孙隆基：《中国文化的深层结构》，广西师大出版社 2012 年版。

孙向晨：《面对他者——莱维纳斯哲学思想研究》，上海三联书店 2008 年版。

孙小玲：《从绝对自我到绝对他者》，上海人民出版社 2009 年版。

赵林等主编：《神秘与反思》，广西师范大学出版社 2008 年版。

汪海：《行动——从身体的实践到文学的无为》，北京大学出版社 2013 年版。

汪民安、陈永国等主编：《现代性基本读本》，北京科文图书业信息技术有限公司 2005 年版。

汪民安：《现代性》，广西师范大学出版社 2005 年版。

汪堂家：《自我的觉悟》，复旦大学出版社 1995 年版。

王恒：《时间性：自身与他者——从胡塞尔、海德格尔到列维纳斯》，江苏人民出版社 2006 年版。

王立新等：《欧洲近现代文学艺术史论》，天津人民出版社 2011 年版。

王晓东：《西方哲学主体间理论批判》，中国社会科学出版社 2004 年版。

王岳川主编：《中国后现代话语》，中山大学出版社 2004 年版。

温纯如：《康德和费希特的自我学说》，社会科学文献出版社 1995 年版。

席宣、金春明：《文化大革命简史》，中共党史出版社 2011 年版。

夏可君：《身体——从感发性、生命技术到元素性》，北京大学出版社 2013 年版。

谢立中：《走向多元话语分析》，中国人大出版社 2009 年版。

许纪霖：《公共空间中的知识分子》，江苏人民出版社 2007 年版。

许子东：《重读"文革"》，中国人大出版社 2011 年版。

杨大春：《语言 身体 他者——当代法国哲学的三大主题》，三联书店 2007 年版。

杨冬：《文学理论：从柏拉图到德里达》，北京大学出版社 2009 年版。

杨慧林：《意义——当代神学的公共性问题》，北京大学出版社 2013 年版。

杨建：《乔伊斯诗学研究》，华中师大出版社 2011 年版。

杨钧：《焦虑：西方哲学与心理学视域中的焦虑话语》，北京大学出版社 2013 年版。

杨乃乔主编：《比较文学概论》，北京大学出版社 2002 年版。

余世存、赵华、何忠洲：《〈动物庄园〉另类解读》，珠海出版社

2007 年版。

曾艳兵：《西方现代主义文学概论》，北京大学出版社 2013 年版。

翟世镜、任一鸣：《当代英国小说史》，译文出版社 2008 年版。

张变革主编：《当代中国学者论陀思妥耶夫斯基》，北京大学出版社 2012 年版。

张和龙：《战后英国小说》，上海外语教育出版社 2004 年版。

张宏杰：《中国国民性演变历程》，湖南人民出版社 2013 年版。

张京媛主编：《后殖民理论与文化批评》，北京大学出版社 1999 年版。

张沛：《隐喻的生命》，北京大学出版社 2004 年版。

张庆熊：《自我、主体际性与文化交流》，上海人民出版社 1999 年版。

张汝伦：《海德格尔与现代哲学》，复旦大学出版社 1995 年版。

张旭：《礼物——当代法国思想史的一段谱系》，北京大学出版社 2013 年版。

张一兵：《不可能的存在之真——拉康哲学映像》，商务印书馆 2006 年版。

张永义：《生死欲念：西方文学永恒主题》，文艺出版社 2010 年版。

张中载：《当代英国文学论文集》，外语教学与研究出版社 1996 年版。

张中载：《二十世纪英国文学（小说研究）》，河南大学出版社 2001 年版。

赵倞：《动物性——传统与现代之间的人性根由》，北京大学出版社 2013 年版。

赵稀方：《后殖民理论》，北京大学出版社 2009 年版。

赵一凡、张中载等主编：《西方文论关键词》，外语教学与研究出版社 2006 年版。

周濂：《你永远都无法叫醒一个装睡的人》，中国人大出版社 2012 年版。

（二）中文译著

阿尔都塞：《保卫马克思》，顾良译，商务印书馆 1984 年版。

阿伦特·汉娜：《人的条件》，竺乾威译，上海人民出版社 1999 年版。

阿伦特·汉娜：《马克思与西方政治思想传统》，孙传钊译，江苏人民出版社 2007 年版。

阿伦特·汉娜：《极权主义的起源》，林骧华译，三联书店 2008 年版。

爱德华·萨义德：《知识分子论》，单德兴译，三联书店 2013 年版。

巴塔耶：《色情、耗费与普遍经济——巴塔耶文选》，汪民安编译，吉林人民出版社 2003 年版。

巴特：《符号学原理》，王东亮等译，三联书店 1999 年版。

鲍曼：《立法者与阐释者——论现代性、后现代性与知识分子》，洪涛译，上海人民出版社 2000 年版。

贝尔·丹尼尔：《资本主义文化矛盾》，赵一凡等译，三联书店 1992 年版。

毕尔格·彼得：《主体的退隐》，陈良梅等译，南京大学出版社 2004 年版。

布伯·马丁：《我与你》，陈维纲译，三联书店 1986 年版。

布伯·马丁：《人与人》，张健等译，作家出版社 1992 年版。

布鲁克斯，沃伦编著：《小说鉴赏》，主万等译，世界图书出版公司 2008 年版。

布鲁姆：《如何读，为什么读》，黄灿然译，译林出版社 2011 年版。

布鲁姆：《西方正典》，江宁康译，译林出版社 2011 年版。

达比·温迪：《风景与认同》，张箭飞、赵红英译，译林出版社 2011 年版。

达仁道夫·拉尔夫：《现代社会冲突论》，林荣远译，中国社会科学出版社 2000 年版。

戴维森：《真理、意义与方法》，牟博译，商务印书馆 2008 年版。

戴维斯·柯林：《列维纳斯》，李瑞华译，江苏人民出版社 2006 年版。

德波顿·阿兰：《身份的焦虑》，陈广兴、南治国译，上海译文出版社 2007 年版。

迪克斯坦：《途中的镜子：文学与现实世界》，刘玉宇译，三联书店 2008 年版。

多尔迈·弗莱德·R.：《主体性的黄昏》，万俊人等译，上海人民出版社 1992 年版。

费希特：《行动的哲学》，洪汉鼎、倪梁康译，译林出版社 2013 年版。

弗洛姆：《逃避自由》，陈学明译，工人出版社 1987 年版。

弗洛伊德：《论文学与艺术》，常宏等译，国际文化出版社 2007 年版。

福柯：《疯癫与文明》，刘北成等译，三联书店 2009 年版。

格里森·阿伯特等编著：《〈一九八四〉与我们的未来》，董晓洁等译，法律出版社 2013 年版。

哈贝马斯：《交往行为理论》（第 1 卷），曹卫东译，上海人民出版社 2004 年版。

哈耶克：《通往奴役之路》，王明毅等译，中国社会科学出版社 2013 年版。

海德格尔：《海德格尔选集》，孙周兴选编，上海三联书店 1996 年版。

汉森·菲利普：《汉娜·阿伦特——历史　政治与公民身份》，刘佳林译，江苏人民出版社 2007 年版。

黑格尔：《小逻辑》，贺麟译，商务印书馆 1979 年版。

黑格尔：《精神现象学》，贺麟、王玖兴译，商务印书馆 2013 年版。

胡塞尔：《现象学的观念》，倪梁康译，上海译文出版社 1986 年版。

怀特海：《观念的冒险》，周邦宪译，上海译林出版社 2012 年版。

杰伊·马丁：《法兰克福学派史》，单世联译，广东人民出版社 1996 年版。

弗雷德里克：《现代与现代主义》，陈永国等译，中国人民大学出版社 2004 年版。

卡尔维诺：《我们为什么读经典》，黄灿然、李桂蜜译，译林出版社 2006 年版。

卡瓦拉罗·丹尼：《文化理论关键词》，张卫东等译，江苏人民出版社 2007 年版。

康德：《单纯理性限度内的宗教》，李秋零译，商务印书馆 2012 年版。

克斯勒：《马克斯·韦伯的生平、著述及影响》，郭锋译，法律出版社 2000 年版。

昆德拉：《小说的艺术》，黄强译，上海译文出版社 2004 年版。

拉康：《拉康选集》，褚孝泉译，上海三联书店 2001 年版。

莱恩·R.D.：《分裂的自我》，林和生、侯东民译，贵州人民出版社 1994 年版。

勒庞：《乌合之众》，冯克利译，广西师范大学出版社 2007 年版。

勒维纳斯：《生存与生存者》，顾建光、张乐天译，浙江人民出版社 1987 年版。

利科：《活的隐喻》，汪堂家译，上海译文出版社 2004 年版。

利科：《恶的象征》，公车译，上海人民出版社 2005 年版。

列维纳斯：《上帝，死亡和时间》，余中先译，三联书店 1997 年版。

列维纳斯：《从存在到存在者》，吴惠仪译，江苏教育出版社 2006 年版。

罗蒂：《偶然、反讽与团结》，徐文瑞译，商务印书馆 2003 年版。

罗尔斯：《正义论》，何怀宏等译，中国社会科学出版社 2013 年版。

洛奇·戴维：《小说的艺术》，王峻岩译，作家出版社 1998 年版。

马尔库塞：《单向度的人》，刘继译，上海译文出版社 1989 年版。

《马克思恩格斯选集》（第 2 卷），中共中央马克思恩格斯列宁斯大林著作编译局编，人民出版社 1995 年版。

《马克思恩格斯选集》（第 3 卷），中共中央马克思恩格斯列宁斯大林著作编译局编，人民出版社 1995 年版。

马斯洛：《动机与人格》，许金声译，华夏出版社 1987 年版。

麦金泰尔：《伦理学简史》，龚群译，商务印书馆 2012 年版。

毛姆：《毛姆读书随笔》，刘文荣译，三联书店 2007 年版。

米德·乔治：《心灵、自我与社会》，赵月瑟译，上海译文出版社 2005 年版。

米勒·希利斯：《小说与重复》，王宏图译，天津人民出版社 2008 年版。

米歇尔·W.J.T.：《图像学：形象，文本，意识形态》，陈永国译，北京大学出版社 2012 年版。

纳博科夫：《文学讲稿》，申慧辉等译，三联书店 2005 年版。

齐泽克：《易碎的绝对》，蒋桂琴等译，江苏人民出版社 2004 年版。

齐泽克：《实在的面庞——齐泽克自选集》，季广茂译，中央编译出版社 2004 年版。

齐泽克：《敏感的主体——政治本体论的缺席中心》，应奇等译，江苏人民出版社 2006 年版。

萨特：《存在与虚无》，陈宣良等译，三联书店 1987 年版。

萨特：《自我的超越性》，商务印书馆 2001 年版。

萨特：《存在主义是一种人道主义》，上海译文出版社 2005 年版。

萨义德·爱德华：《东方学》，王宇根译，三联书店 1999 年版。

塞尔登·拉曼：《文学批评理论：从柏拉图到现在》，刘象愚、陈永国等译，北京大学出版社 2003 年版。

塞尔登·拉曼等：《当代文学理论导读》，刘象愚译，北京大学出版社 2006 年版。

斯宾格勒：《西方的没落》，吴琼译，三联书店 2006 年版。

泰勒·查尔斯：《自我的根源：现代认同的形成》，译林出版社2001年版。

特里林：《诚与真——诺顿演讲集》，刘佳林译，江苏教育出版社2006年版。

特里林：《文学体验导引》，余婉卉、张箭飞译，译林出版社2011年版。

特里林：《知性乃道德原则》，严志军、张沫译，译林出版社2011年版。

威尔逊·埃德蒙：《阿克瑟尔的城堡——1870至1930的想象文学研究》，黄念欣译，江苏人民出版社2006年版。

威廉斯·雷蒙德：《文学与社会》，吴松江、张文定译，北京大学出版社1963年版。

威廉斯·雷蒙德：《乡村与城市》，韩子满、刘戈等译，商务印书馆2013年版。

韦伯·马克斯：《新教伦理与资本主义精神》，于晓、陈维纲等译，陕西师范大学出版社2005年版。

韦勒克：《近代文学批评史》（第5卷），杨自伍译，上海译文出版社2009年版。

沃·伊芙林：《衰落与瓦解》，高继海译，译文出版社2013年版。

许茨·阿尔弗雷德：《社会实在问题》，霍桂桓译，华夏出版社2001年版。

雅各比·拉塞尔：《最后的知识分子》，洪洁译，江苏人民出版社2002年版。

伊格尔顿：《二十世纪西方文学理论》，伍晓明译，北京大学出版社2007年版。

伊格尔顿：《理论之后》，商正译，商务印书馆2009年版。

伊格尔顿：《人生的意义》，朱新伟译，译林出版社2012年版。

伊格尔顿：《审美意识形态》，王杰等译，广西师大出版社2012年版。

伊格尔顿：《现象学，阐释学，接受理论——当代西方文艺理

190

论》，王逢振译，江苏教育出版社 2006 年版。

詹明信：《晚期资本主义的文化逻辑：詹明信批评理论文选》，张旭东编，陈清侨等译，三联书店 1997 年版。

（三）期刊论文

艾四林：《哈贝马斯论"生活世界"》《求是学刊》1995 年第 5 期。

陈永章：《差异　他者　宽容：当代公共行政的伦理沉思》，《华中科技大学学报》2014 年第 1 期。

陈勇：《试论乔治·奥威尔与殖民话语的关系》《外国文学》2008 年第 3 期。

段怀清：《一代人的冷峻良心：奥威尔的思想遗产》，《社会科学论坛》2006 年第 5 期。

耿潇：《主体，自我，他者——论拉康欲望理论的诗学建构》，《北京航天航空大学学报》2013 年第 9 期。

顾红亮：《作为他者的上帝——列维纳斯哲学中的上帝概念》，《现代哲学》2007 年第 1 期。

黄作：《从他人到"他者"——拉康与他人问题》，《哲学研究》2004 年第 9 期。

姜丽《奥成尔关于儿童罪恶心理的启示》，《宁夏社会科学》2001 年第 6 期。

金惠敏：《无限的他者——对列维纳斯一个核心概念的阅读》，《外国文学》2003 年第 3 期。

孔明安：《"他者"的境界与"对抗"的世界——从拉康的"他者"到拉克劳和墨菲的"社会对抗"》《哲学动态》2005 年第 1 期。

李锋：《当代西方的奥威尔研究与批评》，《国外理论动态》2008 年第 6 期。

李杰：《"他者"问题与文学研究》，《乐山师范学院学报》2007 年第 4 期。

李荣：《马克思主体性建构的三重意蕴》，《山东师范大学学报》（人文社会科学版）2009 年第 6 期。

刘国锋：《行动的因果理论的解释力量》，《哲学研究》2009 年第 8 期。

马元龙：《主体的颠覆》，《华中师范大学学报》2004 年第 6 期。

潘一禾：《小说中的政治世界——乔治·奥威尔〈动物庄园〉的一种诠释》，《宁波大学学报》（人文科学版）2008 年第 2 期。

孙向晨：《列维纳斯的"他者"思想及其对本体论的批判》，《复旦学报》2000 年第 5 期。

孙向晨：《萨特、列维纳斯及他者问题》，《江苏社会科学》2006 年第 1 期。

孙筱泠：《敬重与本真存在》，《复旦哲学评论》（第 3 辑），上海人民出版社 2006 年版。

汤卫根：《论〈1984 年〉中的权力运行机制》，《当代外国文学》2006 年第 3 期。

田俊武、唐博：《奥威尔〈1984〉的空间解读》，《名作欣赏》2008 年第 12 期。

王虎学：《马克思哲学的"他者"向度》，《哲学动态》2009 年第 6 期。

王小梅：《从〈通往维根码头之路〉看奥威尔的政治观》，《外国文学》2004 年第 1 期。

王茵：《主体镜像中的自我与他人——管窥拉康结构主义精神分析文论中的主体哲学》，《学术月刊》2012 年第 11 期。

王振林：《评析哈贝马斯的交往行动理论》，《辽宁师范大学学报》2001 年第 7 期。

杨大春：《从认识论到存在论再到伦理学：他人问题在现象学运动中的演进》，《中国现象学》，上海人民出版社 2001 年版。

杨国荣：《行动：一种哲学的阐释》，《学术月刊》2010 年第 12 期。

杨金才：《爱默生与东方主义》，《南京社会科学》2005 年第 10 期。

张德明：《原始的回归——论现代主义文学中的原始主义》，《当代外国文学》1998 年第 2 期。

张一兵：《大写他者的发生学逻辑》，《学海》2004 年第 4 期。

张一兵：《拉康：从主体际到大写的他者》，《江苏社会科学》2004 年第 3 期。

张一兵：《魔鬼他者：谁让你疯狂？——拉康哲学解读》，《人文杂志》2004 年第 5 期。

张中载：《十年后再读〈1984〉——评乔治·奥威尔的〈1984〉》，《外国文学》1996 年第 1 期。

赵毅衡：《身份与文本身份，自我与符号自我》，《外国文学评论》2010 年第 2 期。

朱刚：《交互主体性与他人——论胡塞尔交互主体性现象学的意义与界限》，《哲学动态》2008 年第 4 期。

朱刚：《伦理学作为第一哲学如何可能？——试析列维纳斯的伦理思想及其对存在暴力的批判》，《南京大学学报》2006 年第 6 期。

（四）博士学位论文

屈明珍：《波伏瓦女性主义伦理思想研究》，中南大学，2010 年。

汪咏梅：《理性、浪漫主义和基督教》，中国人民大学，2009 年。

王晓华：《乔治·奥威尔创作主题研究》，山东大学，2009 年。

许淑芳：《肉身与符号：乔治·奥威尔小说的身体阐释》，浙江大学，2012 年。

三　英文研究著作与论文（按英文字母表顺序排列）

（一）研究著作

Atkins, John, *George Orwell: A Literary Study*, London: John Calder, 1954.

Bloom, Harold, *Bloom's Modern Critical Views: George Orwell*, New York: Chelsea House, 2007.

Bounds, Philip, *Orwell and Marxism: The Political and Cultural Thinking of George Orwell*, New York: I. B. Tauris & Co. Ltd. , 2009.

Bowker, Gordon, *George Orwell*, London: Little Brown, 2003.

Bowker, Gordon, *Inside George Orwell*, New York: Palgrave Press, 2003.

Brander, Laurence, *George Orwell*, London: Longman Green, 1954.

Branson, Noreen and Margot, Heinemann, *Britain in the Nineteen Thirties*, New York: Praeger, 1971.

Brown, Gordon. *Maxton*, Edinburgh and London: Mainstream Publishing, 2002.

Brunsdalc, Mitzi M, *Student Companion to George Orwell*, London: Greenwood Press, 2000.

Calder, Angus, *The People's War: Britain* 1939 – 1945, New York: Ace, 1972.

Collins, Randall, *The Sociology of Philosophies: A Global Theory of Intellectual Change*, Cambridge, MA: Belknap Press of Harvard University Press, 1998.

Connolly, Cyril, *Enemies of Promise*, London: Routledge, 1938.

Crick, Bernard, *George Orwell: A Life*, London: Secker and Warburg, 1980.

Crick, Bernard and Audrey, Coppard, *George Orwell Remembered*, London: Ariel Books, 1984.

Cronkite, Walter, *Preface to Nineteen Eighty-Four*, New York: Harcourt Brace Jovanovich, 1983.

Davison, Peter ed. , *The Complete Works of George Orwell*, London: Secker and Warburg, 2000.

Davison, Peter, *George Orwell: A Literary Life*, New York: St Martin's Press, 1996.

Fyvel, T. R, *George Orwell: A Personal Memoiry*, London: Macmillan, 1982.

Gollancz, Victor ed. , *The Betrayal of the Left: An Examination and Refutation of Communist Policy*, London: Gollancz, 1941.

Gross, Miriam ed. , *The World of George Orwell*, London: Weidenfeld and Nicolson, 1971.

Havighurst, Alfred F. , *Britain in Transition: The Twentieth Century*, Chicago: University of Chicago Press, 1985.

Hitchens, Christopher, *Why Orwell Matters*, New York: Basic Books, 2002.

Hollis, Christopher, *A Study of George Orwell*, London: Hollis and Carter, 1956.

Hunter, Lynette, *George Orwell: The Search for a Voice*, London: Milton Keynes, 1984.

Hynes, Samuel ed. , *Twentieth Century Interpretations of* 1984, Englewood Cliffs: Prentice-Hall, 1971.

Ingle, Stephen, *The Social and Political Thought of George Orwell: A Reassessment*, New York: Routledge, 2006.

Jespersen, Otto, *A Modern English Grammar on Historical Principles*. Vol. Ⅷ, London: Allen & Unwin, 1949.

Karl, Frederick, *A Reader's Guide to the Contemporary English Novel*, New York: Farrar Straus & Cudahy, 1962.

Kerr, Douglas, *George Orwell*, Tavistock: Northcote House, 2003.

Lange, Adriaan M. de, *From The Influence of Political Bias in Selected Essays of George Orwell*, Edwin Mellen Press, 1992.

Lázaro, Alberto ed. , *The road from George Orwell: his achievement and legacy*, www. peterlang. net, 2001.

Levinas, Emmanuel, *Time and the Other*, Trans. RiehardA. Cohen, Pittsburg: Duquesne UP, 1987.

Levinas, Emmanuel, *Totalite Et Infini: Essai Sur L'Exteriorite*, Le Livre De Poche, 1990.

Lucas, Scott, *Orwell*, London: Haus Publishing, 2003.

Marwick, Arthur, *The Deluge: British Society and the First World War*, New York: W. W. Norton, 1970.

McIntyre, Kenneth B, *Orwell's Despair*: *Nineteen Eighty-four and the Critique of the Teleocratic State*, Kentucky: Campbellsville Universtiy, 2005.

Meyers, Jeffrey, *Orwell*: *The Wintry Conscience of a Generation*, New York/London: Norton, 2000.

Nadel, Ira Bruce, *Biography*: *Fiction*, *Fact and Form*, London: Macmillan, 1984.

Patai, Daphne, *The Orwell Mystique*: *A Study in Male Ideology*, Amherst: The University of Massachusetts Press, 1984.

Posner, Richard A. , *Public Intellectuals*: *A Study of Decline*, Cambridge, MA: Harvard University Press, 2001.

Pritchett, V. S. , *George Orwell*, New Statesman, 1950.

Quinn, Edward, *Critical Companion to George Orwell*: *A Literary Reference to His Life and Work*, New York: Facts On File, 2009.

Rees, Richard, *George Orwell*, *Fugitive From The Camp Of Victory*, London: Secker and Warburg, 1961.

Ricoeur, Paul, *Time and Narrative*. Vol. Ⅱ, Tran. K. Mclaughlin and D. Pellauer. Chigago: University of Chigago Press, 1985.

Rodden, John, *The Politics of Literary Reputation*: *The Making and Claiming of "St George" Orwell* , New York/Oxford: Oxford University Press, 1989.

Rodden, John ed. , *Understanding Orwell's Animal Farm in Historical Context*, Westport, CT: Greenwood Press, 1999.

Rodden, John, *George Orwell*: *The Politics of Literary Reputation* , New Jersey: Transaction Publishers, 2002.

Rodden, John and Thomas Cushman eds. , *George Orwell Into the Twenty-First Century*, Boulder, CO: Paradigm, 2004.

Rodden, John, *The Cambridge Companion to George Orwell*, New York: Cambridge University Press, 2007.

Rose, Jonathan, *The Intellectual Life of the British Working Classes*,

New Haven and London: Yale University Press, 2001.

Rose, Jonathan ed. , *The Revised Orwell. East Lansing*, MI: Michigan State University Press, 1992.

Saunders, Loraine, *The Unsung Artistry of George Orwell The Novels from Burmese Days to Nineteen Eighty-Fou*, Hampshire: Ashgate Publishing Limited, 2008.

Schwartz, Lawrence, *Creating Faulkner's Reputation: The Politics of Modern Literary Criticism*, Knoxville: University of Tennessee Press, 1988.

Shelden, Michael, *Orwell: The Authorized Biography*, London: Heinemann, 1991.

Small, Christopher, *The Road to Miniluv: George Orwell, the State, and God*, Pittsburgh: University of Pittsburgh Press, 1975.

Spurling, Hilary, *The Girl from the Fiction Department*, London: Hamish Hamilton, 2002.

Stansky, Peter and Abrahams, William, *The Unknown Orwell*, London: Constable, 1972.

Stewart, Anthony, *George Orwell, doubleness and the value of decency*, New York: Routledge, 2003.

Stevenson, John, *British Society* 1914 – 45, Harmondsworth: Penguin, 1984.

Urry, David L. , *From Wigan Pier to Airstrip One: A Critical Evaluation of George Orwell's Writing and Politics post-September* 11 , ph. D. Australia: Murdoch University, 2005.

Wadhams, Stephen, *Remembering George Orwell*, Harmondsworth: Penguin, 1984.

Westbrook, R. , *The Responsibility of Peoples: Dwight Macdonald and the Holocaust* , Florida: Greenwood, 1983.

Williams, Raymond, *Orwell*, Glasgow: Fontana/Collins, 1971.

Woodcock, George, *The Crystal Spirit: A Study of George Orwell*,

Boston: Little Brown, 1966.

Young, John W. , *Totalitarian Language. Charlottesville*, VA: University of Virginia Press, 1991.

Zwerdling, Alex, *Orwell and the Left*, New Haven: Yale University Press, 1974.

（二）期刊论文

Bluemel, K. , "St George and the Holocaust", *Literature Interpretation Theory*, No. 14, 2004.

Carter, Steven, "The rites of Memory: Orwell, Pynchon, deLillo, and the american Millennium", *Prospero*, No. 6, 1999.

Collini, Stefan, "The Grocer's Children: The Lives and Afterlives of George Orwell", *Times Literary Supplement*, No. 20, June 2003.

Dunn, Avril, "My Brother, George Orwell", *Twentieth Century*, No. 169, March 1961.

Eagleton, Terry, "Reach-Me-Down Romantic", *London Review of Books*, No. 25, June 2003.

Fotheringham, John, "George Orwell and Ernst Toller: The dilemma of the Politically Committed writer", *Neophilologus* 84, No. 1, January 2000.

Fyvel, T. R, "George Orwell and Eric Blair: Glimpses of a dual Life", *Encounter*, No. 13, July 1959.

Eugene, "Orwell and the Bad writing Controversy", *CLIO*, No. 4, 1999.

Heppenstall, Geoffrey, "Orwell and Bohemia", *Contemporary Review*, No. 1539, April 1994.

Katz, Wendy, "Imperialism and Patriotism: Orwell's Dilemma in 1940", *Modernist Studies: Literature and Culture*, No. 3, 1979.

Kazin, Alfred, "Not One of us", *New York Review of Books*, June 14, 2004.

Kerr, Douglas, "Colonial Habits: Orwell and woolf in the Jungle",

English Studies, Vol. 78, No. 12, March 1997.

Kingsbury, Melinda Spencer, "Orwell's ideology of Style: From 'Politics and the English Language' to 1984", *Journal of Kentucky Studies*, No. 19, 2002.

Kubal, David, "Freud, Orwell, and the Bourgeois interior", *Yale Review*, No. 3, March 1978.

Leavis, Q. D., "The Literary Life respectable", *Scrutiny*, September 1940.

Lutman, Stephen, "Orwell's Patriotism", *Journal of Contemporary History*, No. 2, 1967.

Macdonald, Dwight, "Varieties of Political Experience", *New Yorker*, March 28, 1959.

McCarthy, Mary, "The writing on the wall", *New York Review of Books*, January 30, 1969.

Menand, Louis, "Honest, decent, wrong: The invention of George Orwell", *New Yorker*, January 29, 2003.

New, M., "Orwell and Antisemitism: Toward 1984", *Modern Fiction*, No. 21, 1975.

Rosenbaum, Ron, "The Man who would Be Orwell", *New York Observer*, No. 23, March 2002.

Rosenfeld, Aaron S., "The 'Scanty Plot': Orwell, Pynchon, and the Poetics of Paranoia", *Twentieth Century Literature: A Scholarly and Critical Journal*, No. 4, Winter 2004.

Rossi, John, "Orwell and Patriotism", *Contemporary Review*, August 1992.

Rossi, John, "George Orwell's Conception of Patriotism", *Modern Age*, XLII, No. 2 Spring 2001.

Schmidt, Mark Ray, "Rebellion, Freedom, and Other Philosophical issues in Orwell's 1984", *Publications of the Arkansas Philological Association*, 22, No. 1, Spring 1996.

Smith, Alan E. , "Orwell's writing degree Zero: Language and ideology in Homage to Catalonia", *Letras Peninsulares*, No. 1, Spring 1998.

Smith, Jimmy Dean, "A Stench in Genteel nostrils: The Filth Motif in George Orwell's Cultural Travels ", *Kentucky Philological Review*, No. 19, 2005.

Spiller, Leroy. , "George Orwell's anti-Catholicism", *Logos* , Fall 2003.

Steiner, George, "True to Life", *New Yorker*, March 29, 1969.

Sterny, Vincent, "George Orwell and T. S. Eliot: The Sense of the Past", *College Literature*, No. 14, Spring 1987.

Symons, Julian, " Orwell: A Reminiscence", *London Magazine*, No. 3, September 1963.

Todorov, Tzvetan, "Politics, Morality, and the writer's Life: notes on George Orwell", *Stanford French Review*, Vol. 16, No. 1 , 1992.

Tyrell, Martin, "The Politics of George Orwell (1903 – 1950): From Tory Anarchism to National Socialism and More Than Half Way Back", *Cultural Notes*, No. 36, 1997.

Walton, D. , "George Orwell and Antisemitism", *Patterns of Prejudice*, No. 16, 1982.

Wendy Katz, "Imperialism and Patriotism: Orwell's dilemma in 1940", *Modernist Studies: Literature and Culture*, No. 3, 1979.

Wilson, Brendan, "Satire and Subversion: Orwell and the uses of anti-Climax", *Connotations: A Journal for Critical Debate*, No. 3, 1994 – 1995.

Wilson, Edmund, "George Orwell's Cricketing Burglar", *New Yorker*, May 25, 1946.